Febre Tropical
Romance

CB035151

Febre Tropical
MI REINA
Iglesia Cristiana Jesucristo Redentor
La Tata
La Tata

Juliana Delgado Lopera

TRADUÇÃO
Natalia Borges Polesso

instante

Direção Editorial: **Silvio Testa**

Coordenação Editorial: **Fabiana Medina**
Revisão: **Mariana Zanini** e **Carla Fortino**
Capa: **Fabiana Yoshikawa**
Ilustrações: **Camila Gray**
Diagramação: **Estúdio Dito e Feito**

1ª Edição: 2021

Dados Internacionais de Catalogação na Publicação (CIP)
(Laura Emília da Silva Siqueira CRB 8/8127)

Lopera, Juliana Delgado.
Febre tropical / Juliana Delgado Lopera ;
tradução, Natalia Borges Polesso. 1ª ed. —
São Paulo: Editora Instante : 2021.
Tradução do original "Fiebre tropical".

ISBN 978-65-87342-10-8

1. Ficção: Literatura norte-americana
2. Literatura norte-americana: romance
I. Lopera, Juliana Delgado.

CDU 821.111 CDD 820

Índices para catálogo sistemático:
1. Literatura norte-americana
2. Literatura norte-americana: romance
820

Texto fixado conforme o Acordo Ortográfico da
Língua Portuguesa de 1990, em vigor no Brasil a partir de 2009.

www.editorainstante.com.br
facebook.com/editorainstante
instagram.com/editorainstante

Febre tropical é uma publicação da Editora Instante.

Este livro foi composto com as fontes Arnhem,
Kindness e Righteous e impresso sobre
papel Pólen Bold 80g/m² em Edições Loyola.

Para a minha mãe

Capítulo uno

Buenos días, mi reina*. Imigrante criolla falando aqui de Maiamis, do nosso sobrado infestado de formigas. O ar--condicionado quebrado sobre a TV, o sofá florido, La Tata meio bêbada me dirigindo nesta bendita radionovela oferecida para você pela Corporação Tristeza de Mulher. Naquela manhã, quando desfazíamos a última das nossas malas, encontramos o rádio velho da Tata. Então nós duas praticamos nosso mais recente melodrama na sala de estar, enquanto Don Francisco na TV saudava *el Pueblo de Miami ¡damas y caballeros!*, e a Tata — nessa idade —, para o desespero da Mami e para o meu deleite, ficou louca como uma menininha por causa da voz máscula do apresentador.

Y como quien no quiere la cosa, Mami irritada desligou o fogão, onde a Tata tinha deixado o bacalhau fritando sem supervisão, depois passou Lysoform em spray no tampo dos balcões, esmagando a trilha escura de formigas que empurrava um pancito até a colônia atrás da geladeira. A bonita estava puta. Ela não tinha vindo para os E U da A pra matar formigas e cheirar como um puto pescado, e que lindo teria sido se a faxineira tivesse vindo conosco no avião? Aí Mami podia deixá-la encarregada das obrigações da casa

* É uma característica do estilo de Juliana Delgado Lopera o uso de expressões em espanhol, sobretudo gírias colombianas, misturadas ao inglês (idioma original em que o livro foi escrito). Procuramos mantê-la e, quando necessário, há notas para explicar o contexto. Demais expressões constam no glossário ao final.

e se concentrar na execução desse Projeto Migratório. Pero, ¿aló? Ela é a única pessoa atenta en esta berraca casa?

Na TV, outro comercial do Inglés sin Barreras, e Lucía, La Tata e eu rimos das pessoas brancas ensinando pessoas marrons a dizer "Hello My Name Is. Hello, I am going to the store". *Hello*, o que é esse pântano, por favor, nos salve. Era abril e estava quente. Não que o calor se dissipasse em junho ou julho ou agosto ou setembro ou mesmo novembro, no caso. O calor, aprendi do jeito mais difícil, é uma constante em Miami. El calorcito não recebeu o memorando da impermanência, não entendeu como a mudança funciona. O calor é uma cadela teimosa, respirando com a boca úmida em todos os seus poros, lembrando que esse inferno é inescapável, e em outro idioma.

Estamos aqui faz um mês, recém-chegadas, ainda saladitas, e já querendo voltar para a Colômbia, voltar para minha terra da panela*, suas montanhas e aquela constante ansiedade que vem só de morar em Bogotá. Aquela ansiedade que eu, todavia, entendia melhor do que essa nova e aterrorizante. Mas Mami me explicou diversas vezes com um sorrisinho malicioso, olhe ao redor, Francisca, *esta* é a sua nova casa agora.

Nossa lista de afazeres que amaldiçoou o sábado das formigas e do bacalhau incluía ajudar Mami com os preparativos para a celebração da morte, ou o batismo, ou o renascimento, ou alguma coisa, do seu bebê abortado, Sebastián. Foi debatido — pelas únicas pessoas que se importaram em debater: La Tata e suas hermanas — que o batismo do meu irmão morto seria o evento mais entusiasmante da família Martínez Juan naquele ano. Isso principalmente porque La Tata bebia meia garrafa de rum por dia, não sabia dizer se era segunda ou sexta, então era óbvio que o batismo de um bebê falso na piscina de um pastor seria mais importante para ela do que, digamos, o fato de que, no fim do mês, minha irmã mais nova, Lucía, estava acordando regularmente no meio da noite para rezar por mim. Ou o fato de que, no fim, eu lembraria desse tempo,

* *Panela* é o termo usado para designar "rapadura" na Colômbia (maior produtora mundial desse derivado da cana-de-açúcar) e em outros países de língua espanhola.

os primeiros meses depois da nossa chegada, como os momentos mais sãos e pé no chão da Mami.

Pero não vamos nos apressar, cachaco. Primero la primaria.

Nós estivemos nos preparando para a celebração do batismo mesmo antes de partir do nosso apartamento no terceiro andar em Bogotá. Dentro das seis malas Samsonite que Mami, Lucía e a Toda Sua Aqui pudemos trazer para esta vida nova! excitante! pense-nisso-como-se-fosse-subir-a--escada-social!, estavam toalhas de mesa pretas e douradas, convites feitos à mão e várias outras parafernálias do batizado. Não houve espaço suficiente para a caixa de cartas dos meus amigos ou para os nossos álbuns de fotos, mas, mesmo assim, pusemos na mala duas jarras de água benta (em vez da minha coleção de CDs — The Cure, Velvet Underground, Ramones, Salserín) — abençoada três dias antes por nosso vizinho padre, água que foi confiscada por horas pela alfândega ("Você acha que não temos água na América?") e depois rapidamente desceu pela descarga acionada por tia Milagros, que agora, encharcada pelas bênçãos cristãs evangélicas de Jesus, acreditava, como o resto do matriarcado de Miami, que padres católicos eram um bando de degenerados, bons pra nada. Catolicismo é uma religião falsa *e* chata. Cristandade é o verdadeiro e entusiasmante caminho para uma vida abençoada em nome de Jesucristo nuestro Señor, ¿okey?

Agora Mami movia sua bunda à mostra pela sala de jantar, cabeça de lado segurando o telefone, vestindo só um short e um sutiã *push-up*, se abanando com um envelope grosso da pilha de contas não abertas. Ansiosamente telefonando para os pastores, para o pessoal incompetente das flores (*Colombianos tenían que ser*), as duas lloronas vestidas de preto — ideia da tia Milagros — que chorariam, profissionalmente, o luto de Sebastián, enquanto cobravam da Mami quinze dólares por hora.

Miami queria o batismo de um bebê morto, filho da puta, e Mami *faria acontecer.*

A bonita não viu nada de errado em gastar — eu descobriria depois — nossas economias de vida comprando lágrimas e alimentando a congregação.

Pero — óyeme — não se podia brigar com ela.

Esa plática ya se había perdido. Esta costeña estaba montada en el ônibus já. Mami nunca descansava. Nunca parou para sentir o cheiro das flores. Cómo se te ocurre. Do momento em que chegamos, Myriam del Socorro Juan estava em sua insana viagem de *ter que fazer a merda das coisas*. Nos deu listas de afazeres; gritou com a gente, nos dirigiu; nos disse o que fazer passo a passo.

Nós obedecemos. O que mais poderíamos fazer? Onde mais poderíamos ir?

Os arredores de Miami eram terra morta. É lago sucio atrás de lago sujo com autoestradas e *outdoors* de remédios para emagrecer e próteses mamárias. Quase não tem transporte público nem calçadas, mas um glorioso Walmart e um Publix Sabor, onde uma manada de colombianos, que vieram até aqui de suas terras, compra arepas congeladas e banana-da-terra congelada da Goya para preparar no micro-ondas. Lucía não reclamava. La Tata mal tinha forças para brigar com a Mami. Os brejos dos arredores colaboravam com Mami na tarefa de fazer com que todos os dias fossem excruciantes.

Pero, mi reina, siéntate pa'trás — só estamos começando.

No último mês, fomos empurradas de um culto para um jantar da igreja a um churrasco da igreja. Conhecendo esse hermano, aquela hermana e aquele líder jovem muito importante. Escutamos nossas tias contando toda a fofoca da igreja de novo e de novo no almoço e na janta. Até mesmo durante os onces elas não calavam a boca. Todo mundo discutindo sobre quem era um verdadeiro cristão e quem estava só calentando silla. Rapidamente descobri que há muitas coisas para ser uma filha de Jesucristo aleluya e que frequentar a igreja aos domingos era só a pontinha do *iceberg* da fé.

O batizado do meu irmão morto fazia parte do *iceberg*. Bebês mortos precisam ser batizados, nomeados, ter quem chore por eles, para que suas almas não permaneçam aqui, para que possam se juntar à fiesta celestial. Isso era parte da explicação de La Pastora, e Mami só assentia com a mão no peito dizendo Ay sí, el dolor es tan grande.

Agora La Tata e eu nos olhávamos enquanto assistíamos ao redemoinho frenético da Mami pela sala. Mami falando e falando sobre todos os itens na lista de afazeres que ainda não tínhamos feito do jeito que ela queria. Tata e eu queríamos pegar na mão da Mami e dizer a ela *Ya ya, Mami. Vamos lá, Myriam, carajo, deja el berrinche.* Queríamos estapeá-la um pouquinho, porque ainda acreditávamos que debaixo dessa nova camada de santidade havia a católica piedosa neurótica que conhecíamos tão bem. Entre mim e Tata se deu um autêntico momento mágico poderoso de olho no olho. Eu soube que ela precisava de um refil do rum quando seu olho esquerdo sinalizou *Dá um tempo*, e ela sabia que eu estava por um fio de dar uns tapas na Mami quando meus olhos *se fecharam como os de Buda*. Depois de assinar os papéis do divórcio, Mami se arrastou com a mesma energia louca com a qual estava agora, pintando todo o nosso apartamento em Bogotá de um vermelho cafona, depois chorando porque a casa parecia a da mulher de um traficante. E, quando isso não foi o suficiente para matar sua *vibe*, essa cartagenera costeñita de Dios clareou os meus cabelos e os de Lucía com água oxigenada porque ah-rá! nenhum hombre vai arruinar a vida de Mami, nem mesmo o pai de vocês. Naqueles momentos, ela já estava por demais perdida em si mesma, afundada em sua escuridão. Olhos vidrados, pálida, fazendo listas infinitas de afazeres, e ainda assim seu cabelo estava sempre escovado, impecável.

Y ahora não havia homem, mas um bebê morto que precisava ser batizado imediatamente. Y ahora Lucía ajudando Mami com os toques finais no bolo: a cobertura preta e dourada sob o Jesus na manjedoura de plástico recuperada da caixa do presépio. Tata fritando o bacalhau na cozinha, gritando pra ninguém (mas é claro que era pra Mami) que, pero claro, Myriam não tem ancas de parideira, não é à toa que perdeu o bebê. Se ela a ouviu, Mami se hizo la loca. Se ela a ouviu, Mami fez sua habitual respiração profunda, suspirou profundamente, não se incomodou com Tata.

Então Lucía se sentou do meu lado no sofá. Suas pernas minúsculas perto das minhas. A TV ainda ligada, mas não prestávamos atenção. Estávamos sentadas olhando o ventilador de teto, babando, capturadas por sua velocidade; o murmúrio das pás aterrorizantes e quietas, afogando o som de Mami e La Tata, nos dando uma folga. A possibilidade de o aparelho quebrar e nos estraçalhar. Lucía e eu fazíamos isso com frequência. Nunca tivemos um ventilador de teto na nossa casa em Bogotá, nunca precisamos de um. Mas aqui ficávamos sentadas lado a lado em silêncio, encarando-o, fascinadas por seu movimento. Eu, concentrada no som, uma pequena promessa de vento motorizado. Um curto alívio para o calor. Lucía sorriu para mim, e senti uma repentina urgência de abraçá-la forte, beijar seus cachos, pôr minha cabeça em seu ombro. Em vez disso, eu só me virei, fechei os olhos e fingi que era outra pessoa.

— • —

Entre telefonemas, Mami nos lançou O Olhar: a definitiva e autoritária piscada, com cílios bem abertos e um movimento da cabeça quase imperceptível que nos punha de pé e correndo. Em Bogotá, ela fazia a mesma coisa toda vez que as freiras mandavam para casa uma carta disciplinar, procurando a minha culpa, e eu tentava resistir, ousando me desviar d'O Olhar o tanto que pudesse, mas sempre fracassando. Desta vez, estávamos exaustas demais para resistir. Estávamos exaustas de mover nossas coisas de um lugar a outro. Exaustas de conhecer esse líder da juventude, aquela mulher ex-drogada da igreja (*¡La drogadicta encontró al Señor!*); cada señora de Dios arrumando nossos cabelos, apertando nossas bochechas, comentando que éramos ou magras demais, ou gordas demais, ou pálidas demais, ou — meu favorito — colombianas demais (*Cómo se les nota que acaban de llegar, tan colombianas*).

O comentário "colombianas demais" ofendia Mami. Ser colombiana demais significava que era evidente que ela não fazia escova no cabelo dia sim, dia não; nossas asperezas estavam à mostra, o sea, criollas, o sea, Mami não entendia ni pío de inglês e aquilo a atirava no fundo do fundo do poço da hierarquia. Tudo o que ela conseguia dizer era, Sim, sim cómo no. Mas eu tinha quinze anos, coño, qué carajo colombiana demais. Eu não me importava em ser colombiana demais. Para mim, todos eram colombianos demais, e aquilo era parte do problema. Tudo o que eu queria eram as minhas amigas em casa, cigarros e um bom delineador preto. Miami não estava me dando nada daquilo. Em vez disso, presenteava com um infierno que rastejava pelos ossos e queimava neles sua própria lenha. Um calor surreal que cobria tudo com um véu, como se olhássemos através de um gás, tudo uma miragem que nunca se dissipava. Um fogão queimando por dentro. Eu não queria admitir pra mim mesma nem pra ninguém, mas eu estava a mais pura Realeza Soledad, pura solidão devorando meu âmago. Dándome duro. Morar com La Tata ajudava? Morar perto da Milagros e das minhas outras tias e primos e os pastores bizarros e aquela señora da congregação que sempre nos levava arepas e me chamava de La Viuda (*Toda negro siempre, Francisquita, como La Viuda*) aos domingos? Isso ajudou na transição de algum modo?

Falso.

Piorou tudo. O entusiasmo delas era insuportável.

Porque essa não era uma aventura de múltipla escolha do tipo Escolha a Sua Migração, com as opções (a), (b) e (c) dispostas ao final de cada página, e você simplesmente escolhe (b) Fique em Bogotá, sua idiota. Cachaco, por favor. Essa era a mamá militante colombiana engolindo Zoloft, implorando ao papai para assinar os papéis, depois apontando para você fazer as malas, enquanto vendia seus livros, CDs e bonecas de porcelana restantes que ninguém queria; enquanto ela doava seu uniforme da escola católica (que você odiava, mas ainda assim), se trancando por horas no banheiro com o telefone e uma calculadora e então emergindo com os olhos inchados para informar Lucía e a coitada de você que ni por el chiras, que vocês não partiriam em seis meses, mas, sim, na semana seguinte, porque Milagros havia conseguido um trabalho para Mami (que nunca se materializou), e então bum bum bum um cara cubano, falando um inglês com ares de superioridade, carimba seu passaporte, dá um sorrisinho pros peitos da Mami — ele literalmente diz *peitos* — e, quando ela lhe pede que traduza, você simplesmente fala, Ay Mami, pero tu não sabias que as pessoas falavam inglês nos E U da A?

Óyeme, la cosa no termina ahí.

Porque o que sabíamos mesmo sobre migração, mi reina?

Eu não sabia nada antes de cruzar aos pulos o pântano caribenho. Tá brincando? A bonita aqui viveu no mesmo apartamento na Calle 135, ao lado do mesmo minúsculo quadrado de grama verde que se passava por um parque, ao lado da capela onde levei dedada de dois namorados; com o mesmo supermercado Cafam, a mesma loja de esquina onde doña Marta me vendia cigarros religiosamente, sob a mesma Bogotá com nuvens de poluição. Reclamando do trânsito todos os dias dos meus quinze anos inteirinhos. Estávamos tão ancoradas em Bogotá, tão acostumadas à nossa homogeneidade, que a garota da escola que veio de Barranquilla — a única nascida fora da cidade — era uma mercadoria exótica. As meninas tiravam sarro do seu jeito de ñera, o jeito que sua boca comia todas as vogais como se para nossa diversão. E, embora Mami seja originalmente de Cartagena, ela se mudou para La Capital quando tinha dezesseis anos, perdendo o sotaque de costeña. Nós só viajávamos para Cartagena de férias, uma vez por ano, o que era por si só o Evento do Ano (planejado por meses) e causava comoção o suficiente para durar até a visita seguinte:

¡Las maletas! ¡El pancito para sua tia daquela panadería especial! ¡El protetor solar! etc. Corte de cabelo novo, escova nos cabelos e um novo (péssimo, para sempre odiado) vestido de girassóis com botões dourados para combinar, usado para impressionar o epicentro do matriarcado.

Cada viagem era tão dolorosa porque Mami não gostava (e ainda não gosta) de mudanças. Ela gosta de ficar quieta e, se possível, bem parada para que nada se mova. Qualquer coisa nova a faz embarcar em uma montanha-russa de ansiedade que ela, por supuesto, nega e esconde muito bem. Ela é obcecada por rotinas e sistemas, listas, e riscar itens com uma caneta vermelha quando eles são feitos. No dia que deixamos Bogotá, o estresse casi se la comió, uma alergia sob a forma de minúsculas bolinhas vermelhas se espalhou por suas costas, e ela não parou de se coçar até que a señorita comissária de bordo disse, Bem-vindos a Miami.

— • —

Dias antes do batizado, Mami chegou com um enorme vestido amarelo para mim. Amarelo é uma cor tão feia. Além disso, eu odiava vestidos. Mami sabia que eu odiava amarelo — e vermelho, e laranja, e cores quentes. Sabe o que era amarelo? Meu uniforme da escola católica. Pollito amarelo bizarro com listras laranja e um casaco verde bordado com as iniciais da escola e uma minúscula cruz marrom. As freiras se certificaram de que não houvesse a menor possibilidade de provocação ou desejo que pudesse despertar nos meninos o mal da tentação, que somente existia fora da escola, enquanto nós, respeitáveis adolescentes — espécie em extinção —, estávamos protegidas pelas peças de roupa mais cafonas já inventadas. Era como se a paleta de cores escolhida tivesse sido inspirada no vômito de alguém. Os homens não mijavam na gente para marcar território, e podíamos agradecer às freiras por isso. E agora ali estava aquela cor horrível reaparecendo na minha vida, na forma de um vestido para batizado em uma sacola da Ross chegando até mim pela alegria exaurida da Mami.

Le dije, Mami, ni muerta vou usar aquele vestido.

Ela me interrompeu e disse, Você nem olhou ele direito ainda. É tão bello, ¿verdad, Lucía? Olha como é bello y em descuento. Você nem provou, nena. Prova, vem pa'acá.

Ay Mami. No meu coração, eu entendia a dissonância que meu corpo sentia a cada vez que usava um vestido, tipo um grude. Mas a cara da Mami era a cara da Mami, então, mesmo assim, tirei a camiseta preta, o short e, lá no meio da sala, cercada por todas as bailarinas de porcelana e seus mindinhos quebrados, me tornei mais uma vez um triste raio de sol amarelado. Eu parecia uma criança perdida em um desfile. Vestido amarelo e tênis Converse branco sujo.

Mami primeiro disse, Francisca, por que você não está usando sutiã? Horrible se ve eso. Quem te ensinou a não usar sutiã? E então, Ay pero mírala, que linda. Sua avó pode arrumar dos lados, mas te serve perfeitamente.

Tata e Mami discutiram as alterações nos vestidos. Mami comprou um cor-de-rosa para Lucía e um preto do tipo sereia para ela, uma peça linda, mas com pequenos furos ao redor da gola, a 50% de desconto. É verdade que Tata e Mami compartilhavam um amor inimaginável por Jesucristo, mas *também* é verdade que sua conexão mais profunda estava numa prateleira de ofertas da Ross, nos cupons do Walmart e na impossível variedade de pendejadas para el hogar na loja de um dólar. E, reinita, nem me fale do Sedano's. A milagrosa revelação repentina do mundo das ofertas das cadeias de lojas. O mundo pode até estar acabando, mas ao menos não há nada, nadita de nada, que você não possa comprar por menos de cinco dólares *se* procurar bem, *se* souber aonde ir, em que datas e quais cupons levar. Mami e Tata memorizavam o calendário de ofertas inteiro de suas lojas favoritas e uma vez por semana lá iam as duas, na van emprestada por Milagros, para as compras da família, que nos trazia pão dormido, arroz com amiguinhos rastejantes e vestidos pomposos da Ross com furos no sovaco.

Tata vai consertar, foi a resposta da Mami, enquanto eu olhava para os meus sovacos furados. Ela dissipou minhas preocupações, tratando o processo de agulha-e-linha como seu momento pessoal de estilista; como se os furos não estivessem ali porque o vestido tinha sido literalmente comido pelas traças, mas porque era uma obra-prima à espera de ser concluída pelo senso de moda único da Mami.

Parezco um bolo, eu disse.

Ela deu risada. Você está bella, como era quando a Tata costurava seus vestidos, lembra?

Eu não disse nada, porque era *inútil* brigar com ela por causa disso, e por mais que Mami ficasse brava comigo naquela época, havia também aquela cara dela que de repente se acendia por causa do batismo. Parada, fiquei na sala — enquanto a Tata tirava as medidas, colocava alfinetes no vestido —, encarando o horizonte com o olhar de mártir que aprendi com as tias: os olhos voltados levemente para os lados, como se prontos para chorar, mas segurando tudo; era o encontro entre o sofrimento da Virgem Maria com a raiva de Daniela Romo e um comercial de Zoloft. Uma pose que vou usar de novo e de novo por toda a vida. Uma pose passada de geração em geração da Tristeza de Mulher amontoada nos meus ossos, que remonta aos da mãe da mãe da Tata. Uma pose que diz: estou aqui sofrendo, pero não não não, não quero sua ajuda; quero que você fique aqui e me assista sofrer — testemunhe o que fez — e me deixe sofrer em silêncio com meu glamour com desconto.

— • —

Lá fora, o céu em toda a sua fúria soltou baldes de água que balançavam as palmeiras. El cielo gris, oscuro. Me lembra os góticos. Bem ao meio-dia, o céu passou de laranja-claro para nuvens pretas corpulentas que estavam cagando para os seus planos de praia ou para as três horas que você passou alisando o cabelo com o ferro de passar, esticando toda a tristeza bem na sua frente. Te lavando com sua escuridão.

Um pouco antes da chuva, a umidade se intensificou, o cheiro de terra misturado com cheiro de lixo quase insuportável. O suor constante que ia até o cu. Pele molhada, como a de um peixe. A água vinha de todos os lugares: do oceano, do céu, das poças, do sovaco, das mãos, da bunda. Dos olhos. Lluvia tropical é a violência da natureza. E aqui estava a lluvia tropical chapada de ácido, uma fiebre tropical. Febre tropical por dias. Natureza soltándose las trenzas, afogando o chão de modo que, até a noite, quando a chuva estiasse, a terra teria virado um labirinto de pequenos rios, pequenas poças onde minhocas e sapos construíam lares e os pés e a meia-calça de Mami tristemente encontraram seu fim várias vezes. Mais do que uma vez ela chegou à porta mojadita de arriba abajo, sem querer ajuda, mas gritando pra mim, por favor por favor, para olhar seus pés e tirar quaisquer animalitos.

¡Tengo bichos por todas partes!, ela diria, com nojo. E eu tentaria ajudá-la ainda que ela tivesse dito que não precisava de ajuda, a não ser, é claro, que eu tirasse as minhocas e besouros presos na meia-calça; eu traria uma toalha, secaria seu cabelo, o pentearia e trançaria. E, durante esse tempo todo, ela ficaria dizendo que não precisava de nada.

O que eu preciso agora é que você olhe para essa sorpresa que encontrei, Mami disse toda feliz, com toda a atenção voltada para a gigantesca sacola da Ross.

Da sacola, ela puxou um boneco sem roupas com olhos azuis e um cacho de cabelo preto plástico. Um surrado boneco Quem Me Quer, como os que eu implorava para ganhar quando era mais nova, mas aquele bebê tinha passado dias difíceis: as bochechas escurecidas pela sujeira, sem parte do azul no olho esquerdo, a pele gasta marrom-clara.

Pero isso era só o começo, cachaco.

Então veio o conjuntinho de roupas de menino: calça, camisa, até uma gravata preta.

Por que perguntar? Por que perguntar a ela quando você já sabe a resposta? Contudo, havia uma urgência dentro de mim de subir naquela louca montanha-russa de Jesucristo que ecoava de volta para mim, para que eu soubesse que não estava enlouquecendo. Para que eu não duvidasse da minha própria realidade. *Isso está acontecendo, certo? Mami* está *mesmo colocando as roupas do boneco sobre o sofá, ela* está *amarrando seu cabelo para trás com uma chuquinha, ela* está *se abanando com as notas fiscais, ela* está *me ignorando quando pergunto:* Mami, pra que tudo isso?

Ou a bonita não me ouviu, ou estava muito envolvida com o muñeco que agora experimentava sua nova roupa de batismo. Ela colocou o boneco no colo e, com enorme cuidado, vestiu aquele pedaço de plástico com as calças minúsculas, a camisa minúscula e a gravatinha minúscula. O gênero do boneco era questionável — quantidades iguais de azul e rosa —, e eu ria por dentro pensando que Mami estava fazendo de uma boneca menina um menino *drag*. Tanto por aquele filho amado! Questionei seu gênero em voz alta, mas ela não se importou. Ela poderia estar botando roupas numa girafa — era o seu bebê perdido, e ela o amava.

¡Encontré a Sebastián!, ela anunciou com tamanho entusiasmo.

Quem diria que o meu irmão morto voltaria para nós por meio de brinquedos descartados na seção de promoções da Ross. Quem diria que ele voltaria afinal.

Não parece que ele pertence à família?, ela riu. Então, sentindo o silêncio, continuou, Um pouco maltratado, yo sé, mas nada que pañitos umedecidos não resolvam.

Ela tinha razão. A única grande diferença era que a maioria das pessoas da família tinha um coração batendo.

Então foi a minha vez de cuidar do bebê falso, carregá-lo nos braços. Sabe que eu amava as minhas bonecas quando eu era uma peladita. Do meu jeito próprio. Eu cortava o cabelo delas, desenhava árvores e nuvens em seus corpos. Procurava incessantemente por seus genitais. Minhas Barbies se sentavam para tomar cafecito, esperando que um Ken Homem aparecesse e as arrebatasse, mas um Ken Homem demorava tanto que as garotas inevitavelmente ficavam entediadas, famintas, e comiam o cabelo uma da outra, às vezes seus membros; às vezes eu desenhava tatuagens em seus corpos, noutras as Barbies fodiam seus goldens retrievers. Os filhos das minhas Barbies eram Legos, lápis e um pequeno hamster inquieto que se chamava Maurito. Nada de filhos humanos para as minhas garotas.

Pegue o bebê! Mami passou pra mim. Pegue, carajo, que no muerde.

Agarrei o boneco pela cabeça, com um pouco de nojo da coisa. Mas Mami não aceitou bem.

¿Es mucho pedir?, ela disse. É pedir demais que você não o pegue como se ele fosse lixo?

Eu quis dizer, *Mas é lixo.*

Em vez disso, eu o abracei bem forte e com raiva, enquanto Mami continuou explicando que é claro que não era um bebê de verdade, Francisca, ¿sabes? É um bebé simbólico, ¿sí? Como Jesus, que não está de verdade em nossos corações? É uma *metáfora.*

Ela continuou falando sobre o bebê de carne e osso. Disse algo sobre sua alma, seus olhos, algo sobre a túnica do batismo, mas eu não estava ouvindo. Eu ouvia a música estourando de alta dos venecos lá fora, Lucía com *Salvation* no andar de cima e o retumbante ar-condicionado tentando tão arduamente quanto possível não nos deixar morrer de calor. Então me lembrei da cicatriz branca da Mami. O retorcido rio leitoso que dividia seu baixo-ventre e que eu traçava com os dedos quando era criança. A que estava exposta agora porque ela estava quente, quase en cuera; aquela pra qual apontava toda vez que precisássemos de um lembrete do que ela tinha feito por nós. Eles me fatiaram, ela diria, essa aqui é *você.*

Parada sob o ventilador de teto, meus olhos encontraram os de Tata, que piscou para mim e articulou com os lábios, Tenle paciência a tu mami, depois deu uns tapinhas na minha mão para que eu pegasse um refil pro seu rum.

Antes que eu pudesse dizer qualquer coisa, Mami se virou para mim.

Tá me ouvindo?

(Eu não estava.)

Obvio que sí, Mami. Estou bem aqui, eu disse a ela, segurando a mão da Tata.

As mulheres da minha família possuíam um sexto sentido, não necessariamente por serem mães, mas pelo acirrado policiamento da nossa tristeza: sua tristeza não era sua, era parte de um pote coletivo maior da Tristeza de Mulher com o qual todas nos contribuíamos. As tias podiam sentir sua tristeza mesmo antes que você a sentisse. Como se a chegada da tristeza irradiasse um cheiro específico somente detectável pelas leoas; quanto mais velha fosse a leoa, mais poderosa era e mais rápido detectava sua alma empesteando o lugar. Elas apontavam a sua tristeza para tornar as delas mais secretas e, portanto, maiores. Épicas. Sim, sim, você está triste, Francisca, mas e a sua tia Milagros que trabalha doze horas debaixo do sol? E a sua mami que perdeu um bebê? Que perdeu seu pai? E isso? Tenho incontáveis memórias nas quais meu triste corpo de adolescente emo mal tinha chance de se dar algum prazer com suas próprias lágrimas, se ensopar na obliquidade de uma vida obscura, porque havia sempre uma tia berrando do sofá quando eu entrava na sala de estar: Ay pero lá vem ela com aquela cara. Ay pero si acá no ha pasado nada.

Rapidito. Mais rápido do que poderiam sentir seus cachos se enrolando antes da chuva.

Inevitavelmente agora Mami se virou para mim e disse, Ay pero por que essa cara? Cualquiera diría que você está se chateando. Mas você não está, nena, então se anima. Deja la pendejada.

Capítulo dos

Tata era obcecada por Don Francisco.

O programa *Sábado gigante* era Jesus antes que Jesus fosse Jesus. Mesmo antes de se mudar para Miami, a bonita o assistia religiosamente todos os sábados, balbuciando amorcitos de sua cadeira de balanço para a televisão. Na Colômbia, Tata se imaginava entrando no *set* de Don Francisco com um vestido glorioso, girando a roleta mágica e ganhando um carro. Ou um conjunto de cozinha. Ou férias para duas. Ela segurava a minha mão e dizia, Ay mimi ¿te imaginas? Você e eu en el Disney. Já em Miami, ela ligava para o 1-800 diversas vezes, deixando mensagens detalhadas: Sí, niña, Alba. É A-L-B-A, sí, *Alba*. Pode dizer pra ele me ligar de volta? É importante. Em Miami, o sonho do galán estava mais perto; tão perto a Tata estava de ter aquele papi chileno lendo seu nome no crachá, gritando para a plateia erguendo o braço para ela, *Alba é la ganadora*! Mais que tudo, ela queria ser a ganhadora. Do quê? Daquele instante de reconhecimento, de fama. De um beijinho leve na bochecha dado por Don Francisco. Tata se sentaria na primeira fileira com o restante das senhoras cubanas, mas ela seria a favorita dele. Aquela com o charme mágico especial. Ela penduraria a foto abraçada a Don Francisco ao lado do seu certificado de Mulher Abençoada do Ano escolhida pela igreja. Se o papi que nunca envelhecia a chamasse, ela usaria o vestido verde-escuro e os únicos brincos de ouro que ainda possuía; desceria os degraus como fez uma vez no Club Unión, em Cartagena, mandando beijos pra cá, beijos pra lá, mas dessa vez seria com vontade. Pero niña, o sr. Tumbalocas ligou?

Y ahí estábamos: no sofá assistindo alguma señora segurar a mão de Don Francisco e ganhar o conjunto de cozinha da Tata.

Mírala, diz Tata, ela nem sabe rodar a roleta.

Mami não entendia como Tata louvava Jesucristo o dia todo depois assistia àquela merda de baixo calão, em que falsas loiras cubanas com decotes profundos dançavam em torno de El Chacal (agora, damas y caballeros, se vocês não sabem quem é El Chacal, eu os desafio a olhar no Google) e presenteavam pessoas com beijinhos pegajosos, facas de cozinha e viagens a Kissimmee, e Tata não devia estar fazendo aquele arroz con coco? Tata não entendia que o batizado aconteceria logo e que o cabelo da Mami precisava de dois dias de trabalho, e ninguém — e quero dizer ninguém mesmo — a estava ajudando? E POR QUE NINGUÉM ESTAVA RISCANDO ITENS DA SUA LISTA DE AFAZERES?

Entenda: há três listas de afazeres do batizado. Tata usou a dela como descanso de copo. As outras duas foram penduradas na geladeira, cada uma com nossos nomes sublinhados duas vezes, LUCÍA e FRANCISCA. Nem Lucía terminou sua lista infinita, que incluía coisas como Playlist do Batizado, Crucifixos de batismo da loja de um dólar e Limpar a Cara do Sebastián com Lysoform. Todas com um enorme *¡OJO!* rabiscado de cada lado, os dois “Os” formando olhinhos com cílios.

Deixamos Mami reclamar. Sentei no sofá atrás da Tata e fiquei espremendo cravos das costas dela. Ela me pagava vinte e cinco centavos para cada espremida, dinheiro que nunca se materializava, mas mesmo assim eu fazia toda vez que ela pedia, porque amava espremer a gordura de suas costas. Eu era a criança especial escolhida para espremer a pele da minha tata e livrá-la dos horrores dos cravos e do pus. Se ela estivesse alegrinha o suficiente, me deixava desenhar em suas costas com uma caneta preta. E eu sempre desenhava.

Uma vez, na Colômbia, enquanto ela tirava a roupa para um *check-up*, o médico arfou horrorizado com os desenhos de mulheres zumbis sem cabeça comendo seus bebês que meticulosamente tracei nas costas da Tata. Enfermeiras foram instruídas a limpá-la imediatamente, antes que o médico, traumatizado, continuasse a examinar o coração da minha vó.

Mami ainda estava no telefone negociando alguma coisa ou outra.

La Tata se mexeu, puxando o vestido, deixando sua bunda costeña redonda e larga confortável no sofá.

Pájaros tirándoles a las escopetas, Tata finalmente disse. Habrase visto tanta huevonada. Aquela gente, ela continuou para Mami, são hijos de Jesus também, ¿okey? E o arroz con coco vai ficar pronto quando estiver pronto.

A una ni la dejan — ela não deixaria pra lá —, nem posso assistir ao Don Francisco em paz, no joda.

É claro que Mami não deixaria pra lá.

Pero, mamá, Mami continuou, isso é blasfêmia. Você acha que é um bom comportamento cristão? Não lembra o que a pastora disse na semana passada sobre aqueles que se desviam do caminho do Salvador? E onde na Bíblia está essa passagem? Me mostra, porque Jesus não morreu na cruz para que mulheres seminuas pudessem dançar em torno de um homem. Ese programa es tan vulgar.

O que a Mami realmente quis dizer é que ela estava ansiosa, que estava cansada, e aqui estávamos nós vendo garotas em vestidos curtos de paetê que seguravam balões e gritavam na TV.

Tata respondeu do melhor jeito que sabia: um suspiro tão alto que mandou ondas por todo o sul da Flórida. Um fechar de olhos muito intenso e preciso. Então a bonita rearranjou a bunda no sofá de um jeito que fez barulho, deixando que o sofá incorporasse toda a sua emoção. Depois suspirou de novo. Mais alto.

Señoras y senõres, vocês não sabem o que é suspirar até terem a experiência da maestria, polida, reverenciada do

Suspiro da Mulher Colombiana. Nesta família, suspirar profundamente, suspirar alto, é a maior e mais irritante forma de protesto. Porque inevitavelmente implora pela pergunta: *¿Qué pasó?*. Porque vem com a inevitável resposta: *Ay nada*. Uma forma de protesto que continua se autoquestionando até a eternidade com o único propósito de absorver toda a energia na sala até que alguém ceda e conte seu segredo.

Tata estava puta de verdade. Ela quebrou o círculo do protesto silencioso rápido demais.

Sim, Tata finalmente disse, retalhando o silêncio com um cuchillo. Jesus morreu por tudo isso e mais. Ele foi crucificado para que Sebastián pudesse morrer e para que minha Francisca pudesse nascer.

Por el amor de Dios.

Eu tenho mesmo que narrar a irritação da Mami quanto a isso? Vocês já não conseguem visualizá-la olhando de soslaio para Tata pelos óculos, o peso daquele olhar de decepção pousando em todas nós?

¿Y yo? Eu baixei o volume, não olhei para nenhuma delas e desfrutei do show de indiretas que estava certa de que viria. Eu tanto odiava quanto amava as brigas delas. Elas eram el pan de cada dia, o rio viscoso de sangue que mantinha a vida daquela casa pulsando, Jesucristo e a interminável busca por 50% de desconto.

O ventilador de teto na potência máxima virava as páginas do caderno com o código colorido de Mami, em que o orçamento, o visto, a igreja, o batizado estavam todos detalhados em tópicos, com a caligrafia perfeita. Na mão de Mami, também, um marcador amarelo usado para diferenciar IMPORTANTE de DEMASIADO IMPORTANTE. Toda vez que ela terminava suas longas listas e os tópicos não estavam perfeitamente alinhados, Mami arrancava a página e começava tudo de novo. Nunca vi caligrafia tão meticulosa, polida, reta e organizada na história da minha vida. A caligrafia de Mami dizia ao mundo: *Eu sou gente que faz, e você?*. Tudo era condescendência. Tentei replicar sua caligrafia muitas vezes, mas a minha sempre dizia: *Nunca serei o suficiente.*

Mami deu uma olhada para Tata enquanto Tata se recompunha. Mami deu uma olhada para Tata enquanto Tata andava até a cozinha. Mami deu uma olhada para Tata enquanto ela ligava o fogão. Mami deu uma olhada para Tata, tirou os óculos e então seguiu para competir com o suspiro de Tata — ay Papi Dios —, um suspiro perfeito que culminou num sombrio *ayyyyy*, mas dessa vez — dessa vez, mi reina — ela não deixou nenhum espaço para alguém replicar. Esse suspiro terminou com qualquer outro suspiro. Bem aí o telefone tocou novamente, Mami atendeu e, com sua voz mais alegre, disse a tia Milagros que é claro que ela podia trazer mais convidados. Cómo no, Milagros, claro que sí, ni más faltaba.

Tata bateu potes e panelas. Arremessou o coco contra o chão, depois me pediu para juntar. A bonita continuou a resmungar como fazia costumeiramente, e, se você perguntasse a ela sobre o que estava resmungando, ela diria, Acá no más pedindo ao meu marido Jesucristo para me dar fuerza.

Mami sabia da alegria que Don Francisco trazia a Tata. Mas se a teimosia tivesse um nome, se a teimosia tivesse uma cara, seria a de Myriam del Socorro Juan com um caderno e uma coleção de canetas Davivienda. Além disso, aquela era a casa de Mami: Mami tinha ganhado o *status* de chefona e por isso pedia a todas que se sacrificassem pela causa. A causa da imigração. A causa do batizado.

A história? Sebastián foi o primeiro bebê, o tão somente único menino, nunca nascido para desabrochar um muchacho. Toda vez que ela reconta A Horrível História do Aborto Espontâneo, linhas grossas aparecem em sua testa, ela para entre uma frase e outra para recuperar o ar. A voz embarga.

Naquele tempo, a nossa cartagenera tinha só vinte e um anos e um criollito de três meses crescendo em olhos e pernas dentro de sua barriga. Isso é o que ela diz agora (*Ay mi bebé*). O criollito não durou. El pobre. Uma piscina de sangue na calcinha da Mami e uma ida ao hospital, tudo porque ela tentou erguer uma criança no Unicentro. A ironia (ela não vê). Antes de ela Renascer em Nome de Cristo Jesus, A Horrível História do Aborto Espontâneo acabava ali com um olhar dolorido e uma risadinha quando ela lembrava que não esperou para engravidar de novo. Meu pai foi ao trabalho imediatamente (*Lo puse a trabajar*). *Depois* que recebeu Cristo Jesus em seu coração, a história elaborada no hospital, as noites horríveis de choro, a espera, falar com Deus sobre a alma da sua criança. A dor. A dor. A dor. No fim da história eu nasço. Eu fui a alegria, mas eu não era Sebastián. O que fazer com todas as roupinhas azuis?

Agora o resmungo de Tata virou uma cantoria, pois tocava uma de suas músicas favoritas de alabanza. Súbele mimi, ela disse, aumentei o volume para o refrão sobre o Espírito Santo que entra e sai voando de uma montanha abençoada. Esse era o barato de Tata. Ela dava golinhos na Sprite batizada, batia e cortava o coco. De vez em quando, ela parava para prestar atenção na completude da letra e, com os olhos fechados, gritava ¡Amén! ou ¡Cristo Jesús!

Quando o momento aleluia *popstar* da Tata chegou a um fim meio abrupto, Mami recontou A Horrível História do Aborto Espontâneo para que não esquecêssemos o que estava realmente acontecendo ali, o que estava mesmo em jogo ali. Foco, gente! Bora bora.

Porque, Mami nos informou, vocês duas não sabem el dolor, toda a dor que estou passando.

Tata sussurrou para mim, Faz dezessete anos!

Para a Mami, ela disse, A ver, o que mais precisa ser feito?

— • —

No Residencial Heather Glen não havia portão, nem luzes, nem prédios altos, nem muita gente nas ruas. Tinha uma Jacuzzi mofada e uma pequena piscina, onde congregavam insetos mortos, camisinhas usadas e patos mutantes com caroços vermelhos nos bicos que deixavam rastros de cocô verde. Os colombianos e os venezuelanos descolados e alguns garotos emo também ficavam por lá. Botando salsa na aguardente. A garotada solitária, incluindo o maricón argentino estranho e triste, ficava perto do lago com todos os mosquitos e sapos. O residencial ficava a dez quadras da Iglesia Cristiana Jesucristo Redentor e a seis quadras da casa dos pastores. Nosso sobrado ficava de frente para a caçamba de lixo e, depois dele, o lago cercado de palmeiras moribundas, enquadrado pela autoestrada entrecortada. Do terceiro andar, testemunhávamos os pores do sol laranja deslumbrantes comendo o céu, enquanto famílias de gambás violentamente desenterravam seus jantares. Às vezes, por la mañana eu acordava com os gritos da Mami, Dios mío, um ou dois gambás se mataram naquela noite em uma briga de gangues por causa dos restos de um avocado. En Colombia: chuchas. En Miami: el animalejo ese. Eles particularmente gostavam das bananas fritas da Tata, crucificariam uns aos outros com seus dentes pontudos por causa delas. Gambás eram ratos gigantes que fingíamos não serem ratos gigantes porque este era os E U da A, a Terra Prometida, onde amigáveis Coca-Colas gigantes nos entregavam um *green card* para que pudéssemos consumir em um McDonald's luxuoso até o fim dos nossos dias. Não havia animais nojentos aqui. Cómo se te ocurre. Estamos em los Maiamis donde todo es luz, todo brilla, todo tiene descuento. Pa' balancear la cosa, aromatizadores de repente apareceram em todos os soquetes de todos os cômodos da nossa casa, dispostos a fazer exatamente o que Mami amava: esconder o verdadeiro cheiro da nossa vida. Em vez disso, cheirávamos como a loja de doces que tinha fechado. Apodrecendo entre baunilha e morango e desinfetante Fabuloso. Toda vez que recebíamos visita, Mami pedia que fechássemos as portas para que não desse para ver das janelas do sul a caçamba de lixo ou o quarto de Tata, onde cartas, bilhetes e fotos sem moldura povoavam as paredes com fita adesiva e uma letra horrível. Tata pendurava cada bilhete que cada pessoa da igreja enviava a ela, e Mami pensava que era, ay, tão classe baixa; elas brigavam sobre isso constantemente. Por lo menos, Mami argumentava, Use uma moldura, mamá. Tata não se importava.

Este, Tata dizia, este es el museo de mi vida.

Mami era tão impaciente com Tata, tão impaciente con el mundo que não lhe tinha dado uma casa real, um trabalho real. E daí que Milagros tinha prometido a ela um trabalho de contadora em um jornal colombiano que não precisava de nenhuma contadora, mas, em vez disso, mandou Mami distribuir panfletos à noite nos bairros, nas casas de pessoas ricas, onde depois ela seria perseguida pela polícia da vizinhança. Na primeira noite, Mami voltou rindo como uma menina de quinze anos que tinha fugido de casa com seu machuque, mas, depois de uma semana dessa degradación, ela não quis mais nada com aquela pendejada. Soy una mujer educada, carajo, ela dizia com os olhos marejados. Os policiais da vizinhança deram alguma bola para o escritório envidraçado da Mami em Bogotá? Eles deram bola para a secretária que molhava as plantas e entregava tintico pela manhã? Cachaco, por favor.

Onde estava a vida de Miami com que todas nós sonhávamos, tirada daqueles videoclipes do Marc Anthony? Onde estava South Beach, e nosso Versace, e nossos cabelos longos e brilhantes intocados pela umidade, e nosso apartamento gigantesco com vista para a playa? Onde estava aquele sentimento de grandeza e completude? Onde estava a superioridade que sentimos brevemente no momento em que contamos para todos em Bogotá que estávamos nos mudando para os Estados Unidos — uyyy a los Maiamis — e, entre lágrimas, o sentimento de reverência? Cachaco, perdío. Visto em nenhum lugar. Em vez disso, socamos nossa vida no sobrado de Tata — Tata já tinha vindo para Miami um ano antes, se juntando ao êxodo da Família Juan para fora do País de Mierda. Ela se juntou às minhas tias quando o vô foi encontrado morto na privada. Nós nos juntamos a Tata quando o coração de Mami morreu vezes demais.

La vida es dura, Tata sempre dizia. A vida é dura, amiga.

Capítulo tres

A categoria é: minha primeira vez na igreja evangélica colombiana instalada dentro do Hyatt Hotel. Só as pessoas mais sagradas e respeitadas do povo panela participavam dessa categoria.

Estava quente, estava úmido, era hora de louvar Jesus pela primeira vez.

E lá estava — a Santíssima Trindade no centro da sala estalando dedos e aleluias a lo que da: El Pastor, La Pastora e a filha adotiva deles, Carmen. Mulheres de terninho azul-marinho banhadas em joias falsas douradas, correndo para cima e para baixo no corredor central, direcionando as pessoas aos assentos, me puxando para elas com suas vozes de propaganda de televendas e um *Dios te bendiga, mi niña.* Ujieres — aprendi o título oficial quando Mami entrou para a igreja umas semanas depois, passando a ferro seu terninho marinho todo domingo e estalando os dedos para as pessoas que desrespeitavam a tabela de assentos.

Havia os homens que fediam a patchouli e exibiam correntes douradas com pingentes do símbolo de peixe com o nome Jesus, ou camisetas *Já encontrou Jesus?*. Exibiam pelos no peito em nome de Cristo Jesus. Exibiam seus novos trabalhos na loja de conveniência, no Walmart, exibiam novas palavras em inglês em seu vocabulário: *Hello! Bye! How are you!*. Tanto entusiasmo pelas palavras da língua inglesa. Cada palavra pronunciada em inglês parecia o alçar a uma hierarquia invisível onde apenas os mais sagrados e versados nessa língua germânica existiam, enquanto tratavam com complacência um bando de colombianos que ainda estavam presos lá embaixo em seus *Buenos días sumercé.* Inglês, eu aprenderia, seria uma poderosa ferramenta de superioridade.

Essa era a verdadeira igreja de Jesus, hermana. Direto de Miami, Flórida: Iglesia Cristiana Jesucristo Redentor. Uma sala fedorenta no Hyatt Hotel, onde ninguém se dava ao trabalho de passar um aspirador. Porque quem precisa de igrejas góticas; quem precisa de arquitetura divina, anjos caindo do céu, um Chuchito crucificado com sangue escorrendo por Seu abdome sarado ferido? Quem precisa da estátua de uma Madonna chorando com seu Filho, quando Deus está em todo lugar, até mesmo na sala sem janelas com carpete mostarda manchado que um bando de devotos colombianos tinha à disposição semanalmente — e por um desconto — porque o filho do Fulanito era subgerente do hotel?

ESTA É A VERDADEIRA IGREJA! DEUS ESTÁ EM TODO LUGAR, IRMÃ!

Lá na Colômbia, durante a missa semanal da escola, toda vez que eu procurava orientação espiritual ou moral, a imagem do Filho de Deus cheio de sangue, barbudo e — não esqueçamos — *gostoso* me atordoava os sentidos: pare de beijar os pôsteres do Salserín, Francisca, Ele morreu por você. Embora meu ceticismo religioso tenha despertado aos onze anos quando comecei a cochilar durante a missa, roubar os cigarros das minhas tias e me esfregar na beirada da cama, a coroa de espinhos criou um medo tão profundo que eu me pegava rezando inconscientemente depois de cada pecado.

Dez pontos de medo para a Igreja católica, zero ponto para a sala no Hyatt.

Isso logo mudaria. No creas, mi reina. Acá la cosa se pone brava.

Antes que eu pudesse dizer *Uy mamita esta la veo grave,* antes que eu pudesse entender a magnitude do seu alcance e retraçar meus passos e para sempre me esconder debaixo da van da tia Milagros, Mami cochichou para mim que, em uma hora, Lucía e eu nos separaríamos da congregação principal para nos juntarmos ao grupo de jovens. Pessoas da sua idade, nena, aprendendo sobre Dios. Increíble, ¿no? Ela disse aquilo com tal entusiasmo, como se fazer parte do grupo de jovens fosse um convite ao melhor clube *underground* do mundo, onde só os escolhidos poderiam fazer uma *rave* com Jesus. Era bem assim que a igreja se enxergava: VIP, exclusiva e o único acesso verdadeiro ao Cara Lá de Cima (*¡y ahora en español!*). Eu deveria ser grata por testemunhar tão próspera subcultura e fazer parte dela.

Porque sou uma narradora muito atenciosa, estamos prestes a entrar no cu peso-pesado do cristianismo — no canto esquecido onde uma devoção fanática por Jesucristo encontra o merengue, a bachata e o arroz con pollo —, vou te guiar no primeiro dia.

Primero: como bons colombianos, não começamos o dia até dizer *Buenos días* e *Que Dios te bendiga, hermano* para *cada* filho da puta na sala. Você pensava que o *hola hola* com beijinhos nos sábados em família com suas tias já era castigo o suficiente, mas aqui todo mundo age como sua tia e todos ganham marcas de batom em vários tons nas bochechas para provar. Se tal pessoa é parte da Santíssima Trindade ou é um Líder da Juventude, shekina (mais sobre isso depois), Líder dos Ujier, Líder Músico de Dios, Líder de *qualquer coisa,* há uma reverência demorada, e você deve adicionar algo como, eu senti o poder do Espírito Santo na noite passada e hoje — ¡milagro! — minha dor de cabeça passou. *Ou*, Ay hermana, continuo rezando para El Señor me conceder misericórdia com esse homem. Para tal, La Pastora vai responder, Ele é o seu marido. Ele trabalha quarenta horas por semana. Ele é um homem bom.

Ou você apenas diz, Que dia feio! El de Rojo deve estar à espreita por aí.

Tata chamava Satanás de "El de Rojo", o de vermelho (*Mimi, cala a boca, no le hagas caso al de Rojo*).

São pontos para *você*, hermana, e, com sorte, no final esses pontos vão se somar e você também pode crescer para ser uma liderança sagrada sirvienta de Dios.

O objetivo aqui, como entendi aquele dia, é ser a mais Cristã, a mais Escolhida, a mais Sagrada. E, para ser honesta, era uma decisão difícil. Tudo conta. Todos têm olhos e orelhas, todos estão observando e ouvindo. Até as crianças com seus cabelos perfeitamente cheios de gel, camisas passadas e giz de cera, até *elas* te julgam. O próximo líder jovem, o próximo pastor poderia ser você! A competição está sempre em curso, e qualquer gesto mínimo pode levar qualquer um a falar em línguas, comer com os pastores ou limpar o banheiro. Você decide, hermana.

Segundo, tercero y cuarto: não deixe que ninguém diga que não fazemos festas aqui. Não deixe ninguém dizer que cristãos não sabem o que é bom. Acá se goza. Jesus is in the house, e o Espírito Santo é o nosso DJ, sustentado por um arco de balões azuis enquadrando uma placa de arco-íris na qual se pode ler ARCO-ÍRIS DE AMOR com Juanito na bateria. Uma salva de palmas para Juanito! Eu nunca vi a Tata rebolando tanto a bundona do jeito que ela rebolou naquela triste manhã de domingo ao som de "Nadie como tú, Señor". Batia a bengala no chão. Erguia os braços como nunca pensei que ela conseguisse. Dane-se a osteoporose. *Tata,* pensei em dizer, *¿qué carajo estás haciendo?* Mas ela estava tão imersa. Sabia todas as músicas de cor. Sentidas profundamente. Eu só afundei na minha cadeira. Eu, em geral, afundava onde estivesse sentada até chegar o momento de me mudar para outro assento, e então o processo recomeçava.

Mas estou contando a vocês sobre o primeiro dia. Sobre a alabanza de uma hora de duração na qual a igreja se tornava um mar de braços ondulantes. De preces altas e améns em demasia. De bateria e teclado e das shekinas arrasando na coreografia e dando piruetas para Deus com sorrisos tatuados, fitas douradas e becas brancas. Pandeiros estridentes. Música hipnótica se infiltrando por todos os lugares do culto, fazendo com que os devotos mais dedicados desmaiassem e chorassem. Cantar para louvar Jesus. Adorá-Lo. Cantar para agradecer-Lhe por Suas bênçãos, Mais alto, hermana. Bien duro para que Ele ouça o quanto você está disposta a viver inteiramente em Seu nome. *Soft rock* cristão em espanhol. Santa bachata sin tumbao. Nada de moverme la cadera demais.

A música está no centro do culto. Ela anuncia a transição. Dá o tom do próximo seguimento. É sempre e para sempre uma marcação feita com batidas. Predeterminada. Nostálgica. Trágica. Cutucando aquela coisa certa dentro da sua caixa torácica. Quando a reza fica intensa, a música se transforma numa baladinha lenta, então o pastor comanda o microfone, e, numa voz que me lembra um comercial de antidepressivos, ele sussurra:

Você está sofrendo, hermana?

Diga a Deus por que você está sofrendo.

Deus está aqui para te perdoar.

Deus está aqui para levar embora a sua dor.

Mas somente se você seguir os passos Dele.

Se não cair em tentação.

Papi Dios não quer pedaços da sua vida. Ele quer seu coração inteiro, sua alma, sua mente e toda a sua força, hermano.

VOCÊ ESTÁ OUVINDO?

(Amém)

VOCÊ ESTÁ OUVINDO?

(Amém)

Deus não quer comprometimento parcial, obediência parcial e migalhas do seu tempo.

Ele quer a sua devoção inteira. Ele quer a sua vida inteira, para que você O sirva e O adore.

VOCÊ ESTÁ OUVINDO?

(Amém)

Não dê migalhas a Deus.

(Amém)

¡El Pueblo de Cristo dice!

(Amém)

Eu me sentei ao lado da Tata o tempo todo, tomada por um misto de vergonha e tédio. Alguém me deu uma Bíblia, e eu a segurei, desajeitada, no colo, folheando as páginas douradas, sem certeza do que fazer com ela. Naquela manhã, Mami reclamou da minha roupa, me mandou voltar e lavar o cabelo, e vestir um jeans que não fizesse você parecer que não tem mãe, Francisca. Porque eu realmente tenho mãe, e ela está tentando alcançar o teto, cantando a lo que da.

Uma mulher na nossa frente tapou o rosto com as mãos durante toda a alabanza, subindo para buscar ar de vez em quando, cara vermelha, mal conseguia abrir os olhos. Um homem se sentou com as mãos nas costas dela, sussurrando preces. Ela assentia. Seu choro vinha em jorros, calmo primeiro, depois seguindo a intensidade da música. Chorar, desmaiar e gritar era aparentemente tão lugar-comum que eu não entendia por que ela, especificamente, tinha preces personalizadas. O que ela tinha de tão especial. O que aconteceu com ela. Eu tentava procurar evidências de suas transgressões, mas só encontrei uma pequena tatuagem na parte baixa das costas: EMILIO. Um amante? Um filho falecido? Tatuagens eram consideradas marcas do diabo, e ainda assim ali estava ela entre criollos arrependidos. No fim, ela desmaiou. No fim, três homens carregaram-na para fora da congregação ao som de améns enquanto o pastor sussurrava no microfone que o Senhor estava com ela, dentro dela, limpando sua alma suja.

O poder de Deus está conosco! Para os São Tomés aqui que precisam de provas. Vocês precisam de provas? Aqui está a prova!

Tata puxou meu braço e aplaudiu, tentando fazer com que eu a acompanhasse na dança. Mami já estava completamente entregue, braços estendidos como se esperasse por um abraço que não viria. Como Mami sabia todas aquelas músicas? Eu me lembrava de ouvi-la falar sobre a igreja lá em Bogotá. Lembrava que ela ia a alguns poucos cultos, nos deixando com meu pai em um McDonald's por horas. Era isso que ela estava fazendo?

Ela deve ter comprado alguns CDs cristãos. Ela deve ter convidado um pastor para ir à nossa casa. Não consigo lembrar. Os últimos meses em Bogotá são um borrão total.

Fiquei em pé para observar os homens carregarem a mulher chorando. A cabeça da mulher pendendo para o lado como um balão com água, como se não fizesse parte do restante do corpo. Eles a deitaram no chão, no fundo, e depois notei uma das ujieres, uma mulher baixa, que depois eu soube que era Xiomara, correndo com um recipiente de álcool. Ujieres sempre tinham kits de desmaio a seu dispor. As mulheres levavam os kits, os homens ficavam em pé nos fundos do salão para receber e carregar qualquer alma que tivesse desmaiado. Essas eram suas tarefas. Sei disso porque, assim que ela desmaiou e eu me apavorei, o homem rezando chamou outro sinalizando com o dedo, chamou outro com uma piscada, pronunciando Venga, hermano, ayúdame. Imediatamente eles foram ao trabalho. Todos sabiam o que fazer. O Time do Desmaio.

O restante da congregação continuava cantando. Mais forte agora que alguém estava ganhando na arte de ser possuído por Jesus. A cantoria mais alta, o lamento mais profundamente sentido. *¡Aleluya!* aqui e acolá por razão nenhuma. Dedos de minhoca para cima para alcançar os ventiladores de teto. Todos queriam ser notados pelo pastor, ser chamados por ele e receber uma oração, mas o ato da nossa garota desmaiada estava difícil de acompanhar.

Senti um estranho embaraço, uma urgência em mandar que todos baixassem um grau. Espantada com a falta de vergonha nas explosões e cantorias do rock cristão, enquanto gringos normais espiavam de tempos em tempos, entretidos com o espetáculo gratuito em espanhol que acontecia bem ali no hotel.

Que vergonha daqueles que cedem à tentação!

Que vergonha daqueles que seguem Satanás e seus anjos obscuros.

¡Arriba Cristo!

As pessoas estão olhando pra vocês, eu quis dizer. Mas, naquele momento, tudo com o que as pessoas se preocupavam era provar quem era o Fã Número Um de Jesus.

Uma parte de mim sabia que aquilo não podia durar para sempre. A parte que tinha conhecido a Mami em sua fase católica, a Mami em sua fase cumbia. Mami lá em Bogotá chacoalhando os ombros no espelho do corredor, me chamando para dançar com ela. Chamando meu pai de imprestável. Chutando meu pai pra fora de casa. Bebendo vinho tinto em seu amplo escritório, delegando como uma puta chefe. Eu tinha conhecido um matriarcado enraizado naquele catolicismo cultural colombiano que dizia não para Satanás, mas sim para o pecado. *El peca y reza empata* ou *La puntica no más.* Mas aqui não pisávamos em um chão sólido. Esse pântano superaqueceu o bom senso de todos, e agora nossos objetivos de vida incluíam cânticos de aleluia de longa duração, desmaio e planejamento de batismo.

O que você vai dizer a Deus quando bater na porta de São Pedro?

Como você vai encarar Deus, hermana?

Querido Deus, eu comecei. Venha coletar seus filhos ridículos. E me traga um delineador preto.

Tata puxou meu braço para que eu parasse de olhar a mulher desmaiada e prestasse atenção no pastor. No seas grosera, ela disse, e me mandou um beijinho.

Foi aí que notei as becas recatadas e as fitas douradas abrindo caminho para a frente. Pandeiros batendo contra coxas, mãos. As dançarinas (aquelas eram as shekinas) entrando pelos fundos do salão. Um exército de *hippies* angelicais liderado por uma garota balançando uma bandeira dourada com um enorme colar de peixe dourado no pescoço. A maioria delas tinha mais ou menos a minha idade, radiantes com uma luz na qual eu não poderia confiar. Uma aura brilhante e repulsiva. Sorrindo como se tivessem acabado de ganhar um filhote de cachorro. Uma sorria igual à outra, como se alguém as tivesse desenhado, recortado e colado o mesmo sorriso em cada garota antes de enviá-las para rodopiar por Cristo. Eu me senti nauseada as assistindo dançar com tanta leveza. Pior do que ver a mulher desmaiar era testemunhar garotas da minha idade curtindo participar desse circo de mala muerte. Quando a suspeita e sombria vadia se empoleirou no meu ombro, eu li cada uma delas na minha cabeça como tola — simples, sem graça, pendeja. Estas pobres estúpidas. Enquanto eu seguia os movimentos de uma irmandade implacável, enquanto mergulhava em um abismo de nuance feminina, uma tristeza incrível envolveu meu estômago e, desta vez, eu realmente tive vontade de vomitar. Fui ao banheiro e entreguei todo o café da manhã ao vaso sanitário. Quando voltei, elas ainda estavam naquilo. A diligência de cada rosto, a conexão com o que está lá em cima — que testemunhei mais tarde em seus ensaios — tão sólida. Elas levavam mortalmente a sério sua dança, seu amor por Jesus. Eles sabiam que era verdadeiro, você podia ver no rosto delas. Eu não tinha nada disso. O que elas estavam sentindo que eu não conseguia sentir?

Acima de nós, os ventiladores de teto rodando sem força o suficiente. Lutando para manter o ar circulando. Eu me imaginei sendo puxada por eles. Erguida no ar úmido, para fora da igreja, fora da casa e para dentro do mar brilhante.

— • —

A primeira coisa que La Pastora me disse foi que, olhando um colombiano apenas de relance, ela poderia instantaneamente dizer se Jesus residia naquele coração ou se o colombiano jogava no outro time, no time de Satanás.

Olhei para Mami, que apenas olhou para a pastora como se estivesse apaixonada.

La Pastora era de Barranquilla, como evidenciado pelo longo cabelo preto com luzes amarelas cafonas e aquele sorriso dentuço gravado para sempre em sua cara oval. Uma minúscula mulher esquelética, sempre com a manicure perfeita, com a maquiagem correta e um terninho de escritório passado a ferro. *Garota,* eu queria dizer, *você comanda uma operação numa espelunca superaquecida com um bando de gente perdida, pare de fingir.* A bonita não era uma costeña gentil, calorosa e hospitaleira, mas, sim, uma fêmea direta e ditatorial cujo sorriso era menos um convite do que uma lei mandatória. A mujer mais devota no condado Miami-Dade inteiro (se perguntasse a ela, era do mundo todo, deste e do próximo), uma real servidora escolhida de Cristo de quem eu não gostei desde o primeiro dia. Ela exercia essa força em Mami e em todas as mulheres da família, uma força hipnótica escondida debaixo daquele pequeno e estúpido sorriso, e um jeito condescendente de dizer *Dios te bendiga, Dios te bendiga* a cada duas frases. Sua resposta para qualquer coisa era sempre *Hay que orar en Cristo* e *A Besta é um falso profeta esperando na esquina para pular em você.*

Mas eu ainda não sabia de tudo isso.

O que sabia *de fato* era que, quando a música acabou, La Pastora procurou especificamente por mim, agarrou meus braços e exigiu que eu a acompanhasse.

Você é uma garota especial, ela sussurrou. Cristo está muito feliz por você estar na casa Dele agora.

Fiquei pensando no que Mami teria dito à pastora sobre mim e por que eu era especial quando não queria ser especial — não ali com ela me levando para os fundos onde as pessoas pulavam para me tocar, para se apresentar e perguntar todo tipo de coisa. Meu cabelo molhado, emplastado na cabeça, meus olhos bem pretos de delineador, meu Converse preto surrado. Na mão eu tinha desenhado estrelas com uma caneta azul para que eu pudesse carregar um pequeno cosmos comigo. As pessoas que conheci me encararam como se fosse evidente que eu não tinha encontrado Cristo ainda. Sobretudo minha mão com estrelas desenhadas ganhou uma atenção louca. Os olhos de todos pousaram nela, depois nos meus tênis, depois na minha cara. Estrelas pontudas são uma coisa do demônio, eu aprenderia logo. Escrever nas mãos é coisa de criminoso e de imorais. Jesus limpa vocês de dentro para fora. Amá-Lo vem com um novo guarda-roupa, cabelo novo, nova higiene. Mais sobre isso depois.

Finalmente, me passaram para Xiomara em seu uniforme de ujier, decote enorme e a mão tapando a boca em estarrecimento porque ela não podia acreditar que eu era a filha da Myriam.

¡Mi cielo! Eu te peguei no colo quando você era *assim*. Olha você agora! Tão magrinha e pálida. ¿Sí estás comiendo? Com todos os McDonald's deste país e você desse jeito, por Dios.

Ela começou a contar — como muitas mulheres na minha vida já o tinham feito antes dela — que tinha limpado minha bunda quando eu era bebê. E, como todas elas, perguntou, Você se lembra?

Pelos fundos, vi o oceano de cabeças pretas se sentando em uníssono quando a pastora começou a segunda parte do culto. Eu localizei Mami na primeira fileira, perto do pastor e seu terrível bigode, enquanto Xiomara e seus cachos cheios de gel me acompanharam à sala adjacente. Eu via Lucía de relance já na outra sala, ensinando crianças a como pintar Jesucristo apropriadamente.

Você vem comigo para o grupo jovem, mi cielo, Xiomara continuou. Vas a ver que es de lo más divertido.

Passamos por duas mesas com pilhas de livros, CDs, camisetas etc. Todas propagandeando pombas, peixes, luzes vindas do céu. *Jesucristo es mi parcero* e *Time Jesus*. Outra mesa vendia todo tipo de mercadoria colombiana desde arepas até pirulitos Bon Bon Bums, panela e achiras, e no fim vi panfletos com fotos de ajiaco, panfletos de restaurantes colombianos da região: La Pequeña Colombiana, El Rincón Colombiano, La Tiendita de Sumercé. Restaurantes cristãos, porque a comida era mais saborosa quando preparada sob as bênçãos de Cristo Jesus. Gente de bien, você sabe.

Aqui está uma coisinha para vocês, mi reina: todos esses colombianos migraram do nosso País de Mierda para a Terra da Liberdade — neste caso, Miami — a fim de melhorar, fugir da violência ou o que seja, procurar paz ou, de verdade, se gabar de que estão morando na porra dos E U da A, e olá cartão de crédito, olá carro que você pode bancar, olá relaxar numa sala do Hyatt com os mesmos filhos da puta de quem você correu. Não podiam fazer isso em Bogotá? Barranquilla? Ou Valledupar?

E lá estava, toda dourada, a Terra Prometida colorida com uma placa colada com fita adesiva na porta que dizia: *Jóvenes en Cristo.* Dentro, um grupo de adolescentes da minha idade formava um círculo, todos de cabeça baixa, mãos em corrente. Nós tínhamos perturbado o momento, claramente. Xiomara sussurrou algo para o líder, e eu fui deixada lá no meio da sala, enquanto dez pares de olhos pousavam em mim. Ninguém fez nada. Eu queria desaparecer, mas aí um braço me puxou para dentro do grupo, e todos se lançaram em prece. Segurei a mão suada que não queria ser segurada por mim, mas, quando tentei quebrar a corrente, a pegada se apertou. Olhei para o círculo de sapatos abaixo: todos sapatos de igreja brilhantes e limpos contra o carpete azul-marinho. Meus sapatos, el patito feo da gangue com rabiscos da Colômbia: *T.Q.M., P.U.T.A.,* lágrimas desenhadas com marcador permanente preto. A sala fedia a mofo e café. Rezamos pelo que pareceu uma eternidade. Rezamos pelos soldados de Cristo, para serem bravos para que não caiamos na tentação de experimentar. Rezamos para livrar o mundo de Satã e evangelizar todas as pobres almas que não podiam ver a Verdade. Satã, aparentemente, estava também escondido em todos os lugares, esperando pelo momento certo pra te desgraçar com uma foda amiga, música alta e marijuana.

Eu não entendia o que deveríamos estar experimentando naquela pocilga isolada. Um ao outro?

O mundo oferece prazeres temporários, alguém continuou, que nos deixam insatisfeitos e desapontados, mas Jesus dá sentido à vida. Ele nos ama, nos preenche e cuida de um jeito especial das crianças que seguem Sua palavra.

Quando acabamos, eu me apresentei. Todos conheciam as mulheres da minha família; eu era outra adição à lista de Mulheres Juan. Minha família já tinha uma pontuação alta entre os devotos da igreja, com Tata como assistente líder da ujier e tia Milagros acolhendo os estudos bíblicos em sua casa.

Umas poucas shekinas estavam lá com seus pandeiros, usando chinelos e fazendo cara feia para mim, incomodadas com o fato de eu estar lá. De cima a baixo, elas estudavam meu corpo como se eu tivesse caído da Lua. Elas pediram, em inglês, ao líder para que me explicasse que eu não podia usar o símbolo do diabo nas mãos. Todos se viraram para ver de relance a estrela azul vibrante de pontas na minha mão esquerda. Eu a tinha feito naquela manhã no balcão da cozinha, meticulosamente, traçando linha após linha, admirando o jeito que meu braço rapidamente se metamorfoseou em uma tela, um ecossistema diferente. Decorando meu corpo como eu costumava fazer lá em casa.

Cobri a mão.

Mas eu nem quero estar aqui, eu queria dizer.

Wilson, o jovem líder, não prestou atenção neles e pediu a todos que me dessem calorosas boas-vindas. A milícia de Jesucristo começou a cantar uma curta e embaraçosa canção na qual Jesus abraça e beija todas as suas ovelhas, até aquelas que se desgarraram do rebanho. A ovelha desgarrada sempre retorna, dizia a canção, porque em Jesus encontramos um lar.

Fui abraçada, beijada na bochecha e respondi aos gestos de "toca aqui!" mais vezes do que pude contar. *Dios te bendiga* era o murmúrio oficial e não oficial em todo lugar que eu ia. Nos sentamos em almofadas coloridas ouvindo Wilson descrever as iniciativas de divulgação do novo grupo de jovens em South Beach, no Walmart. Todos foram instruídos a levar um amigo e compartilhar seu Testemunho de Mudança de Vida. Uma das shekinas malandras ergueu a mão e disse — em inglês, de novo, para que eu não entendesse — que provavelmente nem todos sabem o que é um Testemunho de Mudança de Vida. E Wilson não ia explicar aos novatos que, para darem um testemunho, deveriam primeiro aceitar Jesus?

Não liga pra elas, a garota ao meu lado sussurrou. Você vai encontrar Jesus logo.

Wilson contou quais eram as atividades da semana seguinte para cada um. Entre elas, jogos de futebol, estudo da Bíblia, boliche, ensaios para a segunda peça teatral da igreja, lanches para atrair as pessoas durante as abordagens de divulgação.

Y aquí se pone buena la cosa.

A porta bateu na parede fazendo barulho, e então ela seguiu desajeitadamente para fechá-la fazendo mais barulho. Quando ela entrou, todos ficaram em silêncio. O rosto de Wilson se acendeu com um sorriso tímido. Ele deu um passo para trás devagar, abrindo as palmas das mãos como se dissesse *O palco é todo seu.* A líder angelical *hippie* naquela beca recatada, com um enorme pingente de peixe dourado no pescoço como a propaganda de um aquário triste. Ela parecia diferente de perto, menor, espinhenta. Com uma energia de dar medo e um domínio do espaço como se pudesse puxar um fio e qualquer uma dessas ovelhas se curvaria e se mexeria. Senti que todos a reverenciavam, inclusive as duas vacas suspeitas atrás de mim, que se transformaram em garotas gentis e sorridentes no momento em que Carmen saudou a multidão de onze pessoas com um *¡DIOS LOS BENDIGA MUCHACHOS!* A barranquillera morena acenou para o Wilson com um sorriso sedutor, distribuindo panfletos que mostravam uma explosão de luzes saindo de nuvens cinza e, em destaque: *CRISTO VENDRÁ, ¿ESTÁ USTED LISTO?*.

Fiquei pensando em quando Cristo viria e o que O estava fazendo demorar tanto. E se isso tudo fosse verdade, Ele saberia que eu ao menos tentei?

Ok pelaos, ela começou, é assim que vai ser. Quero que todos vocês, preguiçosos que se dizem seguidores de Jesus, mexam suas colitas senão o Papi Dios vai ficar sem nada. *¿Me están oyendo?* Hoje, vão para casa e pensem naquele amigo da escola, naquela garota com camisetas pretas satânicas horríveis que se senta ao seu lado na aula de inglês, matemática ou espanhol. Vocês sabem quem. No garoto que precisa desesperadamente de salvação. Tragam aquela garota ímpia pra cá. Tragam aquele garoto diante de Jesus para que ele possa sentir Seu poder, para que possa sentir o Espírito Santo e se arrepender. Estão me ouvindo?

Amém!

Nós vamos levar o poder da Palavra a todos os desprovidos de coração! Nós vamos levar soldados ao nosso Senhor Jesus. Estamos bem entendidos, pelaos? ¡El pueblo de Cristo dice!

Amém!

Todos ficaram enlouquecidos. Celebrando, louvando o Céu, falando em línguas. A garota é uma pregadora. E das hipnóticas. Exigindo sem nenhum berraco respeito que nós — que eu, sem conhecê-la — fizéssemos exatamente o que ela dizia. *Tá, reinita,* pensei, *você conseguiu a minha atenção.*

Capítulo cuatro

Hola hola, bem-vindos ao batizado do Sebastián. Aqui é a imigrante criolla falando das profundezas da casa favorita de Jesus e mais sagrada: a piscina dos pastores, em Miami. Temos placas sagradas no gramado da frente para que você não se perca: *Aqueles Que Procuram Por Ele Encontrarão Sua Glória,* e mais adiante, descendo, *Sebastián Encontrou Sua Glória* e, por último, *Você Encontrará Sua Glória?*.

Entre, mi reina, sin compromisso.

Nosso carro é um Honda azul-bebê emprestado e batido que cheira a cigarro e leite estragado, mas nós andamos nele mesmo assim, ainda que a casa dos pastores fique a seis quadras de distância. Porque como você pode imaginar que a sua mãe vai andar nesse calor e estragar o cabelo que levou duas horas para ser escovado e modelado. Porque como você pode imaginar que essa família vai aparecer como um bando de zés-ninguém caminhando bajo el sol como desplazados.

Do banco de trás do carro, eu admirava o lixo amontoado nas ruas. Só pra irritar a Mami, eu apontava para cada uma das pessoas sem-teto, cada saco de lixo rasgado, cada carcaça do que um dia foi um carro ou uma moto onde garotos de regatas puídas se escoravam pra fumar. Cada monte de palmeiras quebradas fazendo uma linha como se fossem cadáveres amarelando.

Mira, Mami, até as palmeiras aqui estão morrendo pelo Sebastián.

Chistocita, ela disse, sem me ouvir de fato, mas mordendo a língua e olhando para os dois lados, procurando a casa dos pastores. Tudo aqui se parece. Naquela época, fazia dois meses que estávamos na ianquelândia. E mesmo que Mami tivesse ido à casa dos pastores mais de oito vezes já, a Flórida não era como Bogotá. Você não pode dizer, Quando chegar na padaria com um luminoso dizendo *Calentico* e um señor con el bigotico, vire à esquerda. Não, mi reina. Acá la cosa es un espejo. La cosa é uma repetição infinita da mesma imagem: sobrados pastel, autoestradas, palmeiras, lixo. Um labirinto de mesmice.

O bebê Sebastián estava no meu colo me encarando com aqueles olhos azuis de vidro e a pele marrom plástica. Fiquei ansiosa ao olhar o maldito bebê, imersa naquele *deslumbrante* vestido amarelo da Ross que tomava metade do assento traseiro e me fez coçar a bunda durante as seis quadras. Lucía, do outro lado, com o vestido rosa que combinava com o meu, ensaiando, aos sussurros, os salmos de batismo. Ela se virou, procurando por mim, mas só suspirei e olhei longe. Eu tinha parado de perguntar em voz alta *Por que a gente tá fazendo isso mesmo,* mas a pergunta ficou como uma música de fundo retumbando na minha cabeça. *Por que a gente tá fazendo isso mesmo.* Desde o momento em que pisamos neste brejo de Jesucristo: *Por que a gente tá fazendo isso mesmo.* Sebastián com a mesma expressão de contentamento. Como se ele não tivesse criado essa comoção. Como se sua alma não estivesse prestes a entrar no Céu. Eu queria que a minha alma tivesse alguma direção. Desejei um pouco da calma e tranquilidade que aquele boneco parecia ter só de ocupar espaço no meu colo sem qualquer consciência do Carnaval com show de horror que encabeçava. *Está feliz agora, pau no cu?* Eu queria dizer. *Contentico agora em ter todas nós, suas cadelinhas, te dando uma festica para que a sua pobre alma sofredora de dezessete anos possa sair do purgatório?* Posso lembrá-lo, querido leitor, que a morte de Sebastián foi o começo da minha vida. Que o nascimento dele teria significado que Esta Que

Vos Fala não teria se materializado. Pero pobrecito, imagínate, el único hombrecito de la casa perdío en el cielo sin encontrar a Papi Dios. Eu sabia que era um boneco, mas estava brava com ele. Nossa casa estava uma bagunça, Mami estava uma bagunça, Tata estava uma bagunça, mas toda a nossa energia naqueles dois primeiros meses foi gasta na organização desse batizado e lidando com la neurótica de mi madre.

Eu de verdade espero que você esteja se virando nos trinta aí em cima, sussurrei para Sebastián antes de dar um tapinha na cara dele. Porque você ainda está morto, pendejo.

Os pastores e Carmen esperavam do lado de fora da casa, Bíblias na mão. Todo mundo levava aquele batizado extremamente a sério. Duas semanas atrás tivemos até uma reunião batismal obrigatória na casa deles, durante a qual eles explicaram por que era essencial que todos os bebês mortos fossem batizados, usando um diagrama e citações irrelevantes da Bíblia. Sentindo o meu silêncio descrente, a pastora se apressou em explicar: E se fosse *você* correndo em círculos como loca no purgatório?

Y yo queriéndole decir: *Isto, querida pastora, isto aqui é o purgatório.*

Em pé no gramado, eles estavam todos bem-vestidos: gravata, vestido, meia-calça (em Miami). Balões pretos em abundância. Carmen, a única usando uma calça preta básica e a camiseta dos *Jóvenes en Cristo*, com aquele sorriso de sabichona estampado na cara.

Dentro do carro, Mami tentava alcançar seus cadernos, repassava nossos deveres e tudo o que poderíamos e não poderíamos fazer — obviamente dirigia-se a mim. Não xingar, não perguntar sobre os pais biológicos de Carmen, não contar muito sobre a nossa "situação". Leia-se: *Ai de você se contar a alguém que estou desempregada e que Milagros estava botando comida na mesa.* Não tirar sarro das pessoas, Francisca. Não fumar, Francisca. Para a Tata, ela suspirou, colocou a mão no xale de pashmina de Tata. Mamá, vamos fazer um bom batizado, ¿sí?

Pero claro, respondeu Tata, embora eu mesma tivesse enchido a garrafa de água dela com rum.

Antes de sair, Mami retocou o contorno dos lábios no espelho do carro uma última vez e perguntou se eu queria algum batom. Eu não queria. Pero Francisca, batom vermelho cai excepcionalmente bem com esse deslumbrante vestido amarelo. *Coño, Mami, dele con el cuento del vestido carajo.*

A ver, me dá aqui, eu disse.

Sem espelho, esfreguei o batom vermelho nos lábios. Completamente rachados e com o buço que eu cultivava desde os doze, que agora eu me recusava a depilar com cera para o desapontamento ay ay ay do matriarcado. Descuidada com o contorno. Minha cara toda era meus lábios. Um palhaço triste num vestido pollito. Minha cara era minha para fazer com ela o que eu desejasse; minha cara e somente a minha cara ainda me pertencia. Todo o resto a gente deixou para apodrecer nos Andes. Ao menos era o que eu pensava. Parecia que eu tinha comido tinha vermelha. Tata me olhou e fez uma careta. Mami, reagindo à expressão de Tata, se virou, irritada além da razão, mas se acalmou porque o show deve continuar — porque nenhuma berrinche vai estragar este momento precioso para sua mami —, ela sussurrou um Arreglamos esto en la casa e bateu a porta atrás de si.

Tata falando sozinha, mas claramente dizendo para mim de novo e de novo, Pero Señor mío, quem criou essas teimosas hijasdeputa?

Eu não queria dizer isso, então só dei de ombros, olhei para ela e murmurei Estou muito feliz que ele morreu.

Uma vez fora do carro, repeti a mesma coisa para Carmen só pra conseguir uma reação dela. Estou muito feliz que ele morreu. Carmen riu, Não, você não está!, e me puxou para dentro da casa. Era impossível não ser puxada por Carmen, e eu, tão entediada e sem objetivos, não podia me importar menos com aonde ela me levava. Mesmo quando eu não queria ir, a determinação e a adrenalina dela matavam minha resistência. Para a maioria das coisas aqueles primeiros poucos meses em Miami pareceram o mesmo: passando por mim como um trencito que me deixava para trás. Chu-chu. Bai-bai.

A bonita tinha mais energia que um siriri, mais boom boom que um foguete.

Aquele dia ela precisava da minha ajuda para escolher sua beca de shekina. Na metade do corredor, a pastora nos parou. Aonde você está levando a Francisquita? Preciso dela na entrada com o livro de convidados.

Como parte desse evento transformador, Mami trouxe de Bogotá um caderno de Recuerdos de Tu Bautismo que ela agora esperava que todos os convidados assinassem.

Mas o que as pessoas vão escrever?, perguntei a Mami quando ela, sem o meu conhecimento, puxou o cuadernillo de uma das nossas malas no dia em que chegamos. Ela não estava ouvindo, claro. Ay pero mira la portada, Francisca, ela disse. Você não acha que essa capa é primorosa?

E se cubra com alguma coisa, Francisca, disse a pastora, ainda olhando para mim no corredor com uma cara incomodada. O que pelo amor de Diosito aconteceu com a sua boca? Vem pa' acá. Claramente sua mãe é incapaz de te criar direito, Dios mío.

Se Mami soubesse como a pastora falava dela às vezes.

E ali mesmo ela tinha um lencinho. E ali mesmo no corredor com Carmen esperando ansiosamente que ela terminasse, como é de costume para as mulheres, a pastora lambeu o pañuelito, uno dos três vezes, e estendeu a mão pra minha cara. Antes que eu pudesse impedi-la, a saliva da mulher mais sagrada limpou os cantos da minha boca. Ahí está, un poquito mejor. Ela sorriu.

É cada coisa que me acontece , cachaco.

Eu disse que eu mesma podia continuar, sentindo a tristeza inflar como um balão.

Por que você está sempre com a cara amarga?, Carmen me perguntou. Desde o primeiro dia, Francisca, até na igreja essa cara de pan não muda. Se ao menos você sorrisse.

Vi de relance minha cara triste e pálida, as orelhas enormes, o vestido tão estranho, caimento ruim no meu corpo.

É a que Deus me deu, eu disse. Não tenho outra.

— • —

Lá estávamos: a comitiva de carpideiras da Mami em vestidos pomposos e suor o suficiente para encher uma piscina. Tristeza suficiente para afogar seu coração. Empanadas, quibes, niño envuelto, platanitos para alimentar o sul da Flórida e além, mi reina. Mami fazendo o que sabe de melhor: prancheta na mão, apontando o que faltava de decoração nas mesas, a piscina, os alto-falantes conectados ao iPod; apontando para Lucía, para o bebê, para o céu cinza. Apontando para as senhoras carpideiras profissionais de preto chorando por Sebastián. Mami La Doña impositiva. Apontava com o dedo, com a boca. Todos os filhos e filhas de Papi Dios como ovejitas seguindo seus comandos, sua voz. Que la comida, que las bombas, que no me ensucie la entrada, carajo, que acabo de barrer.

Mencionei que ela prestou mais atenção no preparo das comidas, nos laços dourados nas becas das shekinas do que no batismo do bebê em si?

E não é que a danada estava se realizando ali? Olhe a Mami dançando sua salsa de ordens, bancando a patroa, bem como Deus queria. Uma energia bombástica a seu redor. Olhe pra ela, impassível aos patos lá fora puxando seu vestido, impassível à cara levemente bêbada de desaprovação da Tata, vencendo no espetáculo desse batismo. Porque nada arruinaria esse momento para Mami.

Eu não a via assim desde seus dias em Bogotá quando ela apontava para a cabeleireira, para a secretária. Com o poder de fazer tudo acontecer só girando o dedo.

Tentei ficar no quarto da Carmen o máximo possível. Carmen era chata e estranha, mas era só uma, melhor que lidar com o exército de Jesus lá fora.

O que você acha, pela'a?, ela disse, segurando duas becas para coreografia de shekina, uma azul-bebê, outra dourada. Ela estava encarregada de liderar as jovens shekinas em uma dança guerreira em torno da piscina, um pouco antes de o bebê falso ser submergido na água. Tinha visto os ensaios algumas vezes. Mais vezes do que gostaria. Depois da minha primeira vez no grupo de jovens aquele dia na igreja, Carmen me ligou *todo santo dia* até que concordei em ir com ela e os chicos buena onda que amam Cristo passear no shopping. Passamos uma tarde de sábado triste no boliche do Dolphin Mall, distribuindo panfletos de *Jesucristo Salvador.* Quer dizer, eles jogaram boliche. Sentei mais atrás olhando-os se abençoarem, darem *high-fives* em nome de Cristo Jesus. Gloria a Dios, batendo palma em pleno shopping sem sentir vergonha. À minha direita, o Time Jóvenes en Cristo, à minha esquerda o Time Jóvenes Llenos del Espíritu Santo. Todos mantinham uma distância polida da minha camiseta do The Cure e do delineador preto daquele dia. Todos me deram boas-vindas com desconfiança e sorrisos condescendentes — todos sabiam que Jesus ainda não tinha colonizado o meu coração. Que eu ainda não tinha oficialmente botado pra fora A Prece Que Me Salvará, e, portanto, a minha alma ainda jogava no outro time, aquele mais perto de Satanás, e, quando o Arrebatamento acontecesse, eu desapareceria nas chamas — Puf puf!, Carmen disse —, enquanto todos eles se elevariam, balançando ao delicioso ritmo salvador, para os braços de Papi Dios. Wilson tentou que eu me juntasse ao time deles para rezar, tentou me encorajar a integrar o time vencedor, mas só coloquei meu capuz na cabeça, discman ligado. Pero então Carmen tenía un volador por el culo e era dá-lhe que dá-lhe, tentando me fazer jogar ao menos uma vez, compartilhando sua batata frita comigo, me comprando um *milk-shake* de morango quando eu disse a ela que não tinha dinheiro para nada além do aluguel dos sapatos estúpidos que eu nem usaria. Ela se sentou ao meu lado o tempo inteiro, me dizendo coisas como, Você não vai se sentir sozinha quando deixar Chuchito entrar no seu coração, e, quando ela não marcava pontos, Jesus sabe o que é melhor para mim, e então, Sabia que o Wilson acha que eu sou a shekina mais bonita da congregação? e depois, Venha ajudar a panfletar na porta do supermercado nesse sábado? Naquela ocasião, Carmen estivera usando o mesmo suéter (sem sutiã) que agora ela estava tirando (sem sutiã), aquele com a estampa de uma vela acesa dentro de um arco-íris. É a luz do Espírito Santo, ela explicou, lambendo os dedos engordurados de batata frita no shopping. Seus mamilos apontavam para mim.

O arco-íris conecta o Céu com a Terra, e o Espírito Santo é a energia entre eles. Ah tá. Eu fiz que sim com a cabeça encarando bem seu coração.

Carmen não perguntou, mas me virei, envergonhada, quando, em seu quarto, ela tirou o suéter. Eu estava acostumada com as mulheres da minha família desfilando nuas umas na frente das outras, era parte da dinâmica entre nós. Em uma família com a proporção de cinco mulheres para um homem, todas sabiam o tamanho dos mamilos uma da outra, comentavam sobre a celulite e as estrias uma da outra como se fossem acessórios (*Ay mire cómo le han servido los masajes a Milagros en esa cola*). Mas fiquei com vergonha de Carmen. *Menina, eu acabei de te conhecer,* eu quis dizer. *Não fique toda pelada na minha cara*. Fiquei com vergonha da pele dela exposta, a barriga agora de repente revelada, a trilha preta, não como a minha — a falta de vergonha do corpo.

Pero Francisca, ela reclamou, como você vai me ajudar se não está me olhando?

Trágame tierra.

Ouvi Mami gritando, procurando por mim. Aliviada, corri para encontrá-la.

— • —

O céu escuro crochetado com retalhos azuis, como uma Diosa gigante escavando nuvens de chuva. Eram quatro da tarde. Sem montanhas. Sem vento. Só uma congregação de trinta colombianos vencendo na vida sagrada, sudando la gota gorda. O ar tinha uma densidade irreal, uma umidade tão absurda que, no fim do batizado, eu juro que havíamos desenvolvido guelras. A piscina batismal sagrada no centro, alinhada com uns poucos raios de sol espiando detrás das nuvens *cumulus* pretas e cinza. A piscina maiamense se tornou o rio Jordão así no más. Uma coroa de palmeiras meio mortas criando um arco deprimente de amarelos e verdes, onde balões pretos e dourados balançavam, pássaros gorjeavam e disparavam cocô na toalha de mesa preta que Lucía estava arrumando. Pero cachaco, na cabeça de Mami aquilo era o Hilton em Cartagena papá, aquilo era o Plaza Hotel; essa vista do lago cinza com uma pilha crescente de lixo era o extravagante! o luxuoso! sueño americano pelo qual todas nós esperávamos.

Ela abandonou sua vida naquele País de Mierda para vencer nos E U da A, e, puta merda, olhe para ela ganando.

Um constante murmúrio feminino misturado com merengue cristão, bachata cristã. Mulheres de Deus se sentavam ao redor das mesas reclamando do cabelo. Cabelos engrossando, fermentando como pão. Spray de cabelo pa'quí, spray de cabelo pa' allá. De mão em mão em mão em mão. E então: garoa. Pânico.

Aquí va a llover, alguém resmungou.

Aquí lo que viene es um palo de agua, outro ecoou.

A fiebre tropical vai arruinar o momento espetacular da Mami?

Acá ni va a llover, ni aceptamos ese tipo de actitud, Mami latiu de volta.

Não estrague o show dela. Não traga a sua atitude negativa de classe baixa para o espetáculo que Myriam del Socorro Juan tinha sonhado por meses. Você não vê que ela não tem emprego, não tem casa, não tem homem, mas, filha da puta, ela tem uma prancheta e um bebê morto esperando para ser batizado. E nem mesmo a chuva poderia arruinar o show da Mami; desta vez, só desta vez, *ela* era o poder maior.

Deixe Diosito saber que Ele pode comandar todos os shows, mas que Mami comanda *esta* casa.

Ay juepúchica.

Nossos convidados chegaram. Eu era a recepcionista. A pastora me arrastou para a entrada com suas mãos marrons esqueléticas longas e impecáveis — as mãos de uma mulher que nunca trabalhou ou sofreu, mãos que conhecem manicures desde que puderam apontar. E apontar foi o que ela fez, para a minha cara. Para o caderno. Para o lugar ao lado da entrada onde por duas horas sorri falsamente, *Buenas tardes, bem-vindos ao batismo do Sebastián, por favor, assinem aqui e compartilhem uma mensagem de amor com a família enlutada*, e fingi ser a filha de uma mulher que eu não reconhecia batizando seu bebê morto. Quem era Mami? Confusão nem chega perto de como eu me senti sobre ela; ela me deixou na entrada com a pastora policiando cada movimento meu. Será que Mami estava mesmo a fim disso ou estava viajando? Foi La Tata que me aliviou dos deveres de recepcionista quando tive que ajudá-la a descer pelo corredor enquanto ela tropeçava até o banheiro. A pobre, tão tontinha a quem tive de ajudar com seus calzones. Mimi, ela disse rindo, tu abuela costumava ser chamada de La Muñeca. Tu abuela ia ser uma estrela. Todos em Cartagena se curvavam para mim, ¿sabías?

Eu sei, Tata, eu disse, arrumando seu cabelo branco eriçado.

Você ouviu aqui primeiro, reinita. Toda a fofoca sem filtros. O batismo prestes a começar. O bebê falso em uma túnica dourada. Você ouviu o pastor estalar os dedos no microfone — sim, eles trouxeram um hijuemadre microfone para os vinte pelagatos — checagem de microfone, soooooonido. ¡Dios los bendiga, hermanos! Você o ouve apontando para alguém para que dê início à santa música do iPod e ouve as batidas da salsa cristã reverberando em torno da piscina e as señoras movendo levemente os ombros e os hermanos movendo levemente os quadris — a memória corporal de uma vida uma vez vivida em pecado. Uma vida que outrora usava aquela salsita para propósitos sensuais de entretenimento, mas agora a salsita, o merengue, o siseo corporal eram seguidos pelas mãos em louvor, por aleluias, por orações ritmadas enviadas ao céu úmido. Não é que não rezássemos em Bogotá. Não é que não acordássemos cedo todos os domingos para nos ajoelharmos diante de um Cristo sangrando, para comer o corpo de Cristo e sentir cheiro de incenso o dia todo. Não que todos nós não tenhamos sido batizados quando bebês por um cara em uma túnica, derramando água benta. Mas essa água fedia a cloro. A túnica neste batismo era vestida por um bebê agora morto, agora submerso na piscina pelo pastor, agora cintilando gotas de água, agora erguido para os céus como se fosse uma refilmagem criolla de *O Rei Leão*. Os pés da Mami mal tocavam a água. Uma felicidade em seu rosto que eu não reconheci. Aplaudindo quando o bebê foi reerguido para o regozijo da congregação. Eu estava em pé do outro lado, longe, perto da entrada, puxando as cutículas até sangrar, mantendo Tata hidratada, tentando o quanto podia não olhar para Mami. Ignorando a Lucía. Mantendo os olhos nos meus dedos, nas mãos da minha avó. Alguma coisa tangível, legível, alguma coisa que eu entendia. Mais tarde, naquela noite, eu me trancaria no banheiro tentando pensar num plano de fuga. Ligaria para o meu pai, mas, como sempre, ele não atenderia. Consideraria ligar para os meus amigos em Bogotá, mas não poderia lidar com a tristeza, a vergonha dessa nova vida. Como eu explicaria isso a eles? Vir para os Estados Unidos é um sonho! E eu deveria estar feliz feliz feliz! Considerei sair, pegar um ônibus. Para onde? Com que dinheiro? Não conhecia ninguém. Falava um inglês básico. Sentei no vaso, com o telefone na mão por vinte, trinta, sessenta minutos até que entendi que não havia ninguém fora de Miami, ninguém que viria me salvar. Como a Mami dizia, Esta es nossa nova vida, Francisca. Olha ao redor, esta é a sua casa agora.

Capítulo cinco

Nas semanas seguintes ninguém sabia o que fazer com o bebê de plástico na casa. La Tata pensava que era uma pendejada ficar com ele. Lucía e eu nos recusamos a deixar que Mami o colocasse entre os nossos livros e CDs, e Mami, mesmo que não admitisse, estava um pouco envergonhada de ter um muñeco na cama a esta altura da vida. Depois de ser o centro das atenções, Sebastián agora não tinha nenhum propósito. Os pastores não especificaram o que fazer com o bebê metafórico depois do batizado, uma vez que o bebê real ascendeu do limbo aos braços de Papi Dios (onde eventualmente encontraria Mami e o restante da família no que eu imaginava ser uma pequena pachanga celestial).

Na noite seguinte ao batizado, Mami deixou Sebastián na mesa de jantar, e nos dias que seguiram você poderia vê-la se assustando toda vez que entrava na sala de jantar, como se esperasse que o boneco fosse embora ou desaparecesse, ou encontrasse um propósito na vida, ou, melhor, que se apressasse em trazer à Mami a grana de que ela tanto precisava.

Era um momento estranho para Mami. O que ela faria agora que o batizado tinha acabado? Teria sua própria depressão pós-batismo, vagando por aí sem objetivo. Ela andava pela casa tentando encontrar um canto para o falso bebê, segurando-o pela cabeça, o que eu entendi como se ela *finalmente* tivesse recuperado o senso sobre aquele pedaço de plástico. Nunca es tarde. Mas como tudo relacionado a Mami, é sempre uma surpresa. Ela saía com Milagros duas ou três vezes por semana para distribuir mais panfletos, trabalhar na revista cristã sobre finanças de algum cara colombiano, fazer algum billullo aqui e ali, mas, quando chegava em casa, ay de quem tivesse tocado ou mudado o berraco do bebê de lugar!

Pero mamá, eu disse, pensei que tínhamos acabado com isso.

Acabado? Mi reina, ela não estava nem perto de acabar. Naquele momento, eu pensava que o clima úmido, quente e infernal estivesse mexendo com os neurônios da Mami e mudava o bebê de lugar de propósito só para ver como ela reagiria, só para observar La Tata fechar os olhos cor de avelã em sinal de frustração e finalmente dizer a ela: Myriam, vê se faz crescer unos putos cojones, estou jogando fora esse pedazo de mierda. Sebastián foi para o lixo, deixando o cheiro de cloro e um pequeno vazio na casa. Eu sabia que Mami era obsessiva, mas Miami a estava alçando para um outro nível de louca obsessiva que eu não sabia que era possível. Era o calor? Era o ar-condicionado? Era a intensa soledad que a fazia chorar solita à noite, pensando que ninguém a ouvia, mas é claro que eu ouvia, porque Soledad Eterna era meu sobrenome e obviamente eu também não estava dormindo? Obviamente eu estava fumando ao lado do minúsculo terraço, tendo a minha própria festa da sofrência, entreouvindo sem querer a tristeza de Mami.

Dios mío.

Mami não estava aguentando o fato de Tata jogar fora o muñeco. Esse bebê vai embora quando eu disser que ele vai, ¿estamos?

Mami, eu quis dizer, *larga disso.*

Pero essa de que estamos falando é Myriam del Socorro Juan. A bonita lutaria porque está certa e você está errada. E ela tem aquele olhar matador que prova isso. Myriam, que começou a perder sua camada de vergonha e passou a brigar em espanhol com as caixas no supermercado, porque ela *sabia* que o saco de arroz era pegue um, leve outro de graça.

Yo de aquí no me voy, ela disse para a pobre latinita na caixa registradora. Llámeme al gerente. Brigou com o gerente até que o homem cedeu e lhe entregou um saco de arroz de graça. ¡Es que le quieren ver a uno la cara! E depois na loja de um dólar. E depois no Walmart, quando os cupons não passavam no leitor. ¡Llámeme al gerente!

Tinha mesmo a ver com o arroz, você pergunta? E com os cupons? Cachaco, nunca tem a ver com saco de arroz. A bonita passava os dias lambendo envelopes, chorando, correndo numa van sem ar-condicionado com Milagros, então despejou sobre a pobre senõrita no caixa toda a *indignação* com essa vida que Mami não conseguia admitir que a estava enlouquecendo.

Mas Sebastián era o projeto da Mami. O bebê pelo qual ela supostamente — não de verdade, mas tudo bem — se enlutou por dezessete anos. O bebê que lhe deu um projeto com objetivo naqueles primeiros meses. Ela estaria pronta para largar o bebê falso para sempre?

Da caçamba de lixo ela recuperou o muñeco. Vestida com meia-calça e saia, ela procurou por ele e o trouxe para casa todo borrado de ketchup e fedendo a bunda. Lucía e eu olhamos incrédulas. Eu estava dividindo o quarto (de novo) com Lucía, que lotou as paredes com parafernália de Jesus e do Espírito Santo colada nas paredes com fita adesiva e exigia que eu não vestisse preto na presença dela. Bem no meio do quarto, desenhei uma linha com delineador preto, e ela sussurrou, incomodada, Mami vai te *matar* por estragar o carpete.

¿Y qué?

Então ouvimos pela janela um estrondo do lado de fora e o que soubemos ser Mami mancando de volta para casa.

Até Lucía achou que aquilo estava passando do limite. O que. Ela. Está. Fazendo. No liiiiiixo.

Lucía, que não ousava desafiar Mami em nada. Quando Mami dizia pula, Lucía se jogava de um penhasco.

Nossos olhos se encontraram em um reconhecimento compartilhado, um breve momento de conexão sobre a loucura de pedra da nossa mãe. Costumávamos nos unir nos tornados da Mami, como chamávamos, a energia de redemoinho que ela tinha quando corria atrás de algo sem prestar atenção no que estava fazendo. Tropeçando em seu próprio caminho. Não importava. A turbulência de Mami era nossa conexão. Lucía e eu nos sentávamos de vez em quando no nosso quarto em Bogotá, vendo a Mami soltar fumaça por causa de meias desorganizadas, jogando tudo para fora do armário e nos fazendo dobrar camiseta sobre camiseta até que a casa inteira estivesse organizada por código de cores e por tamanho. Mas aqui. Menina, aqui não tínhamos pilhas de roupas para dobrar. A comida era pouca. Tudo o que tínhamos para organizar eram esses três chiros que pudemos trazer. Eu tinha decidido usar preto e somente preto como meu véu de luto por tudo que estava perdido. Meu armário menor do que o de todo mundo.

Só não consigo entender, Lucía continuou, se há tantas cores que Diosito criou, por que você, Francisca, escolheu a mais escura. Lucía e eu éramos como Maria Madalena e a Virgem Maria. A pecadora e a santa. Embora eu nem sequer estivesse cometendo pecados, uma pena. Já nos demos bem. Perseguíamos uma à outra pelo apartamento e criávamos coreografias para todos os temas de telenovelas. Fingíamos que éramos ricas: Lucía com os saltos da Mami, pérolas falsas. Eu, com uma gravata do meu pai, bigode desenhado. Ficávamos na frente do espelho do corredor mandando beijos para o proletariado imaginário que tinha viajado quilômetros só para vislumbrar quão fabulosas éramos. Pero ahora Lucía era outra Lucía; ela tinha entrado para os Jóvenes en Cristo com tanta facilidade, renascido tão rapidamente — sua conversão, como uma Cinderela que perdeu o sapatinho, a transformou sem deixar nenhuma aresta, como se ela estivesse esperando para orar com a guerrilla maiamense colombiana de Jesus por todos os seus doze anos de existência, e, niña, essa irmã teve sucesso. Quero dizer, lá estava ela se voluntariando para o serviço comunitário em South Beach, cobrindo o supermercado Sedano's com panfletos, gravando a si mesma lendo versos da Bíblia para as crianças, chamando a atenção da Tata por blasfemar. Ao ponto que até Mami — óyeme, até Mami —, enquanto Lucía palestrava para La Tata sobre seu uso de *hijueputas,* disse à culicagada para se acalmar. Bájate del bus, niña. Cálmate, Lucía, cálmate, carajo. Mas não tinha essa de se acalmar. Ela tinha sido, como a pastora constantemente nos lembrava, tocada por Deus. E aqueles tocados por Ele estão para sempre transformados. Levou todo um mês para que essa cachaquita se transformasse numa hija de Dios completamente desenvolvida e, puta merda, ela estava orgulhosa disso. Palestrando como se a filha da mãe tivesse diploma em Estudos de Jesus. Recentemente, ela havia sido promovida a assistente do líder jovem e não havia nadie que se la aguantara. Quanto mais orgulhosa Lucía ficava, mais tempo eu passava olhando para o ventilador de teto, brigando com ela por causa do meu pôster dos Smiths, me escondendo para fumar. Peguei os horários da empresa de ônibus rodoviário e encarei a lista de lugares misteriosos para onde eu poderia ir por apenas cinquenta pilas. Atlanta. Jacksonville. West Palm Beach. Nova York?

E lá está, nosso hijo abençoado. De volta das profundezas da caçamba de lixo vizinha. Na cadeira ao lado da Mami, como o príncipe que ele é.

Maldito.

Pero claro, Lucía não tinha uma opinião sobre aquilo. Ahí sí tenía el opiniadero dañado, ¿no? Pero, eu tinha. Tinha muitas opiniões. Muitas opiniões que não sabia como articular, como fazer sair. Estava tudo dentro de mim como uma bola de neve com o calor e o ar-condicionado e aleluias diárias e isso e aquilo e aquele outro. Foi só quando Mami ousou limpar uma sujeira restante da cara do muñeco que minhas tripas fizeram na-*ah.*

Es ridículo, comecei. Você não acha, Tata? O batizado não foi suficiente? Onde você vai pôr esse pedaço de plástico agora?

Por debaixo da mesa, La Tata me deu um tapinha na perna. O jeito dela de dizer *Deixe ela em paz, mimi.*

Um silêncio curto. Parecia que Mami não ia dizer nada. Que ela continuaria bebendo aquele juguito de lulo como se não fosse nada. Historicamente, Mami tinha sido uma tremenda *Connoisseuse* do Silêncio, uma Reina del Silêncio, o que significava que ela sabia quando ficar em silêncio, como se tivesse soltado uma bomba de fedor, e manipular o vazio, fechada em suas margens para ter certo resultado. Silêncio, reina mía, é uma poderosa ferramenta nesta família.

Ay ya, Mami disse.

Depois nada.

Era melhor quando ela brigava de verdade, sabe? Ao menos eu tinha algo a que me agarrar e para retrucar com minha astúcia maldosa. Ao menos eu podia escalar aquelas palavras ou empilhá-las dentro de mim. Rodopiá-las na minha língua para trazer algum vago senso dessa nova realidade. Mas agora ela só olhava para o arroz con pollo, mastigando um pouco devagar demais, o que só me dizia que tinha algo se construindo dentro dela, algo que não saberíamos agora e, quando soubéssemos, seria uma explosão. Assim é a Mami. Ela estabelece o prelúdio, depois se afasta para que você anseie por mais.

E eu sempre caio nessa.

Mami?, eu disse.

Era em momentos como esses que eu poderia dar uma de Gloria Trevi* pra cima dela — eu me imagino hercúlea, empurrando a mesa de jantar com tanta força que não haveria rastros de pollito — ou poderia engolir a indireta e deixá-la se bater contra as minhas costelas. *¡Pao!* Como um pajarito louco se desgastando.

Maldito muñeco, eu disse para ninguém, mas é claro que para a Mami.

Ay no, disse a Tata.

Las palavras tienen poder, disse Lucía.

* Cantora e atriz mexicana conhecida por ser encrenqueira.

Colocando o garfo de lado, Mami me encarou. Francisca, nesta casa não maldecimos, ¿okey? Depois ela sussurrou para si mesma alguma bênção.

Ela podia matar você com aquela merda ou algo assim? Não podíamos dizer *maldito*, porque as palavras têm poder e deveríamos enviar bênçãos para o mundo, então, em vez disso, o muñeco deveria ser um *bendito* muñeco. Todo domingo aprendíamos "novas maneiras" de expressar nossos sentimentos. Novas maneiras que seguiam as seletivas palavras do nosso Salvador. Eu imaginava Jesucristo subindo até La Calavera com aquela puta cruz, sendo chicoteado, levando socos na cara, ouvindo gritos de alguns descrentes, pero ay, você não acha que o bonito resmungou um *hijueputa* sob um suspiro? Cachaco, por favor.

E mais *bendito* não era nem perto do que eu estava sentindo. A droga do bebê era uma porra de uma maldición. Um sinal de que nós, de que eu, de que essa nova vida era uma maldição e deveríamos nadar imediatamente para o outro lado do charco.

Mami ficou com Sebastián, e eu evitava o quarto dela a todo custo. Toda vez que eu passava por ele para ir até a sala se me paraban los pelitos, uma bola de raiva e derrota na minha garganta.

Meus quinze anos desperdiçados.

O que estou dizendo é: eu me sentava no meu quarto e inspirava o pouco ar-condicionado que se conseguia ter na casa. Não conseguíamos baixar de vinte e três graus porque a conta de luz era de arrancar os cabelos. Eu levava um saco de gelo para pôr nos pés toda vez que me sentava na minha cama e ficava olhando pela janela. Não podíamos abrir as janelas porque não havia nenhum vientecito para orear la casa. Eu ficava olhando para a caçamba de lixo, para o Roberto, o velho borrachito cubano cadeirante que flertava com a Tata toda vez que tinha chance, y más allá, para as casas quadradas, umas depois das outras, casas de tons pastel reluzindo ao sol. Em algum lugar do outro lado daquelas palmeiras secas estava a minha casa, além do lago, além das venezuelanas de biquíni abraçadas em garotos exibidos em piscinas nojentas, além das autoestradas entrecortadas. Além do jogo de cama florido debaixo do qual eu tentava, sem sucesso, esvaziar a cabeça lambendo dois dedos secos e colocando-os dentro dos meus shorts. E agora Pablito interrompendo tudo com suas cicatrizes de acne e sua camiseta do *Star Trek*, batendo na porta, perguntando naquele sotaque cantado argentino se uma das niñas o acompanharia até o shopping.

¿El mall?, eu disse olhando para ele de cima a baixo. ¿Tú quieres que yo vaya contigo al mall?

Esse pendejo está *me* chamando para ir com *ele* — claro que ninguém mais de fora da igreja me convidava para nada.

Está correcto, ele disse timidamente. No fliperama.

Suspirei.

Yo no voy a salir contigo, maricón, eu disse.

Essa era a quarta tentativa de Pablito. Ele já tinha batido na nossa porta algumas vezes, se apresentando, vendendo desenhos, mas eu sempre o deixava esperando na porta. Mami, incomodada com a minha grosseria, convidava-o para entrar às vezes por tintico. Convidou Pablito para ir à igreja. Ele não era cristão, mas a educação dele acariciava algo profundo em Mami. O sinal de "perdedor" estampado na testa dele acendeu uma onda de pena em Mami e Tata.

Mami berrou da cozinha que talvez me faria bem. Pablito resmungou, Com todo respeito, eu não sou um maricón, eu juro. As mãos apertadas para trás. Eu me vi encolher ao assistir o maior perdedor do Residencial Heather Glen oferecer sua amizade. Dios mío. Isso é o que me tornei, na verdade é mais me destornei. Ainda assim. Pablito foi o único perdedor que não se aproximou de mim com um livreto sobre Jesus, ou uma bênção, ou uma regata com a estampa *Já aceitou Jesus?*, sugerindo que eu trocasse minha camiseta dos Ramones por algo mais festivo. Cores caribenhas. *Você é colombiana, mami, cadê seu sabor?* Ainda. O bonito me dava arrepios, e eu não ousaria ser vista com ele em público (lembre-se, eu não conhecia ninguém. Pero era uma questão de princípios!).

Agora, mi reina, você entende por que eu me tranquei de volta no quarto (*No Pablo, hoy no*), estourando um The Cure, encarando o ícone do MSN no computador, esperando por alguém, qualquer um dos meus amigos lá de casa, dizer alguma coisa? Nas primeiras semanas, nossas conversas duravam horas. Eles detalhavam todas as fofocas da nossa escola em Bogotá: quem pegou o panadero, quem acabou bêbado no hospital, quem foi pego fumando etc. Eu passava tanto tempo grudada naquela tela de computador quanto Mami na sua devoção me permitia. Mas, depois dos dois primeiros meses, as mensagens começaram a rarear. Novas pessoas adicionadas ao grupo. Quem é aquele? Ah, você não conhece, é o irmão da María, que es un churro divino. Relacionamentos mudavam. Carolina? Não, menina, ela foi expulsa da escola porque beijou a Ana. A Ana disse que ela a forçou. As freiras ficaram doidas. Quem é Ana? Bogotá mudando sem mim. Me deixando para trás. Novos prédios, novos bares. Minha própria língua me desprezando. Eu me lembro de notar que usavam novas palavras, *guapa* em vez de *hembra*. *Darse besos* em vez de *rumbearse*. Tentei embarcar, salpicando aquelas novas palavras aqui e ali, mas elas soavam todas retalhadas, estrangeiras, e eu não conseguia acompanhar.

Agora as conversas duravam apenas minutos antes de chegarem num beco sem saída. As janelas do *chat* vazias. A opressão do ventilador de teto.

Capítulo seis

No domingo seguinte, na Iglesia Cristiana Jesucristo Redentor, um grupo grande de mulheres circundava e tocava a face de uma moça. A bonita não devia ter mais do que vinte e cinco anos. Tinha acabado de fazer *laser* na cara. Ela tinha suíças peludas de verdade, *como um homem!* E, agora, *milagre!*, tinha voltado sem pelo, completamente mulher, pronta para testemunhar sobre isso. Aparentemente suíças em garotas são um não-não para Deus, especialmente se você quer se casar com o cara que é o vocalista que atende pelo estúpido nome de Art, o que ela queria, ou se você quer participar do círculo interno da igreja, o que ela queria. Os pastores pagaram pelo *laser* com o dinheiro da igreja e explicaram para a congregação como eles apoiavam esse sonho. *Art agora a ama! Olha só o amor puro deles!* É claro que isso era um gasto óbvio da igreja já que a garota agora subiria no placar com aquela pele sedosa. Os homens estavam do outro lado da sala enquanto o coletivo das mulheres trabalhava como um grande microscópio na cara dela. Nós todas queremos um pedaço da sua transformação para uma versão superior e mais perfeita de fêmea. Era óbvio que todas aquelas mulheres costumavam, direta ou indiretamente, tirar sarro dela. Era óbvio que todo aquele louvor carregava em si um sentimento subjacente de inveja, de raiva. Agora todas nós tocamos nossas próprias suíças, não tão peludas quanto as dela, mas ainda assim com pelos minúsculos — um lembrete de que ainda não éramos tão puras e definitivamente não tão escolhidas. Ninguém pagaria para nos tornarmos mais mulheres e, portanto, mais desejadas pelas patentes superiores da igreja. E assim começava a volta na montanha-russa da inveja. Todas nós com tentáculos famintos se esticando sobre o corpo dela. Todas se revezando para correr os dedos pelas bochechas sedosas, comentando sobre sua recém-adquirida beleza. Ela parecia entusiasmada com toda a atenção, assentindo e repetindo, Eu quis isso a vida toda, Eu quis isso a vida toda. Art está tão animado por mim. Nós finalmente vamos ganhar a bênção da igreja. Sorrisos invejosos por todos os lados. Quando chegou a minha vez de tocá-la, eu me recusei.

Tudo bem, ela me estimulou. Toque, é tão macio.

Eu não queria tocar a pele de outra pessoa. Ela já estava suando por causa de toda a atenção, e fiquei com nojo de ter que correr meus dedos por suor e pele. Todos os olhos de repente pousaram em mim. Tata mais tarde me atualizaria sobre a fofoca da história da garota da igreja. Ela era uma ninguém, e as pessoas falavam da sua cara peluda como se ela fosse uma aberração trazida por Satanás. Só aos sussurros. Só de passagem. Ela era a evidência de que a biologia tinha dado errado, e todas as mulheres se sentiam superiores quando olhavam para o corpo peludo dela. Agora ela tinha superado todas aquelas vacas e escalado, aguerrida, até o topo sem pelos. No Mundo das Garotas Colombianas isso se chama *arribista*. No Mundo da Igreja Colombiana é só chamado *um milagre da benevolência de Papi Dios que se recusa a deixar que Suas filhas sofram*. Amém.

Daquele dia eu me lembro de deslizar dois dedos sobre a bochecha dela, o sorriso orgulhoso da garota. Eu me lembro do sentimento de ser convidada para o círculo, de me juntar às mulheres nesse ritual. Por mais nojento que tenha sido tocá-la, também foi um convite. Eu também as segui e deslizei dois dedos sobre a pele dela. Algo naquilo pareceu errado. Ainda assim. Eu estava dentro do círculo, acolhida. O pastor nos chamou para o pódio, ¡Las mujeres! Por favor, nos façam um favor, parem com a fofoca e vão se sentar. A garota sem pelos então me abraçou. Ela disse, Cristo acreditou em mim. Carreguei a face dela dentro de mim naquele dia, um sentimento estranho de proximidade.

Naquela manhã, eu me recusei a acompanhar os Jóvenes en Cristo depois da uma hora de alabanza. Era o dia da salsa, o que significava uma hora sem parar do compasso da salsa benta culminando em canções gospel genéricas. Todos com os braços para cima, balançando lentamente, em uníssono, quase coreografados, quase sombras uns dos outros; os pequenos, os grandes, os marrons, os brancos, os braços com pulseiras penduradas; braços peludos, mãos fechadas, mãos que viram tempos difíceis. As com cicatrizes, as veiudas, com alianças de casamento reluzentes — todas apontando para o teto azul-bebê onde Diosito metaforicamente morava. Esse era o segundo momento mais embaraçoso durante o culto. O primeiro, é claro, era quando a ovelha de Jesus recém-chegada subia ao altar para compartilhar seu Testemunho de Mudança de Vida com lágrimas e desmaios recorrentes. Era o costume: todo novo devoto, todo novo coração de Jesus, era encorajado a abrir o bico sobre um passado de pecados ao som de améns e lágrimas da congregação.

Mami, Tata e tia Milagros tinham feito isso repetidamente. Dios mío. A vergonha que eu sentia, afundando na cadeira enquanto Mami contava para a congregação inteira que meu pai a traía. Enquanto ela confessava o quão perdida, o quão desviada do Verdadeiro Caminho Cristão ela esteve no passado, dançando vallenato, louvando a Virgem.

Não consegui olhar para ela naquele dia. As pessoas vinham até mim depois do testemunho dela chorando, com pena escorrendo dos olhos e beijos. Eu também me senti incrivelmente exposta pela confissão de Mami. Como se a vida que ela tinha levado em Bogotá pertencesse a todos nós. Eu queria manter aquelas memórias intocadas por essas novas ondas de verdades; eu as queria intactas para que, no fim, pudéssemos voltar para elas e recomeçar de onde havíamos parado.

Quando a alabanza finalmente terminou, permaneci sentada perto de Mami, que obedientemente baixou a cabeça quando o pastor mandou, que obedientemente folheou a Bíblia quando a pastora comandou, enquanto eu olhava em silêncio para ela, às vezes com raiva, na maioria das vezes em choque com sua recém-adquirida e incontrolável devoção.

Quando me recusei a me levantar, Mami me deu O Olhar, depois sussurrou orações para si mesma. É claro que Lucía correu animada para a sala dos Jóvenes en Cristo, abraçando sua Bíblia. E é claro que Tata se sentou do outro lado com a turma da fofoca da igreja, cochichando sobre as putas que davam antes do casamento. Ela continuou chamando as putas de *putas* mesmo que ninguém pudesse blasfemar dentro da igreja, mas eles deixavam Tata blasfemar porque eu percebia que tinham pena dela. As pessoas sabiam. Eles deviam saber. Que Tata praticamente mandava em Cartagena na sua época, que ela era conhecida como La Muñeca, a voluptuosa hija de um renomado tabelião da cidade e a mais codiciada costeña do fim dos anos 1950. Agora, Alba Leonor de Jesús Juan era uma devota de Dios acima do peso que não tinha a maior parte dos dentes. Deixe a mulher blasfemar. Uma grande alcoólatra que tinha parido tantas crianças que a pele ao redor do quadril caía como se não lhe pertencesse, como se estivesse morta e cansada por todo o seu uso. Por anos, Mami ignorou as garrafinhas de rum na mesinha de cabeceira da Tata, enrolando-as em papel-alumínio ou, em vez disso, despejando-as em latas de Sprite.

Ah, ela tá só bebendo o remédio dela, Mami dizia. Rapidamente. Depois mudava de assunto. E então todas nós esquecíamos, até que um dia — daqui a muitos meses — La Tata irá sair pela rua en cuera, como Diosito la trajo al mundo. Até que um dia Tata irá se transformar em um pássaro perdido batendo sua pele reluzente e amarelada, pelada, falando com o sol, chamando o marido morto: Fabito, mi hijo, la comida está pronta.

Pronto, mis hermanos, o pastor sussurrou no microfone. Quem de vocês estiver pronto para alguma bênção, suba aqui.

Mami acompanhou a multidão, se juntando na frente ao redor do pastor, que colocava as mãos na cabeça dos fiéis e rezava sobre a ovelha ajoelhada. Eu ficava olhando para baixo para as minhas mãos, frias, secas por causa do ar-condicionado. Uma verruga em forma de meia-lua no meu dedo indicador direito (a única semelhança com meu pai), unhas roídas até o talo. Pequenas mãos feias que não diziam muito. Eu as virei e imaginei alguém traçando suas linhas. Sonhei acordada com uma enorme mansão com uma imensa biblioteca, um amante acordando ao meu lado, traçando as linhas da minha mão. Eu estava triste e com tesão. Queria uma festa de verdade e um pinto de verdade dentro de mim. Não tinha nada acontecendo na minha vida. Por horas, fiquei sentada ouvindo rezas, ouvindo pessoas querendo coisas de Deus. O que *eu* queria. Onde estava o *meu* milagre. Não tinha ninguém olhando para as minhas mãos. Eu era a única testemunhando aquela merda. Sonhava com garotos bonitos de cabelo comprido me levando; sonhos em que alguém aparecia num Jeep e me levava embora de Miami para um lugar tranquilo onde o silêncio não machucasse tanto quanto machucava aqui.

Carmen veio sorrateiramente por trás de mim, me convidou para os Jóvenes na sala dos fundos. Que no quiero, respondi. Mas os braços dela eram fortes, apertaram minhas mãos veiudas. Sob o véu, ela cheirava a suor acumulado e Vick VapoRub, era tranquilizador e nojento ao mesmo tempo. Cara toda ensopada, satisfeita, meio feia naquela roupa de shekina. Bem quando ela estava me arrastando da sala principal, Paula, a subordinada de Carmen e santa criolla tiete número um, veio pisoteando até o meio da sala para rebocar Carmen, sussurrando alto o bastante até que eu ouvisse que ela não deveria perder o tempo dela comigo, eu era claramente não salvável.

A ver, ela resmungou me encarando, podemos todas nos dedicar a este caso triste? Ela veste preto todo santo dia. Quer dizer, esa niña no se puede salvar, Carmen.

Paula queria Carmen para ela e não me suportava porque Carmen queria se dedicar, de um modo evangélico, a outras pessoas. Salvá-las. Pessoas necessitadas. Como eu.

Você não tem que me salvar, Carmen, eu interrompi.

Mas Jesus ama todos os Seus filhos, pela'a.

Ela realmente queria dizer aquilo, eu podia ver. Era doloroso para ela ver que eu não estava salva. Eu a machucava. Era parte da sua missão: evangelizar, converter, salvar almas por Papi Dios. Eu vi a dor no tom de voz baixinho como ela disse *pela'a,* "garota", dito por uma verdadeira costeña, mas não tão alegre como elas costumavam falar, *¡Ajá pedazo 'e pela'a!*, em vez disso triste e vazio. Eu era uma garota vazia sem Jesus em mim, e então ela disse que se importava.

Daquele domingo eu me lembro de ceder à insistência da Carmen. Eu me lembro de observar a Garota Sem Pelos, no canto, enquanto seu namorado, Art, mostrava aos outros garotos a pele macia dela. Ela os deixava tocar seu rosto e sorriu para mim quando passei por ela com Carmen e Paula. Então eu vi Mami cair no chão pela primeira vez. O poder de Jesus dentro dela, aparentemente. O pastor empurrou-a levemente, e um ujier careca que estava atrás a pegou em seus braços como um pássaro morto. Por um segundo, entrei em pânico. Carmen notou e sussurrou, Ela está bem, muito melhor agora. Eu vi Carmen chamando Wilson com o olhar e o vi aparecer do meu lado mais rápido do que se pode dizer *la cosa está pesada,* me assegurando de que a minha mãe estava bem e eu ficaria também se os acompanhasse. Não entendi nada. Por que ela tinha que cair e aquilo era real? Eu não sabia que Mami podia desmaiar ao comando de alguém, mas talvez sua fé fosse assim poderosa. Duvidei da coisa toda. Mi mami naquele carpete nojento com um halo de cabelos castanhos.

Vem, vem, Carmen e Wilson me puxaram. E por que lutar contra? Claramente Mami estava curtindo.

Y tú te preguntas, mi reina, se eu fui para a outra sala? Pero claro. Segurei mãos suadas em oração? Sí sí, como no. Rezei, e, sim, quando saímos do Hyatt naquele dia, La Tata exclamou rindo que Carmen é uma pequena recogida, adotada, sem classe, e nós duas rimos descontroladamente, e, sim, cómo no, senti um pouco de satisfação, e não, Mami não explicou muito mais. Ela não se importava que eu achava uma vergonha que uma mulher como ela — hecha y derecha — caísse naquele chão nojento nos braços de algum chirri careca de Valledupar. Ela não se importava. Eu me sentei na van, vendo passar o Subway, a Walgreens, o Burger King, o McDonald's, sentindo que Mami se distanciava de mim. Sentindo que ela tinha passado do ponto onde eu podia alcançá-la, agarrá-la, sacudi-la, para que se lembrasse dos domingos na missa católica, seguido por obleas e oncecitas na casa da Tata. Eu não sabia como alcançar aquela parte da Mami, como ultrapassar o muro da fé. Um pedaço de mim se quebrou. Como se estivéssemos disputando um chiclete e ela corresse sem nem tentar ganhar de mim.

Lá fora, um homem suava segurando uma placa que dizia *DEPRIMIDA? PROVE O NOSSO NOVO SUNDAE DE OREO!* Tudo parecia uma piada. De costas, Mami ainda parecia a mesma: cabelo preto ondulado, movimentos rápidos e trêmulos, braços sardentos. Mami poderia voltar para mim se quisesse.

Deixa eu te perguntar uma coisa, Mami disse no semáforo. ¿Por qué la insistência em contrariar tudo o que eu digo, hein? Quando chegará o dia em que você vai parar de ser un dolor de culo e fazer parte da família de verdade, hein?

Ela me procurou no espelho retrovisor. Fiquei olhando para o homem com a placa.

Antes que eu pudesse gaguejar uma resposta, a mão dela estava espalmada, erguida, me interrompendo.

Não, ela continuou. Não responda agora, Francisca. Pense sobre isso.

— • —

Às vezes, quando voltávamos da igreja para casa, Roberto, nosso vizinho, estava esperando do lado de fora com uma sacola de tamarindos para La Tata. Olhos vermelhos e aquosos de tanta cerveja. Lucía corria para cumprimentá-lo e pedir a ele pela milésima vez que recebesse Jesus em seu coração. Ele a deixava dar o discurso Jesus Salva, sempre ouvindo atentamente, mas, no fim, dizia a ela que ele e O Cara Lá de Cima tinham passado por momentos difíceis. Não nos falamos muito agora, ele dizia, é melhor assim. Ele dava uns tapinhas na cabeça de Lucía e murmurava alguma coisa sobre catolicismo e padres corruptos.

Eu nunca tinha visto Lucía tão feliz. Era provavelmente um dos momentos mais felizes da vida dela. A menina encontrou sua turminha, seu chamado de vida, e nem se importava com o fato de que sua juventude estava sendo desperdiçada, de que não descobriria a masturbação até que tivesse vinte e dois anos, de que acordaria um dia daqui a muitos anos chorando abandonada por Dios. Pero, agora, la rumba com Jesucristo tinha vindo pra ficar.

Pablito e seus pais estavam na rua também. Pablito acenou quando nos viu sair do carro.

Francisca, allá está tu amigo.

Que ele *não é* meu amigo.

Os pais dele pareciam decrépitos, esquisitos, como se tivessem literalmente vindo caminhando da Argentina até Miami e agora fumavam cigarros para passar o tempo. Desde o dia em que chegamos, encontrar cigarros foi uma aventura épica, meu objetivo diário raramente cumprido porque Mami sempre encontrava as bitucas que eu recolhia da rua e escondia na minha mesinha de cabeceira. Sujo, eu sei. Tipo, nojento, menina — eu *sei*. Tentei me encostar numa parede do lado de fora, atrás do Publix Sabor perto da nossa casa, com uma saia curta, mostrando todo aquele corpo que Diosito não me deu, porque eu era plana como uma tabla, mas ainda tentei. Eu me escorava nos carrinhos de mercado, esperando os intervalos dos garotos do serviço de atendimento ao cliente, para flertar e fingir que tinha perdido a carteira de identidade. Eles sabiam que eu era menor de idade, mas uma apalpada num peito em três de cinco vezes me garantia um maço de Marlboro Light. Até que Jarred, o espinhento, me arrastou para o banheiro e me mostrou seu pipí, e foi aí que eu soube que a Francisca precisava de novas rotas para fumar.

Talvez o Pablito fosse útil no fim das contas.

Acenei de volta timidamente. Perturbada com o comentário de Mami sobre "fazer parte da família", afinal sobre o que exatamente eu precisava pensar? Contra a minha vontade, ela me arrastava para aquele circo todos os domingos precisamente porque eu era a filha mais velha de Myriam, e Mami precisava mostrar para a sua nova sociedade que ela era uma dama, uma boa mulher de Dios, e que suas filhas eram também piedosas devotas colombianitas e que a seguíamos inquestionavelmente como todas as mulheres na nossa família tinham feito com suas mães, que nós — etc.

Mas o que é uma mamá raivosa quando a possibilidade de ter um cigarro desponta como o oceano que não podemos ver do nosso sobrado?

Saltitei alegremente até eles e cumprimentei com beijinhos a mãe e o pai de Pablito, que nem sequer pareceram notar minha presença até que peguei algumas das sacolas de compras e ajudei a carregá-las para o apartamento. Pero 'tate quieta, você pensa que Mami é burra? Tente de novo. Mami sabia que eu estava atrás de cigarro e disse alto, Francisca, nena, se eu te pegar fumando te las vas a ver conmigo, ¿okey? Francisca não fuma. Um sorriso para os argentinos bizarros, um desgostoso franzir de testa para La Tata por deixar que Roberto pegasse na sua mão e mais um ¡Ya cállate! para Lucía, que nem por um minuto sequer parou a falação sobre o Eclesiastes.

— • —

Os pais de Pablito eram dois *hippies*, e ele os odiava por isso. Você podia sentir que ele desprezava os cabelos bagunçados deles, o sovaco peludo de Belén e o modo fantasmagórico com que eles pairavam por aí, mal tocando o chão, ensimesmados, perdidos, sempre à procura de algo invisível. Ele mais tarde culparia seus pais por sua fracassada vida social, pelo vício em pornografia e até pelo fetiche por pés. Ambos, Belén e Octaviano, eram parte dos desaparecidos da ditadura militar no fim dos anos 1970 depois de organizar uma ocupação contra a censura política, e nenhum deles parecia ter superado aquilo de verdade. Parecia que os dois ainda estavam presos no purgatório e arrastavam Pablito de carona.

Quando pedi cigarros a Pablito, ele resmungou que não queria ser usado. Veio por causa disso?, ele perguntou, ansioso.

Eu me senti mal e frustrada. Eu estava ali de boa com ele, aquilo não era o bastante?

Não estou te usando, nós estamos usando seus pais.

Mas eu não fumo, Francisca.

Basicamente, el perdedor se sentia culpado por roubar cigarros (trazidos de Buenos Aires por sua tia, porque aqui eram caros demais) e se recusou a revelar sua localização para mim.

¿Por qué serás tan marica, Pablo?

Como eu já disse, ele repetiu, não sou homossexual e posso provar.

Então o que você propõe?

O quarto dele tinha cheiro de incenso de jasmim e era coberto de pôsteres de dragões e páginas de histórias em quadrinhos arrancadas de revistas. O lugar mais limpo do apartamento. Com um armário cheio de produtos de limpeza que mais tarde descobri que ele mesmo comprava. Nas prateleiras, bonequinhos organizadamente dispostos em cenas de guerra. Uma bandeira da Argentina atrás da porta. Eu me sentei na cama dele, olhando pela janela para os raios alaranjados dançantes sobre as escuras nuvens *cumulus* que contornavam a barriga de Pablito enquanto ele se coçava e me perguntava se eu queria assisti-lo dilacerar dragões no computador.

Ah, Pablo, *¿en serio?* Não dá pra gente só roubar os cigarros e fumar?

Ya te dije que no fumo.

E se eu te ensinar?

Pablito puxou para cima a camiseta de *Star Trek*, expondo queimaduras de cigarro nas costas. Assim, centenas de círculos vermelhos espalhados por sua pele amarelada como um sofá com estampa de bolinhas. Ele tinha sido queimado pelos venecos na semana passada porque não quis chupar o pau de alguém. Eu não queria olhar pra ele.

Ay, Pablo, por que você está me mostrando isso, huevón? Se cubra.

Porque no soy ningún maricón. Eu nem ligo pra maricones, mas não sou um, ele continuou. Ele esfregou atrapalhado algumas cicatrizes como se pudesse limpá-las dali. Disse que estava agora oficialmente começando uma campanha antifumo para erradicar cigarros do Residencial Heather Glen.

Boa sorte, bonito.

Eles só estavam mexendo contigo, eu disse. Fumar não tem nada a ver com isso.

Os venecos mexiam com todo mundo na vizinhança, a piscina e a Jacuzzi eram o pedaço deles. Eu me safava, mesmo andando por lá algumas vezes, porque era uma garota não ameaçadora sem ligação com qualquer pessoa, e geralmente tudo o que eles conseguiam dizer era, *Mírala tan gótica. Tan rico que lo debe mamar.*

Mas essa campanha falsa deu a Pablito algum propósito, um jeito de se curar que era acessível para ele. Ele não poderia só ir até lá e dar um pau naqueles bundões fedidos, não, senhora. Ele sorriu, esperançoso, esperando pela minha resposta.

Talvez nós dois possamos dar um pau neles, eu disse. Matá-los como você mata esses dragões. Por dentro, eu era pura risada, imaginando Pablito, o Perdedor, e Francisca, a Gótica, fazendo o inferno com os garotos descolados da piscina. Com sabres de luz e tudo. Montando nossos centauros na piscina, rindo como maníacos enquanto gritávamos, *¡Se me van de acá gonorreas!* Mata. Mata. Chuta essa gente pra fora.

Nah, ele disse. Eles são tão grandes. Mas você pode me ajudar com os panfletos.

Da escrivaninha, ele puxou panfletos em que dragões se sentavam em círculos, rasgando ao meio maços de Marlboro.

Prefiro dar um pau neles, respondi.

Capítulo siete

Foi mais ou menos nessa mesma época que o Círculo da Bíblia de Mami começou a se reunir na nossa sala de estar. Eu me lembro porque a noite parecia interminável. Sozinha no meu quarto, eu ficava deitada encarando o ventilador de teto, às vezes lendo, enquanto três mulheres mais La Tata e Mami, e às vezes Lucía (quando elas deixavam), congregavam com caneta e lápis na mão preenchendo seus livros de exercício *Jeová Vive*. Cada semana elas discutiam um capítulo do livro com um pouco de vinho tinto e galleticas, preenchendo palavras cruzadas, Jesus Salva o Não Salvo (complete a lacuna), y El Quiz del Espírito Santo. No fim de oito semanas, todas elas se graduariam em uma pequena cerimônia na Iglesia Cristiana Jesucristo Redentor e ganhariam diploma especial, o qual pendurariam orgulhosamente na nossa sala de estar. E, então, toda terça-feira, eu evitava a nossa casa por três horas, andando em círculos, ensopada de suor desde o momento em que saía, espiando a piscina às vezes, desejando estar naquela Jacuzzi vendo peitos de garotas balançando animados, apalpados por garotos que mal tinham pelo na cara.

Também tinha o lago. Artificial, verde, impossivelmente sujo com latas, peixe morto e a porra dos patos grasnando como se o mundo fosse acabar. E lá estava Roberto jogando pão mofado, afagando patos enquanto apalpava as garotas que entravam e saíam dos carros, os culos redondos, os maiôs extravagantes desaparecendo no ritmo do reggaeton e os garotos de óculos escuros à noite. Eu pegava as bitucas lançadas perto de mim, fumava o que sobrasse, fazia bolas de chiclete e espalhava hidratante de abóbora no rosto e no pescoço para que Mami não notasse que eu andara fumando. Mas ela notava. Sempre. Não tinha como escapar dela. Quando voltava para casa, ela gritava comigo, ainda olhando para os livros, Te huelo, Francisca, ven acá, e bem ali no Círculo da Bíblia ela me olhava por cima dos óculos retangulares. Estabas fumando, ¿no? E eu naquele nervosismo sorria. A vergonha. É claro que não, Mami.

Agora, eu sei o que você está pensando, mi reina, eu sei. Por que você simplesmente não enfrentava sua madre? O que ela poderia fazer ou dizer por fumar um benigno cigarrito? Pero ay, isso é porque você claramente não é colombiana, claramente não cresceu com O Temível Poder d'O Olhar esmagando a gente por dentro. O Olhar que a bonita carregava escondido naquelas pálpebras — uma herança genética que somente matriarcas colombianas legítimas desenvolviam.

A ver, Francisca. Venha cá.

Pero Mami, estou aqui, deixe de ser paranoica. Vocês nem terminaram o capítulo desta noite.

Ela nem ligou para o que eu disse. Eu disse ven acá, Francisca, as senhoras podem esperar.

La Tata me olhava e mordia a língua num jeito de dizer, *Não responda pra sua mãe, mimi, faça o que ela diz. Muérdete la lengua.* O que sempre me deixava confusa porque ela brigava com Mami por tudo.

Dei um passo para trás, mas Mami se levantou da cadeira e me pediu um abraço. Só uma das mulheres nos olhou, as outras três se ocuparam com pena, agitando o vinho tinto como se nada estivesse acontecendo. Uma delas, notei, sussurrou uma oração.

Sabe, cachaco, em Bogotá, eu fumava meu Kool Lights na paz e no conforto do meu quarto, abrindo a janela, soprando a fumaça que ia tão longe que era capaz de cobrir a ponta das montanhas por um segundo. Mami só pedia que o quarto ficasse ventilado e que eu não comprasse cigarro avulso na rua, porque, como ela graciosamente me explicou, eles podiam conter marijuana — o que é totalmente inverídico. Agora ela estava determinada a erradicar cigarros da nossa vida quase tanto quanto ela militantemente enfiava Jesucristo em nossos corações. Então, aqui, dê um abraço em sua mãe.

A Toda Sua Aqui passou a semana seguinte inteira de castigo, o que não mudou nada, porque aonde mais eu poderia ter ido? Não era como se Miami estivesse esperando meu corpo magricelo e peludo com viagens excitantes para a praia e toneladas de ecstasy. Não mesmo. Eu estava ajudando Mami a distribuir panfletos e embalar um jornal colombiano que distribuiríamos de manhã bem cedo, às quatro. E, tudo bem, tenho de admitir que o nascer do sol em Miami fura seu cérebro como se fosse uma dor de cabeça que você ganha por comer algo gostoso pra danar. Os amarelos majestosos e tons de laranja, a umidade, os raios disparados como dardos penetrando o céu, um sol nu comendo a noite desvanecida e a beleza intocada por montanhas. Uma besta faminta que se levanta batendo na janela em que Mami se olhava para fazer o contorno dos lábios, pronta para começar o dia. Era o momento mais bonito do dia, o momento mais apavorante. O sol era a prova de que aquilo realmente estava acontecendo. Esse movimento que parecia uma miragem, um sonho, uma viagem de ácido para dentro da qual inconscientemente escorregamos e que no final se dissiparia. Antes dessa semana alguma coisa em mim ainda sabia que voltaríamos porque Miami era evidentemente um fracasso, uma curva errada en el camino de la vida, e porque tínhamos comprado passagens de ida e volta para despistar a imigração. Naquela semana nosso voo da Avianca partiu para Bogotá com três assentos vazios.

Nós não conversávamos muito durante a distribuição de jornais, e tia Milagros sempre vinha junto. Às vezes, quando precisava alcançar outra sacola de jornais, Mami colocava sua mão no meu joelho, mostrando seus anéis (o tesouro restante do qual ela não se desfez) e só deixava a mão ali por um segundo. Depois pedia mais exemplares e era isso. Milagros, por outro lado, não calava a boca nem por um segundo.

Mira, sobrinha, eu vi você de bobeira com aquele argentinito. Qual é? Não me diga que você gosta de gordos sem dinheiro.

Mami olhou pela janela. Duas mulheres brigavam em um pátio apontando o dedo uma para a outra, crianças ao redor delas jogavam futebol.

Pablo? No, tia, ele é só um amigo.

Um amigo, um amigo. Você sabe que o Wilson, o Camilo e o Arturo da igreja são solteiros y dos de ellos trabalham no Bank of America, ela disse, procurando meus olhos no retrovisor e quase batendo num caminhão do Walmart.

Não precisei ver a cara da Mami para saber exatamente como ela estava naquela hora. Como apertou os lábios, as mãos ajeitando os anéis várias vezes, depois pegando o álcool gel enquanto cruzava a perna direita sobre a esquerda, sem ousar olhar para Milagros, que a cada parada me olhava. Finalmente, no sinal, Milagros fez a volta completa dizendo que Diosito me ajudaria a encontrar um bom garoto cristão e que ela entendia por que eu não gostava do Wilson, do Camilo e do Arturo — Você está esperando por um gringo bacana. Bom, bom, ao menos alguém está pensando em melhorar a família.

Milagros, por favor, a voz de desaprovação da Mami. Ela poderia estar dizendo Feliz Natal, mas o tom arrastava as palavras, jogava tomate nelas.

Francisca precisa primeiro abrir o coração para Jesus nuestro Salvador.

Claro, claro que sí. Mas ela está abrindo o coração, certo, nena? Ela só não tá contando pra gente. Você não quer terminar como uma solteira cualquiera y com malas mañas. Ela sabe, *você* sabe, nena, que em qualquer tempo e lugar você pode recitar a seguinte oração e Jesus vai entrar no seu coração e começar Sua salvação, não é?

Ah, como a Milagros adorava recitar A Oração Que Vai Te Salvar. Como ela então sincronizava o rádio na estação cristã em espanhol e balançava as mãos no ritmo, terminando cada verso com um *Ajá Chuchito* e um *Ya tú sabe.* Milagros usava um colar de pérolas comprado no shopping Sawgrass na semana anterior, porque pérolas reais, mi reina, eram uma coisa penhorada, do passado, um passado com duas empregadas para tirar o pó da ampla sala de estar e um emprego em que as pessoas a chamavam de Doctora Milagros. E parecia que Milagros estava dedicada a resgatar aquela ejecutiva de alta classe caçando coisas de segunda mão e ofertas de *outlets*, ostentando cartões de crédito como se fossem cartas de tarô que determinariam o seu futuro e se produzindo — espere só até ouvir — com meia-calça e paño. Em Miami. Com os vestidos que restaram, feitos em Bogotá por um fulano estilista qualquer, que eram, é claro, demasiado quentes para o clima do brejo, mas, sem problemas, ela usava gola rulê de caxemira (e botinhas de couro) naquele dia para distribuir os jornais colombianos que eu tinha certeza de que ninguém lia.

Mami resmungou a letra da música até que ela também foi arrebatada pelas batidas do que agora era um *soft rock*, então acompanhou Milagros cantando a plenos pulmões. Sua voz cheia de uma certa convicção, canalizando alguma profunda esperança interior — algo que ela fazia com frequência —, a testa suada enrugada pelo peso da fé, pronunciando cada palavra como se ela as estivesse ensinando para crianças, vocalizando, sem deixar de fora do refrão nenhum *¡Ay!* ou *¡Sí Jesús!,* sua voz era uma polia erguendo os problemas de Mami da barriga para a ponta da língua e arremessando-os para fora no oxigênio de ar-condicionado que respirávamos dentro daquela van branca às oito da manhã, assistindo ao tráfego de carros colados um no para-choque do outro, indo na direção sul da I-95.

Eu sabia que alguma coisa na pergunta de tia Milagros tinha incomodado Mami. Ela só cantava apertando os olhos com tal fervor quando alguma coisa real estava acontecendo em torno dela. Ela era muito escancarada com tudo, exceto com seus sentimentos. Esses eram canalizados em grandes gestos e cantorias tristes no carro. Batuquei no vidro e rolei os olhos até doerem porque Mami era muito previsível. Por favooooor, me dê algo novo. Sempre — aquele vulcão invisível de incômodo escondido sob camadas de maquiagem e uma cara de paisagem que poderia cortar seu tumbao em dois. Ou três. Até mesmo antes de saltarmos o charco caribenho, a bonita não tinha que resmungar uma palavra sequer, porque os olhos dela, o nariz, a testa reluziam com letreiros neon: *Não aprovo essa camiseta, abomino aquele seu amigo da camiseta preta* e *O que você acha que está fazendo chegando em casa a essa hora com as pernas de fora?* Mas esses olhos apertados, esses gestos dramáticos apontavam para outra coisa que se fabricava dentro dela: uma massa cinza de desaprovação esperando para ser despejada na minha cabeça.

Capítulo ocho

Quando chegamos em casa naquela tarde, Mami deixou escapar que, como parte do meu castigo, Carmen viria me buscar em duas horas para eu me juntar aos Jóvenes en Cristo na panfletagem na frente do supermercado Sedano's.

De jeito nenhum, mamá, eu disse batendo a porta da van. Ni por el putas.

Cuidado, Francisca. As palavras têm poder, culicagada, e nesta casa não blasfemamos, de acordo?

De acordo mi culo. Senti o cheiro do pó compacto no rosto dela mais intenso por conta do calor e observei as rugas ao redor dos olhos se acentuarem quando ela encarou com os olhos apertados La Tata, que, incautamente, batia um papo com Roberto, janela aberta e tudo. Mami quase nem sorriu, não prestou atenção, de modo que você só poderia ver uma lua de cabelos brancos com mechas loiras (ela tinha tentado sem sucesso fazer luzes no cabelo) penduradas como um carpete posto para fora para secar sobre o parapeito. A voz de Don Francisco berrando lá atrás. Abaixo, os sobrados amontoados como sardinhas verde-claras. Uns poucos vizinhos decoravam as escadas da frente com vasos de plantas falsas e as janelas com bandeiras da Venezuela, República Dominicana, Colômbia, Argentina, Cuba, num esforço para expressar seu profundo patriotismo pelo país que deixaram, porque foram todos medrosos que não quiseram ficar quando deu merda — ao menos era isso que Roberto dizia.

Achei que Mami fosse dar na cara deles, confrontá-los sobre esse romance de faz de conta, ou, ao menos, gritar com La Tata pela indecência porque qué dirán los vecinos. Porque una mujer que se respete. Porque isso, porque aquilo. Mas o que Mami fez? Caminhou, não, ela desfilou, um pé na frente do outro, com tanto glamour, tanta elegância, com uma classe que, Dios mío, você pensaria que ela estava entrando em seu escritório na Seguros Bolívar, acenando para o porteiro que lhe abria a porta, cumprimentando-a, *Doctora Myriam, ¿cómo está?* Ay cachaco, mesmo o peso que ela tinha perdido nos meses que passaram a favorecia, erguendo suas pernas grossas repletas de varizes no estacionamento pavimentado.

Mami estava na passarela de sua vida, arrasando aquele ar quente e espesso em passos espasmódicos, agora longos, agora com a algazarra do murmúrio dos vizinhos, agora um cabelo preto e ondulado bloqueando sua visão, então, por um segundo, pareceu que ela interromperia o percurso, mas não señor, Myriam del Socorro Juan rodopiou pelo estacionamento silenciando Helena, que descuidadamente cantava boleros perto da caçamba de lixo, agora com determinação, agora Mami era um círculo de oração em torno de Roberto, braços estendidos, gritando para o Residencial Heather Glen inteiro ouvir que *ele!* es um sinvergüenza, que *ele!* não entende o que está fazendo, porque, por el alma de Jesucristo, esse hombre é um pecador, sem salvação, que, entre as saias de viejas viúvas, procura pela vida perdida tirada dele pelos males de la borrachera, las mujeres, porque não há dúvida, oíganme bien, sem dúvida que *ele!* es un pobre mujeriego que não sabe nada sobre respeito, que foi provavelmente chutado de Cuba porque era uma vergonha para a família. Você não tem família, ela disse agora apontando para a cara dele, então vem destruir a minha. ¡A ver!, ela continuou para a multidão que se contava nos dedos, Mírenlo, por favor. Por favor, Deus — agora com os olhos fechados para o céu —, tenha piedade dessa alma triste e deixe-o encontrá-Lo.

Uy Mami, no seas cruel. No es para tanto.

O que Mami quis dizer de verdade era que estava cansada de ver La Tata se encontrando com um desocupado borracho perto de casa. Se pudessem ao menos não ser vistos. Se pudessem ficar bêbados longe dos vizinhos. Porque não viemos de tão longe (tão longe!) para La Tata arruinar esse Projeto de Migração se rebaixando com um pobre cubano, não apenas preto, mas numa cadeira de rodas. Por Dios.

La Tata fechou a janela, furiosa, diante de Mami, acabando com o discurso. Pobre Roberto foi embora balbuciando de cabeça baixa, curvado, limpando a sujeira das mãos calejadas. Se podia ver que o bonito sentiu vergonha ou derrota, ou ambas as coisas. Se podia ver também que algo do que Mami disse era verdade. Ele não a confrontou. Até mesmo os olhos dele tinham um tipo de marejado diferente. Diferente da piscina de álcool que fazia seus olhos ficarem amarelos, às vezes vermelhos. Dessa vez a água era limpa e o balbucio parou.

— • —

Meu castigo não durou um dia. Durou três, quatro, cinco dias que se transformaram em semanas em que Carmen me pegava com sua van branca decorada com tantos peixes dourados cristãos que até parecia que éramos uma excursão turística de férias na praia, e não advogadas de Jesus na Terra. Ela chegava ao meio-dia. Pontual esa niña, como si no tuviera más que hacer. Ela chegava bem quando o calor perdia os elementos gasosos e o ar se transformava numa bola de algodão sólida de calor empurrada contra narinas sangrando, inibindo com sucesso uma respiração normal, para que assim que pisássemos na rua sentíssemos como se estivéssemos nos afogando em caldo quente.

Hola, Carmen. *¡Pela'a!* Ela chegava bem quando o asfalto cinza do Residencial Heather Glen era uma chapa quente vista através de um véu de vapor. Tudo uma miragem.

Carmen ao meio-dia quando Miami era uma cozinha fechada com um problema terrível de vazamento de gás.

A porta do carro bateu. Então suas batidas ansiosas na porta. Francisca! Ela não tocava a campainha, não esperava pacientemente até que eu abrisse a porta. A confiança da Carmen permanecia firme em sua legging preta e nos chinelos brancos.

Francisca!

Lá pelo quarto dia, Mami já sabia que era Carmen, e, no quinto dia, Mami reclamou dos modos da Carmen. ¡Esa niña! Você pode falar pra ela tocar a porra da campainha?

Eu temia esse momento tanto quanto me excitava sair de casa. Porque o que esperava por mim dentro de casa? Aló, cachaco. Nada. Mas também o que me esperava dentro daquela van branca com uma líder jovem cheia de energia? Três empanadas frias, caixas de panfletos com os dizeres *Jesucristo Vendrá, você está pronto?* e o cheiro frutado do remédio para resfriado da Carmen. Eu segui com isso. Levei, por conforto, *Ariel*, a coletânea de poesia da Plath, porque a Sylvia sempre me apoiava, sempre me fez sentir como se essa tristeza sufocante combinasse muito bem com delineador preto e um calor de cem graus. Com seu jeito emo, Sylvia Plath estava me ensinando inglês, cachaco, me ensinando que é possível ser brilhante e terrivelmente só.

Dia após dia, temendo o cheiro de Carmen, mas ansiosamente esperando por ele.

Minhas escolhas diárias flutuavam entre lamber envelopes brancos com Mami, assistir a Pablito matar dragões, ficar para sempre no sofá com La Tata ou ir de carro até o Sedano's com a Carmen. Assim era o verão. Veraneando com Jesucristo. Em Bogotá não tínhamos verão, o tempo não era dividido por estações. Nem tínhamos estações. Tínhamos chuva e depois aguaceros em que o céu se abria num oceano.

Sair é sempre a melhor opção.

Ao menos a gente se mexe, finge que está em outro lugar. Ao menos o terror da casa não se engancha na gente como uma criança gritando agarrada na perna que a gente precisa arrastar. Num esforço inútil para esconder minha identidade, eu usava um moletom com capuz, pensando que os caras descolados perto da piscina não notariam que a perdedora era eu, a solitária era eu e ainda sem amigos, era eu no banco do carona com essa animada e abençoada costeñita. Eu queria gritar pela janela, *Eu nem sou cristã, por favor, acreditem em mim!* Queria abrir o zíper da minha pele amarelada e deixá-la para trás. Mas não abríamos os vidros aqui. Ar-condicionado era o nosso oxigênio, porque o oxigênio real era insuportável.

No primeiro dia que ela veio me buscar, cometi o erro terrível de pedir música. Uma pilha de CDs com títulos tais como *La Luz del Señor e Outros Hits, 30 Maneiras de Amar Jesucristo, Eu fui Salva: 10 Hits de Ex-Prostitutas* eram as opções. Botei *La Luz del Señor e Outros Hits* no som. Enquanto batidas macias repicavam dos alto-falantes traseiros para os meus ouvidos, e enquanto Carmen murmurava a letra da música (que ela não tinha memorizado completamente), eu observava umas poucas pessoas na rua. Um homem sem-teto segurava uma placa que dizia *EU LUTEI PELA SUA LIBERDADE* com uma minúscula bandeira dos Estados Unidos enfiada no cabelo emaranhado; uma mulher negra vendia rosas vermelhas. Pessoas entravam e saiam de carros. Bebês loiros no banco de trás de SUVs. As pessoas daqui, tanto as brancas translúcidas como as negras, tinham chocado nossa família inteira. A diversidade de Bogotá era limitada (isso significa que a maioria das pessoas tinha a cor da pele entre oliva amarelado e marrom-escuro. Isso significa não tão pálido, não tão escuro). As pessoas negras na nossa cidade eram pobres, muito pobres, deslocadas pela violência nas áreas rurais, e pediam dinheiro no sinal. Aqui as famílias negras compravam ovos ao lado de Mami no Walmart, e crianças albinas vendiam biscoitos na porta do supermercado. Tive muito pouco contato com a população gringa naqueles primeiros meses, naqueles primeiros anos, na verdade. Em Miami, você não precisa. Gringos estavam em algum lugar lá longe, além das minúsculas bandeiras latino-americanas, além da igreja. Era tudo tão diferente e ainda tão parecido e ainda tão entediante. Notei aquelas mínimas diferenças com zero animação. Elas só passaram por mim. Como se num daqueles ônibus de turismo com um guia exausto que, indiferente, aponta para as atrações da cidade: à sua direita, aqui, outra unidade do Pollo Tropical.

A música cristã era irritante e sincera. O cara cantava com tanta paixão que era impossível não sentir um pouco daquela paixão também. Em algum momento no refrão senti um cutucão no estômago, um misto de revirar os olhos com tédio. Carmen usava óculos de sol espelhados ridículos, que eu só tinha visto em homens que andavam de moto, e um colar dourado com um símbolo do peixe pendurado sobre outro colar dourado onde se lia "Carmen". Deus. Constantemente eu sentia vergonha dela.

Então vai ser assim, pela'a, ela disse. Preste atenção, ¿okey? Por que você está tão distraída? Ainda nem chegamos na parte bonita da estrada ainda.

Francisca, ela disse puxando o meu capuz, por Dios, niña, está um milhão de graus aqui dentro. Por que você tá usando um moletom preto de capuz?

Carmen, como Mami, tinha muitas perguntas para mim: Por que você não participa da família? Por que você não recebe Jesus no coração? Por que você está usando um moletom preto de capuz? Por quê, Francisca, por quê?

Porque, eu disse, preciso equilibrar com todos aqueles panfletos coloridos.

Estávamos agora passando pelo cara sem-teto, já na I-95 Norte.

Quer empanadas?, ela disse, apontando com a boca para o isopor ao lado dos meus pés. Eu comeria empanadas frias todos os dias por semanas, embora La Tata fizesse o melhor arroz con coco com frango sudao do sul da Flórida. Mas essa era uma pequena nave espacial branca levantando voo. Um pequeno portal para fora de casa. Eu fingia que Carmen e eu estávamos fugindo:

Olá, essa é a radiocriolla reportando nossa fuga de carro. Aqui Jesus, ali uns absorventes internos sujos.

Uma é de espinafre, ela disse, a outra de carne.

Na escola católica em Bogotá, vendiam empanaditas gordas com arroz amarelo e carne. Todos os dias, minhas amigas e eu esperávamos na fila pelas empanadas da Glady, depois invadíamos a capela para jogar no tabuleiro ouija. No meu último dia na escola, passamos um canivete na ponta dos dedos indicadores e prometemos que nós quatro seríamos melhores amigas para sempre, enquanto misturávamos as gotas vermelhas de sangue. O arroz na minha empanada ficou rosa, depois vermelho, mas comi mesmo assim. Não chorei. Não naquele momento nem no aeroporto quando comi minha última empanada porque tanto faz, não tem jeito de Bogotá me deixar. Não era possível que eu estivesse deixando Bogotá de verdade.

Y aqui de nuevo damas y caballeros. Transmissão Radiocriolla no ar: Aqui estamos nós saindo do Residencial Heather Glen. Esta é a van branca, e os garotos perto da piscina apertam os olhos e apontam para o peixe cristão, y el más musculoso pisca para Carmen, pisca para mim enquanto abre outra cerveja. Aqui somos nós partindo. Voando alto. Aqui somos nós batendo as portas da van enquanto os venecos movem a cabeça em desaprovação depois beijam de língua suas jevas, depois gentilmente dão um tapa na bunda dessas garotas. O pescoço marrom de cada um brilha sob o sol.

No quarto passeio, depois de mandar ver as empanadas, notei dois bonecos cabeça de mola no painel, de mãos dadas, e deixei escapar, Você tem namorado?

Veio do nada. E, quando ouvi as palavras saindo da minha boca, eu quis balançar a mão na frente da Carmen, arrancar cada palavra antes que a alcançassem. Apontei para os bonecos.

Carmen mordeu uma empanada, mastigou por uns bons dez segundos antes de responder.

Pela'a, eu estava pra te contar sobre o nosso plano de panfletagem, tá pronta?

Eu não estava pronta.

Continuei, ¿Y es que no te dejan o qué? A filha dos pastores não pode ter namorado? É por isso?

Não sei por que senti esse repentino jorro de intimidade com ela. Que eu podia cruzar aquela linha invisível. Talvez fossem as empanadas. Talvez fosse o fato de estarmos passando tanto tempo trancadas dentro da van (a ida até o ponto de panfletagem era mais longa do que a ação em si).

Ela virou para mim, curiosa, tentando decifrar minhas intenções, então eu disse, Tranquila, mi reina, não estou aqui pra julgar você.

De repente, meu brilho voltou. Como se eu pudesse provocá-la.

Ela riu. É claro que você não está me julgando! Dã.

O que isso significa?, eu disse um pouco ofendida, porque bem no fundo eu a *estava* julgando.

Tínhamos chegado. Ela desligou o carro e se virou para mim. Sua mão direita pousou espalmada no meu joelho esquerdo. Fria do ar-condicionado. Congelante, na real. Mas também pequena com unhas sujas pintadas de um amarelo encardido horrível.

Ela deixou a mão ali sem explicação. Esperei que ela respondesse, é claro, eu não poderia julgá-la, é claro, ela me julgava porque Jesucristo ainda não estava no meu coração etc.

Pero, reinita, nada de nada.

O peso daquela mão aqueceu minha perna. Dedos escuros, cutículas crescendo até as unhas. Em seu pulso uma pequena pulseira com a bandeira colombiana e outra marrom com um peixe cristão.

E a mão permaneceu lá até ela dizer: Você é muito importante para Jesus, e Ele está esperando por você.

Tudo se resumia a sorrir. Tudo se resumia a *Dios te bendiga, hermano.* Tudo se resumia a dar um tapinha nas costas deles depois de entregar o panfleto. Era isso. Nosso programa de três passos para entregar panfletos sobre Jesus e aumentar a divulgação. Alguns forçavam um sorriso, outros gritavam pensando que pularíamos neles. Um cara me puxou para o lado sussurrando que não queria o panfleto, mas as duas chicas lindas não gostariam de acompanhá-lo para comer frango frito algum dia? Ele ergueu um pacote, me mostrando o frango frito, depois apontou para Carmen, que alegremente (e sem sutiã) sorria animada toda vez que se aproximava de alguém.

Eu ri do amante de frango frito. Iluso, huevón. Ele me chamou de calentahuevas e mancou na direção da Carmen.

É claro que a bonita não notou o graveto magro de cabelo branco que se aproximava dela. Não notou quando os olhos dele atravessaram as pernas dela, pousando no *Jesus Vive* em sua camiseta, ou quando seus óculos de leitura finalmente encontraram o pescoço dela, estudando ambos os colares.

Duas coisas me ocorreram. A primeira: seria bom pra ela se esse psicopata a atacasse para que ela parasse de confiar com tanta alegria em todo filho da puta e começasse a desconfiar de todos como uma verdadeira colombiana. Minha mente foi lá. Foi lá naquele amante de frango frito que tentava pegar na cintura da Carmen, tentando beijar à força seu pescoço, as pessoas ao nosso redor, ocupadas com seus filhos, todos (inclusive eu) olhando para o outro lado, para suas compras, para o dinossauro inflável promovendo aspirina no sol. Mas o amante de frango frito apenas ficou encarando por cima dos óculos de sol, apertando os olhos para o colar dela. Ele a queria, isso estava claro. E se ele a tocasse *de fato*? A probabilidade de drama, de gritos e bênçãos de Carmen, se anunciava à medida que o amante de frango frito lenta e desastradamente fazia gestos na frente de Carmen, apontando para mim, recibos caindo da sua bermuda cáqui como penas.

A segunda: eu não me envolvo nisso. Carmen é uma garota crescida, grande o suficiente para lidar com um velho e seu frango frito. Deixe que Jesus lide com isso. Deixe que Diosito entre em cena. Ele não é onipresente? Ele deve saber que uma de Suas ovelhas está prestes a ser afrontada. Ou beijada. Mais, eu nem a conheço. Deixe eu virar para o outro lado e olhar para a frente da loja. Deixe só eu me afastar e entregar um panfleto para essa señora, uma bênção, dar um tapinha nas costas do filho dela, dizer a ela que *no, mi señora, não somos católicas*, fingir que não a vi sacudir aquele rosário, jogando água benta, exigindo que voltássemos para a Igreja católica de verdade, e não esse circo embaraçoso que vocês chamam de congregación, carajo. Nós concordamos nisso, mi señora. Se o amante de frango frito tocasse Carmen, a polícia viria, e, num inglês rudimentar, eu diria, *Mai neim is Francisca an ai guas bord.* E se o policial fosse cubano, eu diria, *Mira, mi hermano, yo no vi nada, yo no sé nada, a mí ni me preguntes.* Diria que acabei de conhecer Carmen, sabe? Nem era pra eu estar aqui, estou de castigo e é assim que Mami pune as filhas. E, quando Mami aparecesse na delegacia, digna, completamente desapontada, mas sem deixar que percebessem até que estivéssemos dentro do carro, só nós duas, ela diria *É claro que você não faria nada para ajudar Carmencita a não ser ficar lá parada. Por supuesto, qué vergüenza.* E eu assentiria à minha previsibilidade. Nunca fui do tipo corajosa e não estava prestes a começar minha carreira de heroína no estacionamento do Sedano's.

Ainda assim. Às vezes eu me imaginava corajosa, minhas pernas finas correndo, meus dedos com veias aparentes esganando o filho da puta que ousou tocar naquela garota ao som de palmas e saudações da plateia que crescia. Francisca! Francisca! Francisca! A garota nos meus braços.

Mas, no geral, fico imóvel e olho pro outro lado. Às vezes grito para que alguém faça alguma coisa. Como aquela vez em Bogotá, quando, bem diante dos meus olhos, Ulises, meu hamster, se engasgou e morreu. A velha bola peluda pensou que sua boca continuava elástica até que não mais, seus olhos perdidos, seu minicorpo em espasmos. Garoso el nene, ele se engasgou com amêndoas demais, e foi só depois que Ulises se estatelou de lado que eu gritei, e gritei, e gritei, e incautamente corri segurando-o na palma da mão até a cozinha, onde María estava lavando a louça e cantando vallenato. Imediatamente María enxaguou as mãos, secou-as no avental e prosseguiu à execução da manobra que chamou dándole-vida-a-la-rata-esa. Dedos gorduchos dentro da boca dele. Eu me lembro de saber que, de algum modo, o matara.

Agora de volta ao amante de frango frito.

Quem me dera poder dizer que todo o meu traquejo de Terceiro Mundo venceu, que me lembrei que vim da terra da panela e da mandioca-que-nunca-morre. Que canalizei um pouco daquele furor que dava combustível a meus ancestrais criollos quando venceram os espanhóis (mas também o furor que os fez odiar uns aos outros e nunca concordar em nada). Quem dera poder dizer que me lembro das sábias palavras de La Tata sobre ser mulher e sobre força (as pessoas parecem sempre se lembrar de ter lembrado de uma avó do Terceiro Mundo dizendo a merda que as salvou), mas, de verdade, La Tata acreditava que uma buceta aparada e cem dólares a levariam a qualquer lugar. Eu queria que minhas pernas não tivessem sido tão mancas e estúpidas, queria que elas tivessem tomado a porra de uma decisão na vida e me levado até aquele segurança que conferia os recibos das pessoas. Queria ter gritado, *Carmen, tem um viejo verde do seu lado!*

O amante de frango frito olhou para trás, piscou para mim, beijou dois dos seus dedos depois colocou os dedos beijados em um beijo metafórico no ombro da Carmen. Enquanto ela se virava para cumprimentá-lo, pensando que o bonito estava procurando pelo amor de Jesus, o amante de frango frito agarrou o rosto dela com as duas mãos, se inclinou para a frente e sussurrou algo. Outra *señora* argumentou coisas católicas para mim. Não éramos o único grupo de amor por Jesus no Sedano's naquele dia, as senhoras Testemunhas de Jeová de meia-calça y zapaticos negros tinham armado uma estante de papelão para divulgar as revistinhas apocalípticas similares. Eu as observava me observando observar Carmen, e uma pontada de vergonha me percorreu. Dios mío, as senhoras sabiam. Mas Carmen gentilmente empurrou o amante de frango frito, continuou distribuído panfletos para uma família de seis pessoas e, quando o amante de frango frito mostrou o dedo do meio pra ela, ela abriu um sorriso fino e irritado, depois gritou alguma bênção a ele. Fiquei lá com a minha vergonha segurando os panfletos *Jesucristo Vendrá* enquanto Carmen triunfantemente assentia para mim.

Você é uma parceira de panfletagem terrível, pela'a, ela disse depois da primeira semana. Você reclama do calor o dia todo, você não sorri, e o que é isso? Ela tinha roubado o livro da Plath da minha mochila. ¿Qué es esto, Francisca? Ela parou o carro no acostamento e me deu uma olhada. Essa poesia depressiva e maníaca está só te distanciando de Jesucristo, ¿qué vamo hace contigo?

Eu estava chocada e animada. Ninguém naquele buraco de merda lia nada além do cânone da Igreja.

Você leu Plath?, perguntei, incapaz de esconder minha surpresa.

Ela ficou um pouco desesperada. Esse não é o ponto!

Mas aquele *era* o ponto. Essa jevita adoradora de Jesus, essa criança de Deus adotada, essa costeña de cabelo oleoso e seu perfeito tumbao de aleluia sabia quem era Sylvia Plath. Carmen se arrependeu completamente daquela intervenção.

Está bien, eu disse tentando acalmá-la. Não precisamos falar sobre isso.

Mas não há nada para falar.

Pisquei provocando-a. Alguma coisa se soltou entre a gente, nossos cabelos presos num coque se soltaram como num comercial da Pantene. Uma leveza que me fez sentir que éramos amigas havia muito tempo e que eu podia fazer isso, eu podia provocá-la. E lá, bem na frente da I-95 Sul, minha boca sem graça se contorceu, se empurrando para os lados no que poderia ser descrito como um sorriso sem graça, um pequeno monstro que acordava.

— • —

É claro que você poderia argumentar que isso estava para acontecer. Que si es culebra te muerde, mi reina, mas acho que minha vista ficou borrada. Acho que os dias se empilharam como bolas de massa sovada no balcão da cozinha, ao lado de frutas falsas e do angelito de porcelana. Era fim de agosto, o que significava que Mami entrou numa briga com Milagros, porque a irmã havia mencionado meu pai. Inadvertidamente, me tornei a mano derecha de Carmen na panfletagem, e as palmeiras balançavam na mesma direção que balançavam em junho, que balançavam em julho e como provavelmente balançam agora.

Se Mami estava evitando conversar sobre alguma coisa era — uno, dos, tres — Colômbia. Ela não tocava No Assunto, não comparava os lugares; tinha extirpado a Colômbia como uma enfermeira corta um cordão umbilical com uma tesoura prateada. Chin-chin. Já foi. Havia, é claro, Assuntos Colombianos Intocáveis mais específicos, entre eles meu pai, o antigo brilho do cabelo de Mami e seu trabalho como gerente-geral de uma seguradora multinacional. Assuntos que ela despistava com mentiras, tais como *Você sabe que eles mataram com um cuchillo limpio três muchachos de boas famílias em Bogotá na semana passada? A ver, pode me trazer aquele bloco de anotações?* Assentindo, apontando para o bloco com os lábios, depois continuando a inserir nos envelopes panfletos de Desconto para Cirurgia Facial! e lamber a aba duas vezes para fechá-los. Mami odiava lamber aqueles envelopes e, no fim, usava um pincel molhado em água; despreocupada e repetitivamente, ela molhava e passava, molhava e passava o pincel, até que a pilha branca virasse uma caverna ao seu redor.

Mi papá no es um mistério. Se meu pai ainda precisa ser mencionado, é porque Mami reagiu exageradamente à estupidez dele. Eu revirava muito os olhos toda vez que ela dizia, *Tu papá arruinou minha vida.* Ele não era um agente secreto do DAS*, nem um senador cheirando dinheiro paramilitar, nem um bom machito ralando milho para arepas nos domingos com a família. O bonito estava lá e depois não estava mais. Mesmo assim, Myriam del Socorro Juan, também conhecida como La Mami Mayor, levou muito a sério e tatuou a dor por toda a cara com um lembrete de que meu pai era um cuzão. Era como uma tatuagem que brilhava no escuro, somente visível quando as luzes estavam apagadas.

Milagros soltou um comentário sobre meu pai ser uma das melhores coisas que já havia acontecido com Mami.

O conto de fadas real é algo assim: ¡Y dice! Mami estava muito perto de entrar para o convento, um convento de verdade com hábito completo e sem sexo. Ela estava *muito, muito perto* quando conheceu meu pai, então — pimba! — te quero no meu quarto, Lucía, eu e mais o bebê morto, todos invadindo o cosmos. Mami disse que Milagros sabia o quanto ele tinha arruinado a vida dela (isso era tudo o que ela dizia. Não pergunte coisas específicas. Mami sempre responde: Não é o momento, me passe a cola), mas Milagros também estava com ciúmes que a pastora escolhera Mami como líder ujier e, sabendo como Milagritos age, bem, ya tú sabe. Mami fala — e La Tata não vai tomar lado nisso — que a cara da Milagros quase explodiu de raiva quando, no encontro das Mujeres Valientes (não confundir com o Círculo da Bíblia na minha casa), La Pastora anunciou que Mami havia mostrado liderança e um compromisso devocional com Jesus. E ela mostrou. Posso atestar isso. Myriam del Socorro chegou naquela noite com um *look* digno, um *look* que dizia *eu gerencio pessoas, eu faço as merdas acontecerem, não mexa com meu tumbao.* Encantada com a própria energia, Mami se sentou mastigando o arroz con coco com um olhar amedrontado de satisfação.

Mami estava de volta?

Ay Dios mío, reinita, não se adiante na história.

* O Departamento de Segurança do governo colombiano.

Obviamente, durante os domingos que se seguiram, Milagros não se sentou com a família no nosso lugar reservado do lado direito, perto da caixa do diezmo. Milagritos nos contornou, beijou todas exceto Mami e continuou beijando as pessoas como se fosse um coquetel, e não um culto. Y para colmo Mami, por sua vez, procurou La Pastora rindo tão alto e gesticulando tão inadequada, usando seu terninho vermelho favorito que devolvia à Mami aquele brilho de chefe, mas que também a fazia suar profusamente.

Cheguei cedo com Mami para ajudar Carmen a arrumar o espaço dos Jóvenes en Cristo. Wilson já estava lá para nos ajudar. Organizamos almofadas roxas, empilhamos bíblias, destacamos os pontos principais do material que Carmen colocaria no quadro branco e colocamos diante de cada almofada uma pequena pilha de panfletos que os Jóvenes en Cristo distribuíam sagradamente a seus pares na semana. Paula (a subordinada número um de Carmen, repentinamente relegada a número dois porque *este* pechito aqui estava progredindo) e as outras shekinas estavam lá, chegando cada vez mais cedo a cada domingo, dando biscoitos em forma de cruz para Carmen e até mesmo um iPod Mini com um peixe cristão gravado na parte de trás. Mais tarde, eu ouviria algumas daquelas músicas. Podia se ver que a Paula estava perdida. Se la nena me odiava antes, agora ela nem me suportava. Trombava em mim, policiando cada movimento que eu fazia, apontando minhas roupas, meu cabelo, cavando, por intermédio de Lucía, meu "passado obscuro" como ela chamava, me testando sobre o Novo Testamento toda vez que a Carmen estivesse presente.

Francisca, ela me disse, se agora você tem Jesus no coração, precisa parar de usar só preto. É tipo um insulto a El Señor. Não concorda, Carmen?

O espelho do banheiro refletia a cabeça de cada uma de nós. A minha era a menor. Carmen estava no meio, arrumando o cabelo para cima com grampos, aprontando seu traje de shekina.

Não tenho Jesus no coração, eu disse, enquanto Carmen obviamente tentava ignorar a pergunta enfiando grampos nos cabelos emaranhados.

Não tem? Então, para Carmen, Paula perguntava, Ela não tem?!

A resposta da Carmen foi simples: o Senhor ama todos os seus filhos, Paula. Agora pásame aquela escova.

Aquilo não foi o suficiente para Paula; ela claramente deu duro para escalar aquela abençoada escada na Igreja, claramente queria chegar aos benditos altos lugares, e onde ela estava agora? Onde Carmen estava deixando Paula ao me escolher? E por que, de verdade, Carmen estava me escolhendo?

Furiosa, Paula entrou em uma das cabines e fez xixi. Pensei em deixá-las sozinhas — a garota era complicada, e Carmen precisava esclarecer as coisas com ela —, mas a excitação no me dejaba vivir. *Essa vadia quer criar problema comigo. Ela tá com ciúmes. Estou fazendo um nome nesse buraco de merda de igreja.* Durante um dos nossos dias no Sedano's, Carmen mencionou que Paula tinha algumas questões não resolvidas com O Cara do Andar de Cima, que ela era muito competitiva, sempre beijando o chão que Carmen pisava. E você não gosta disso?, eu disse, invejando seu poder. E com uma expressão genuína ela respondeu, Parece que eu gosto?

Pensei em sair do banheiro e filar um cigarro dos garotos da loja de conveniência do outro lado da rua. Talvez eu precisasse deixar aquele Torneio das Divas de Jesus antes que desse ruim. Pero cachaco, a quem estou enganando. Deixa dar ruim. A bonita queria sangue? Eu daria a ela algo do que reclamar. Carmen não disse uma palavra. Grampos caíam como chuva ao seu redor. Cabelo seco uma bagunça emaranhada. Ela se deteve antes de dizer *foda-se.*

Dei uma olhada para sua cara frustrada, e ela riu. Carajo, ela sussurrou, tá vendo como meu cabelo tá seco? A atenção de Carmen era a única faísca na minha vida naquele momento. Eu estava tão distraída que não percebi que estava lentamente me tornando a mano derecha de Carmen.

Que os outros Jóvenes vinham até mim para se aconselhar. E quem Paula pensava que era mesmo? Vamos ser honestos, mi reina, eu passava todas aquelas horas com a Carmen distribuindo panfletos no sol, aguantándome o diz que me diz das senhoras católicas, comendo empanadas dormidas. Eu claramente merecia ser a número um da filha da pastora, y Paulita se lo podía meter.

Mesmo se eu não tivesse Jesus no coração, e daí?

Peguei o cabelo de Carmen nas mãos, tão seco que poderia quebrar a qualquer segundo. Faça alguma coisa, Francisca, por fa! Tirei o pente das mãos dela. Uma vez só, carajo, só uma vez estava passando meus dias fazendo algo que não fosse escrever cartas para Don Francisco, ou esperar para conectar a internet discada, ou assistir ao Pablito matar dragões, ou ficar olhando para a porra do ventilador de teto. Tempo, embora ainda circular, não estava sendo desperdiçado.

Isso não vai funcionar, eu disse. Deixe eu fazer uma trança.

Carmen me entregou um laço dourado. Na escola católica, não podíamos usar o cabelo solto, então Mami me ensinou no espelho do corredor a trançar meus cachos de jeitos diferentes. Eu trançava como uma profissional, e o cabelo seco de Carmen estava perfeito. E, sim, senti alguma malícia percorrendo meu peito achatado enquanto me via subindo na escada da vida e olhando para a Paula lá embaixo, implorando por un poquito. Uy tutuy. Eu tinha algo que as pessoas queriam.

Trancei o cabelo da Carmen como se me pertencesse. Cada fio de cabelo penteei com os dedos duas vezes. Quando Paula saiu da cabine, eu estava toda naquela cabeça passando spray para fixar e salpicando com glitter dourado (Carmen seria o Espírito Santo naquele dia), nem me importando (mas sabendo) que Paula estivesse lavando as mãos, totalmente inconsolável, segurando as lágrimas, procurando os olhos de Carmen no espelho, e, quando eles se encontraram, Paula soltou, Peguei as novas camisetas

Já aceitou Jesus? hoje de manhã. Elas estão no balcão da entrada do lado da tigela de uvas de plástico.

É preciso admitir: ela tentou. De novo e de novo.

Carmen agradeceu. Então Paula perguntou se tinha alguma coisa que precisava ser feita antes que ela se aprontasse no vestido de shekina. Não havia nada. Wilson e Francisca já terminaram de arrumar, Carmen completou. Continuei olhando para o cabelo seco, se desfazendo aqui e ali, sentindo a caspa da Carmen, impressionada com meu recém-adquirido poder.

— • —

Cometi um erro terrível contando a Pablito sobre minha ascensão na igreja, sobre Carmen e sobre o jeito como Paula literalmente abriu as portas (mais tipo armários, onde guardávamos as almofadas) para nós. No quarto dele, estávamos assistindo a outra reprise de *Star Trek*. Animada, eu tagarelava sobre fazer o cabelo de Carmen, ter acesso VIP aos bastidores da igreja onde somente as pessoas importantes da Iglesia Cristiana Jesucristo Redentor eram permitidas, onde os pastores guardavam toda a mercadoria e o dinheiro da congregação.

Pablo, es que você não entende, las chiquiticas, las shekinas fazem fila para que eu faça o cabelo delas.

Continuei e continuei sobre o *brainstorming* com Carmen para os encontros semanais do Jóvenes en Cristo, sobre como Paula saiu quase chorando do banheiro naquele dia, sobre Carmen e eu termos comprado um colar da amizade na Walgreens, sabe, aqueles que cada pessoa usa uma parte do pingente de lua num colar. Eu só ia. Não percebi que tinha me lançado num monólogo quando Pablito me interrompeu.

Pensei que você odiasse aquele lugar, ele disse, coçando uma casca de ferida no braço.

¡Yo sé! Eu *odeio*, e esse não é o ponto mesmo.

Bem, entonces? Desculpe, Francisca, mas se você abomina aquela instituição tanto quanto você diz que odeia, então não parece contraditório que se importe com essa garota Carmen?

Ele sempre falava comigo como se fôssemos espanhóis de alta classe que, em vez de embarcar em uma viagem de classe econômica rumo ao Novo Mundo, tinham ficado na Terra Mãe, agradecidos pelo expurgo dos vagabundos. Só que não tínhamos dinheiro, nem coroa, nem Terra Mãe.

Quando ele olhou de baixo, percebi que ele nunca raspava o lábio superior e pelos pretos o sombreavam de um jeito esquisito, um semicírculo desigual contornava a boca. Eu tinha algo parecido e senti uma estranha proximidade de Pablito. Os pelos estavam em maioria secos, exceto a ponta de alguns, umedecida por constantes lambidas.

Você não está vendo o ponto mesmo, huevón. É isso que eu ganho por tentar te contar qualquer coisa importante.

Ele riu. Então esa iglesia é importante agora? Deus, Francisca, você é uma cristã de verdade?

Cala a boca! Não sou! Não é importante. Me arruma um cigarro, por favor?, eu disse, frustrada, pegando o *Ficções,* do Borges, da mesa de cabeceira dele, tentando mudar de assunto. Ele tentou resistir, mas no fim cedeu e me trouxe um maço. Fique com ele, disse. Agora, será que a senhorita se importaria de me ver matando zumbis?

Matamos zumbis por horas naquele dia. Pablito me deixou fumar no quarto dele com as janelas abertas enquanto ele esmagava a minha alma zumbi, porque seus pais também fumavam dentro de casa, então lá sempre fedia a cigarro e de qualquer modo eles não saberiam. Secretamente desejei ter pais como aqueles ao menos por um mês. Pode imaginar o que eu poderia ter feito com toda essa liberdade? Eu não conseguia imaginar toda essa liberdade. Mami me encontraria. Apenas me imaginei fumando um atrás do outro em um quarto coberto de Joy Division e Kurt Cobain, me alimentando de comida caseira em que ninguém usou mostarda ou banana frita, onde ninguém assistia Don Francisco e não se conseguiria encontrar uma

Bíblia. Pablito acabou comigo e matou toda a minha tribo de zumbis. Você é péssima nesse jogo!

Sentei na cama com os lençóis estampados do *Dragon Ball Z* fumando, um sorriso vago na cara. Lá fora chovia como só o Caribe sabia chover, ensopando até por baixo da pele. A chuva não vinha em gotas, não era sutil ou confortante, mas como se alguém tivesse feito um talho no balão que era o céu cinza com uma faca gigante e todas as gotas do oceano fluíssem num jato. É como se o céu tivesse febre, Pablito disse, e estivesse suando sobre nós. Toda vez que chovia em Bogotá (o que, reina linda, era todos os dias), Mami dizia que era Deus chorando, e meu pai respondia, Não, não, Myriam, é Dios mijando na gente. É a Sua vingança.

Febre tropical. Vingança tropical.

Talvez Deus chore, sue e mije ao mesmo tempo. Se eu fosse o Criador desse mundo, estaria soluçando e mijando também, o tempo todo — também teria feito as coisas um pouco diferentes. Por outro lado, nunca teria me candidatado para esse trabalho.

Nunca entendi a obsessão do Pablito com videogames, mas não me importava. Curtia ficar anestesiada, concentrada em arrancar a cabeça das pessoas e matar todo mundo para alimentar minha tribo zumbi.

¡Muere, pendejo!

De tempos em tempos, a mãe de Pablito gritava da sacada, ainda de pijama, fumando, lendo, pedindo a ele para checar o nhoque. Essa casa, tão caótica e sem deus. Pablito me contou que às vezes ouvia seus pais transando e sabia onde eles guardavam as camisinhas, e nada disso o incomodava. Que nojo! Seu pervertido! Como isso não o incomoda? Eu não podia acreditar que os pais dele transavam — eles quase nem conseguiam andar.

Naquele dia, enquanto estava mijando no banheiro, encontrei uma caixa de camisinhas coloridas e peguei algumas. No meu quarto, naquela noite, abri a camisinha extragrande cor-de-rosa sabor cereja e soprei até moldar um pênis imaginário. Tão escorregadia e nojenta. Eu não podia acreditar que o pai do Pablito, magro e cinzento, usava camisinhas cor-de-rosa sabor cereja. Pablito era muito pervertido. Acariciei a superfície gosmenta, massageando as minúsculas saliências com meu indicador, primeiro fingindo que era uma busca científica e que eu estava apenas fazendo pesquisa empírica sobre o assunto vizinhos estranhos que fodem. Mas depois fui para o banheiro e esqueci os pais do Pablito.

No espelho do banheiro sou uma vara comprida amarelada. Tetas tristes e pequenas e um arbusto de pelos muito pretos que eu me recusava a aparar (pra quê?) acrescidos com esse novo pau rosa sabor cereja. Imaginei como devia ser levar uma coisa daquelas entre as pernas. Virei de lado, girei. Bato uma vergonhosa punheta imaginária, fingindo que Carmen abre a porta do banheiro e senta no meu colo e eu faço uma trança no cabelo dela, enquanto ela sussurra que meu pau rosa é o pinto mais bonito que ela já viu. Seguro o pinto rosa na minha pélvis, parece mais uma trágica escultura de bichinho feita com bexiga do que um brinquedo sexual para Carmen. Sinto tesão e medo. Tento pensar em meninos sentados no meu colo em vez de Carmen. Wilson, Pablito (até isso eu fiz), meus primos, Camilo, Arturo, todos os garotos da igreja, todos os garotos que ficavam perto da piscina. Estou acariciando cabeças raspadas, peitos retos, os penetrando. Cinco minutos se passaram antes de um dos garotos ficar com cabelo comprido e seco, pele oleosa, pernas grossas. Cinco minutos e seus pintos desapareceram, e estava trançando o cabelo de Carmen de novo, passando spray fixador, um colar dourado entre nossos seios, sua voz profunda rezando sobre mim, e, antes que eu percebesse, também estava rezando, antes que percebesse agradeci a Jesus de novo e de novo até a camisinha murchar por conta dos toques e Lucía bater na porta do banheiro.

Capítulo nueve

Quando Mami falava de El Apocalipsis, sempre acabava mal. Ela tirava os óculos devagar, jogava o cabelo, fechava os olhos, indicador e polegar entre as sobrancelhas, então sabíamos que tínhamos de prestar atenção. Tem um tipo de magnetismo nos gestos de Mami. Uma força hipnótica que puxa todos os ossos, congela todos os músculos com um aceno ou um toque ou, no caso do Apocalipse, o combo fechar os olhos e tocar onde as sobrancelhas se encontram indicava que Mami estava prestes a soltar um incômodo seu como um "conselho de vida" ou uma história passivo-agressiva.

Começava com um ruidoso silêncio.

Então ela suspirava (olhos ainda fechados). De novo. E de novo, e de novo, até que depois de cinco minutos uma de nós perguntava, Mami, ¿qué pasó?, e ela diria, *¿Qué* pasó? Que *¿qué* pasó? Leéme esto. E uma de nós lia: *Porque El Señor pessoalmente com voz de mando, com voz de arcanjo e com o som da trombeta de Deus irá descer dos Céus. E os mortos em Cristo se levantarão primeiro.*

Ela tinha obsessão com a volta de Cristo. Mais do que qualquer coisa da Bíblia, seria quando o Céu se abrisse e ela voaria para os braços de Papi Dios que deixava a Mami mojando canoa sobre ser cristã. Era também por causa dessa obsessão que ela não podia aguentar a minha apatia em relação ao Apocalipse. Porque o que acontece com aquelas almas não salvas, mi reina? Elas queimam, e queimam, e Satanás inscreve *666* na bunda de quem não crê, como se fossem vacas em uma grande orgia.

Eu disse a Mami que não me importava e pedi dinheiro. *Você* não se importa? Como pode não se importar com isso?!

Eu sabia que o dinheiro era bem curto, sabia que mal conseguíamos pagar o aluguel, sabia que toda vez que falávamos sobre orçamento a bonita aterrissava no Apocalipse bem a tempo de evitar explicar por que os pastores tinham feito as nossas compras naquela semana.

Mamá, só me diga que não temos dinheiro, sussurrei irritada. E é assim, mi reina, que a conversa sobre o Apocalipse acaba. Porta batida. Mami rezando por mim, La Tata bebendo, Lucía escrevendo canções cristãs.

Mas Mami não era a única preocupada com Satanás queimando números na minha bunda. A pastora já tinha me chamado de lado tantas vezes para "uma charladita" sobre assuntos que tinham a ver com a desgraça da minha alma depois do Arrebatamento e blá-blá-blá, Cristo ainda estava esperando por mim, e blá-blá-blá não seria legal fazer parte da família eternamente? Eu ficava pensando no que exatamente Mami tinha revelado sobre a nossa casa para a pastora que a fez pensar que queríamos passar a vida após a morte juntas. Eu também não podia imaginar Jesus como se fosse um garoto acompanhado por seu pai, Deus, numa sala de espera de dentista conferindo com a recepcionista o tempo todo, *A Francisca já recebeu meu filho em seu coração?* (disse deus nenhum *nunca*), então Ele se sentava novamente e consolava Jesus, que não conseguia parar de soluçar porque a resposta era: *Não*. Eu me evadia daquelas perguntas com acenos de cabeça, grunhidos e pausas emergenciais para ir ao banheiro.

Ainda assim. Reina mía, reina mía, adivinha quem mais amava o Arrebatamento? Era muito difícil desviar da insistência de Carmen. Eu conseguia lidar com Mami e a pastora, Lucía e La Tata eram moleza, mas Carmen? Droga. Eu estava com ela quando perseguiu uma mulher do Sedano's até o Walmart, e de novo quando ela saiu porque a señora disse

Ok, vou pensar sobre isso. Não dava para dizer a Carmen que você *pensaria sobre algo*, porque aquilo significava dar a ela esperança de que uma pessoa a menos queimaria no inferno, o que era uma coisa que a incomodava enormemente. Além disso, Carmen e eu tínhamos nos tornado inseparáveis. Eu sentia que a qualquer momento eu poderia fechar os olhos e dizer exatamente quantas espinhas ela tinha na testa naquele dia. Poderia imitar sua risada imprevisível e, tendo tempo, eu poderia contar de memória as sardas na sua pele marrom. Depois do Sedano's ficávamos na casa dela, mesmo que a pastora ainda não estivesse cem por cento de acordo com sua primogênita andando com uma alma não salva. Mesmo assim, esse cuerpito criollo não abençoado se sentava no sofá dos pastores todos os dias antes e depois da panfletagem e todos os domingos depois da igreja, Wilson às vezes nos acompanhava, mas na maioria das vezes eram só la jefa Carmen y euzinha fazendo relatório e planejando a próxima divulgação dos Jóvenes en Cristo, o próximo encontro dos Jóvenes en Cristo, enquanto os pés descalços de Carmen ficavam apoiados sobre as minhas pernas e ela reclamava da insistência de Paula para que dormisse na casa dela.

Estoy mamada, ¿sabes? Tecnicamente não posso dizer isso, mas estou tão cheia dela, pela'a.

Toda vez que ela falava qualquer merda sobre a Paula, uma parte da minha pele dançava de alegria. Era raro que falássemos merda, mas, depois de umas poucas semanas, Carmen começou a baixar a guarda, e eu fazia de tudo para encorajá-la.

Yo sé, por que ela não procura outra igreja?

Primero, por que você não deixa Jesus te salvar y ya? Salimos de esa. Ela ficou sentada, a cabeça caída sobre meu ombro como se quase implorasse que eu fosse salva.

Pela'a, você tá fedendo!

Tínhamos panfletado a manhã toda, depois carregamos caixas com os novos produtos com a marca do grupo de jovens da igreja para o carro. É claro que eu estava fedendo, embora eu não notasse.

Francisca, ela riu, deixa eu te emprestar um desodorante.

Não me traga nada! Tá um calor da porra lá fora, Carmen. E mais, por que você tá cheirando meu sovaco, sua esquisitona?

Ela deu uma cheirada debaixo do meu braço de novo e riu. Nena, ela disse, Francisca, hueles terrible cojone.

Recusei o desodorante Dove em bastão, com minúsculos pelos dela grudados. A mera ideia de ter pedaços de Carmen nos meus poros me deu uma emoção excruciante que não pude aguentar.

Ok pues, posso te emprestar uma camiseta. Tira essa coisa nojenta.

Estava chovendo muito lá fora. A chuva batia contra as janelas, o vento sussurrava pelas minúsculas frestas. Às vezes eu ainda fechava os olhos e fingia que estava de volta à minha casa, no meu quarto, e que a chuva era fria, nebulosa, cheia de escuridão e perigo, que, se eu pisasse na rua, um bando de señoritas de minissaia passaria correndo por mim com sacolas plásticas sobre a cabeça. O ar-condicionado sempre matava o devaneio. Dessa vez, era o ar-condicionado e também Carmen segurando uma camiseta amarelo-pollito de sua própria escola católica lá de Barranquilla.

A ver, ela puxou meus braços, deixe eu te ajudar.

Eu poderia ter feito aquilo sozinha, Carmen sabia que eu podia fazer sozinha, mas segurou firme na minha cintura. Seus braços me enlaçaram como uma camisa de força, como se pudessem ficar lá para sempre e no fim se misturar com a minha camiseta do Ramones. Carmen estava no comando, e eu a deixei. Ela respirava perto de mim, resmungando uma coisa ou outra sobre usar o desodorante certo e sobre meus braços minúsculos, que ela achava fofos. Como braços podem ser algo fofo? Como ela poderia pensar que meus braços peludos de graveto, agora estendidos para o alto, esperando que ela puxasse minha camiseta, fossem fofos? As mãos dela estavam frias. Elas estavam na minha pele e então não estavam mais. Quando ela puxou minha camiseta do Ramones, meus brincos ficaram presos. Gritei, mas ela continuou puxando, tentando soltar, só que piorando tudo, provocando uma dor dilacerante da minha orelha esquerda ao dedão do pé. Ouvi o brinco bater no chão, mas a camiseta não saía. Ótimo. Agora metade de mim estava exposta, e eu não conseguia ver nada, e a vergonha de alguém olhando minha barriga, meu sutiã cinza, a pinta com um pelo que esqueci de tirar, porque *não sabia* que alguém estava prestes a me ver meio pelada, e o calor fervente da vergonha batendo na minha cara, e foda-se La Tata por sugerir aqueles brincos mesmo que eu nunca, nunca tivesse usado brincos idiotas de pérola e agora eu só parecia uma maldita piada sem tetas, y Carmen, que nada se lo toma em serio, y Carmen rindo — Mierda, pela'a, sua orelha tá sangrando —, e sua mão fria na minha cintura de novo não a confortando, mas a segurando, porque a bonita não conseguia parar de rir.

¿Cuál es el chiste, Carmen? ¿Cuál es el chiste?

Não é piada, ela disse cagadita de la risa. É melhor sentar no sofá.

Ela me empurrou para o sofá depois pousou do meu lado. Cheirou meus sovacos de novo, e não pude fazer merda nenhuma. Então os dedos dela gentilmente escorregaram debaixo da gola da camiseta, roçando meu pescoço, quase cutucando minha orelha, mas finalmente a camiseta saiu. Eu queria fingir que tinha acabado. Minha orelha ainda sangrava. Fingi que estava brava com ela, tocando a orelha como se estivesse doendo muito, procurando, de quatro, o brinco perdido.

Ela ficou no sofá parecendo pela primeira vez uma garota legal e desastrada que usava uma camiseta com uma coroa sangrenta bipartida por uma pomba azul. Naquela manhã, quando ela foi me buscar, os venecos gritaram para ela que, por favor, abençoasse o pinto deles com sua pomba, mas que não levasse sua amiga! A camiseta da pomba azul acabando com a do Ramones. Não falei nada, mas me senti muito contente de estar com ela.

Tenho um remédio secreto pra sua orelha, quer saber o que é?

Pff sí, claro. Como se eu fosse deixar você chegar perto da minha cara agora.

Ela esperou por mim.

O sofá de couro no piso branco, sutiã desbotado numa pele amarelada, e minha barriga ainda exposta, ainda real demais agora, e então do nada as mãos de Carmen, também reais demais, uma em cada lado da minha cabeça pressionando meu pescoço, meus dedos dos pés se contraindo de medo. Posso ter fechado os olhos? Ou agarrado a perna dela? Posso estar inventando qualquer merda, mas sei que, em algum momento, apertei o sofá como se fôssemos sair voando, e o hálito dela fedia a Cheetos. Fique parada, Francisca, ela sussurrou. A emoção da sua aproximação quente y yo congelada no lugar até que senti a língua dela, como um molusco entretendo sua presa com seus tentáculos, lambendo e chupando o lóbulo da minha orelha.

Ela não me beijou, mi reina. Bem, mais ou menos. Mas não de verdade. Ela pôs meu lóbulo direito todo na boca como aqueles hamsters que as shekinas levavam na igreja para sugar os tubos de água. Olhos fechados ou abertos, ou encarando as fotos da pastora, porque eu não queria que Carmen parasse, mas também não tinha a menor ideia de que gosto a minha orelha tinha ou se a tinha lavado naquela manhã, ou se Carmen se viraria com nojo. Seus dentes mal tocavam minha pele, e eu não conseguia distinguir o formato da língua dela, só a ondulação molhada.

Não tenho certeza de quanto tempo durou. Talvez na vida real uns trinta segundos, talvez um minuto, mas foi uma eternidade. Ficamos lá por sessenta anos até que sua língua ficou enrugada e falecemos de doenças de pessoas velhas. Morremos lado a lado enquanto ela chupava minha orelha, meu sutiã desbotado segurando meus peitos flácidos, a camiseta puída. O calor da saliva dela na minha orelha foi abruptamente seguido pelo vento frio do ar-condicionado bem acima de nós. Ousei não olhar para ela. A ideia de uma cara desapontada — eu não queria que ela se arrependesse de todos aqueles segundos de saliva gastos na minha orelha, queria que ela tivesse orgulho de lamber uma parte do meu corpo. O medo de que Carmen de repente caísse fora daquela viagem.

Capítulo diez

Bogotá, anos 1970
Os sonhos de Myriam presidenta

Mas vamos voltar a Mami — à Terra do Café, ao bum bum bum dos anos 1970, o Sagrado Coração e a Virgem Maria, supervisionando os primeiros dias de perico que nos trouxe ay Jesucristo aí vem Don Pablito Escobar e não há nada que se possa fazer a respeito disso. Naqueles dias, Mami vivia em Bogotá. A Myriam de dezessete anos cantava Ana y Jaime em um uniforme escolar xadrez que pendia abaixo do joelho, devaneando sobre Cartagena, Mansur, seu ex-namorado — aquele machuque dos sonhos com tumbao de papi e o bigode perfeito —, e uma mesa com a placa: *Myriam del Socorro, presidenta*. La Tata gritou para que ela a ajudasse com a costura e a cozinha, impressionada com a habilidade de Myriam de se perder todinha em si mesma em um sueño. Às vezes, La Tata encontrava Mami no pátio, livro na mão, olhos fechados, devaneando com o machuque abrindo as portas para o seu escritório gigante, chão de madeira importada brilhosa sob seus pés, gardênias enquadrando as janelas que iam do chão ao teto com uma vista dos Andes, e no centro, Bogotá: pequena, infinita, suja, e tudo isso na ponta dos dedos de Myriam datilografando atrás de uma máquina de escrever alemã importada, mas *nunca* ajudando La Tata a vender outro doce ou assar outro bolo para as pessoas ricas (vale esclarecer, sua *própria* gente). Ela seria Señora Myriam grã-fina, mi reina, e seu escritório com vista, além do machuque com sobrancelhas de taturana, seriam a prova disso.

¡Myriam! ¿Qué carajo tá fazendo?

A bolha de sueño era difícil de estourar, La Tata sabia disso. Bater as panelas e tigelas de um jeito passivo-agressivo na porta não traria Myriam de volta da cadeira de couro do escritório, a secretária revisando a agenda diária, tinticos mornos, um conjunto perfeitamente organizado de canetas azuis sobre a escrivaninha de mogno e Mansur na janela, cheio de testosterona e amor por ela. Em seu caderno, ela detalhava como as plantas deveriam ser dispostas, como o conjunto de canetas e fichários azuis deveriam preencher as prateleiras e até a temperatura da sala, cachaco. Ela tinha tudo detalhado. Aquele escritório tinha sempre estado dentro dela, bien despierta, cutucando Myriam antes que ela pudesse dizer *billullo* — bem antes do pai dela, Don Fabito, foder o patrimônio da família, tinha a garotinha Myriam, de calculadora na mão, cobrando três pesos de qualquer um que entrasse na casa deles, os fazendo assinar um caderno com uma explicação clara da visita. Naquele tempo, a bonita tinha acabado de completar sete anos e pediu que La Tata a chamasse de Doctora Myriam.

Uma vez que La Tata estourava a bolha do sueño, era a casa pequena com cerca de madeira com pregos enferrujados e baldes de tinta velhos que acolhia Myriam. Hola hola, Buenos días, princesa. Aqui, rosas meio mortas se desfazendo na entrada, ali folhas escurecendo contra nuvens densas cinza. Contra uma gota de azul-claro, o mesmo azul. O mesmo céu. Todos. Os. Dias.

¡Ay Mamá! Tô indo.

Nada nunca muda nessa cidade. Ela olhava para cima e, enquanto amaldiçoava as malditas nuvens, um pajarito cagou no seu ombro. Isso é boa sorte, mimi, La Tata diria. As manhãs de Bogotá com sol e um céu tão azul como o nosso mar, outra piada de Diosito com o Terceiro Mundo, porque o mar vinha mesmo dos cerros, de el sur, das nuvens *cumulus* grossas que circundavam a cidade, para que às quatro da tarde o céu se abrisse em um feroz aguaceiro que transformava Bogotá em um borrão de água. Myriam curtia a chuva. A única coisa de Bogotá que ela não odiava era o clima, fresco e frio, chuvoso, fazendo a escova durar uma semana inteira sem inflar os cabelos com um *frizz* incontrolável como acontecia em Cartagena (e ela sempre levava sacolas plásticas para proteger o cabelo). La Tata reclamava do hijuemadre aguaceiro criador de poças, afogador de rosas, que a fazia correr pela casa com baldes contendo cada goteira de cada rachadura no teto. O labirinto de baldes deprimia Myriam, a deixava com raiva, lembrava nossa garota de sua casona anterior em Cartagena, sem vazamentos ou rachaduras, manhãs em que pajaritos cantavam em vez de cagar e Armenia aquecia quibes, chocolatico caliente, chamando Myriam de señorita. Uma boa criada. E as escadas em espiral? O cheiro de limpeza, perfume Chanel, velas de baunilha importadas.

A lembrança de sua infância era terrível. Dias em Cartagena antes que o idiota do pai fodesse a família investindo dinheiro em terras espalhadas por um país que foi rapidamente dominado por máfia e matadores de aluguel e em propinas inúteis para tal traficante ou tal guerrilha; no fim, eles não sabiam qual filho da puta pobre-que-virou-um-rico-mau roubou todas as suas fazendas. Perdidos na bamboleante burocracia dos anos 1970, quando seu pai pediu ajuda aos amigos ricos do Banco Popular, todos os criollos deram a Don Fabito o dedo do meio e, antes que se pudesse dizer *se armó el coge coge*, Don Fabito foi demitido. E então, incapaz de pagar a mensalidade do clube privado, da escola privada, do privado isso, do privado aquilo em Cartagena, e com o apertado círculo social de Cartagena cochichando sobre sua perda, a família não pôde aguentar a vergonha e se mudou para Bogotá como zés-ninguém, mi Dios. Tipo, Milagros e Myriam não faziam mais aulas de tênis, aninhadas numa casita em uma vizinhança mais ou menos cercada *daquele tipo de gente.* Gentuza, pura gentuza rara en ese barrio.

Myriam detestava a ideia da sua infância desperdiçada, mas nunca perdia a fé. La niña continuou desenhando seu escritório como um ritual de purificação, colorindo as partes importantes: a vista, o cabelo perfeito, Mansur de óculos de aviador. La Tata a cutucava, e Myriam respondia que estava trabalhando no dever de casa, mamá.

Mas você está dormindo! Desenhando mamarrachos.

Mamá, se chama *pensar.*

Quando dizia isso, Myriam dava um passo atrás, esperando pelo manotazo que La Tata daria em sua cara.

Respondiéndole a tu madre, muy bien. Venha cá agora, preciso terminar a cobertura desse bolo para Martica.

De tempos em tempos, La Tata estapeava as garotas para manter o espírito da maternidade ativo. Não dessa vez. Ela estava de bom humor: seus bolos estavam bombando no barrio, e todos desejavam uma gostosura da Alba. Uma fila de chapéus pomposos aparecia na porta delas aos domingos depois da igreja, mulheres provando (e amando) seus bizcochos, encomendando três, quatro para o aniversário dos netos. Y allá bem no fundo da casa, onde ninguém o via, lá estava Don Fabito, o único homem da casa, uma bola de aguardente resmungona, colado ao rádio. Contra todas as probabilidades, a renda de La Tata sustentava a casa. E porque La Tata era quem vestia los pantalones, ganhava dinheiro, o quarto principal se tornou local de trabalho, em vez de felicidade nupcial, e no minúsculo cômodo adjacente à cozinha, um quarto para a empregada que eles não podiam bancar (no momento), ficava uma cama de casal para La Tata e Don Fabito onde nenhuma mágica acontecia. La Tata o chamava de Señor Martínez: *¿El Señor Martínez ya almorzó?*

A visão de Don Fabito irritava Myriam agora. Rádio ligado o dia todo, jornais velhos espalhados pelo chão e dobrados como cobertores sobre o sofá ao lado da invencível dose de aguardente Néctar. Myriam raramente convidava amigas da escola católica particular — importante dizer, paga pelas irmãs de sua mãe que, é claro, não poderiam sentar e assistir ao declínio das garotas indo para a escola pública —, ela não conseguia suportar a vergonha do harapiento pai resmungando maldições para o rádio, brigando com a própria sombra, com a antena da TV quebrada, sacolas plásticas, roupas, anjos de porcelana quebrados e espalhados pela casa, e mesmo a casa, pequena e gritando mal um estrato três*. De uma Mercedes à buseta. Nã-ão, mamita. Na escola, ela agia com uma elegância de alta classe memorizada tão bem nos anos anteriores en la costa, sua irmã Milagros embarcava nessa também, mas quase nem se importava, às vezes esquecendo que seu pai *estava* em uma viagem à Itália, lembra? Myriam não deixava La Tata pisar no gramado perfeitamente aparado da escola Santa María, a menos que a roupa de La Tata fosse avaliada, escaneada à procura de qualquer escolha errada possível. E La Tata não era burra. Seu coração sabia. Ela dizia às garotas para serem gratas, que ao menos tinham comida na mesa, um teto sobre a cabeça, ao menos não estavam pedindo nas ruas. Olhem aquelas pobres crianças ranhentas com roupas rasgadas. ¡Dele gracias a Dios, no joda!

Mas Mami não conseguia agradecer a Deus. Ainda assim. Embora estivesse brava com El Señor por deixar que seu abestalhado pai arruinasse a vida deles, ela ainda rezava durante a missa da escola, depois da comunhão e à noite diante da Virgem, pedindo à Madonna de lágrimas de sangue para que, por favor, fizesse com que ela acordasse daquele pesadelo e a deixasse ser a empresária que queria ser, deixasse Mansur encontrá-la novamente etc.

— • —

A uma quadra da casa, havia um pequeno mercadito de las pulgas onde mujeres campesinas vendiam roupas feitas à mão, joias e aquelas chivas** feias que os turistas compram quando viajam para a Colômbia. Aquelas eram vendidas por

* Na Colômbia, a divisão em seis estratos sociais se aplica também à categoria das moradias. Aqui, neste caso, o estrato três corresponde à classe média baixa.

** São os ônibus rústicos típicos da Colômbia, bem coloridos. No mercado de suvenires, as reproduções de chivas são as mais icônicas.

um preço baixo. As joias eram ainda mais baratas, porque ninguém naquela vizinhança poderia pagar mais, e é claro que as campesinas ganhavam o que podiam, tendo sido desenraizadas de suas terras pelos mesmos filhos da puta pobres-que-viraram-ricos-maus e os militares. Elas eram a nova classe pobre de La City, chegando em plena Bogotá às vezes descalças, sempre perdidas, sempre empurradas para as margens, para cima das montanhas, começando o que seria conhecido como as *invasiones*: um coágulo nas artérias de Bogotá. Assentamentos de barracos cobrindo as montanhas com tristeza, falta de eletricidade, barro e ratos. Mi reina, as campesinas tinham se dado tão mal que até a gente pobre em La City ficava tipo, *não vou dividir meu barrio com aquela gente.*

Myriam passava pelo mercadito todos os dias no caminho de ida e volta da escola. Um dia ela parou, capturada pela verdadeira e intricada beleza das joias: colares de tagua*, pulseiras de madeira gravada com desenhos pré-coloniais, brincos de prata. Ela pegou um colar de tagua e o segurou próximo ao peito, se olhando no espelho longo e embaçado. A campesina disse que ela estava bonita. *Sí claro, e o que elas sabem sobre estar bonita.* No outro dia, ela parou de novo. Dessa vez, experimentou os brincos de prata que acentuaram as maçãs do seu rosto, transformando a cajarita em uma empresária de alta classe com cheques e um chofer esperando do lado de fora da escola. E, dessa vez, quando a campesina reiterou o quão bonita Myriam estava, tão exótica, como nos filmes, sumercé, ela entregou uns trocados e disse, Por favor, fale sério, escondendo os arrepios internos por trás daquela cara de superioridade. O caro orgulho da beleza. Uma película de ostentação gentilmente suavizada sobre seu corpo, pendurada em suas orelhas. Na escola Santa María, todas as niñas de papi babaram sobre as pedras delicadas pendendo das orelhas de Myriam: *Que ai meu Deus onde você comprou isso, que ai meu Deus se eu te der o dinheiro*

* Uma castanha comum na Colômbia, muito usada para esculpir bijuterias.

você pode por favor comprar pra mim só que vermelho. Até Leonor, a mais descolada das garotas na escola que nunca dissera nem as horas para Myriam, até Leonor parou Myriam durante o recreio, porque ela não tinha visto aqueles brincos naquela cor — São *franceses*? Você poderia pensar que Myriam apenas se sentiria superior, bem-vinda, um novo sentimento de pertencimento por finalmente descobrir o código da amizade. Pero, cachaco, essa não é a nossa garota. A nossa garota farejava dinheiro, oportunidades de negócio, um milagre, um sensacional momento de eureca.

E então começava uma nova fase empreendedora para nossa garota. No dia seguinte, Myriam voltou ao mercadito e, com a metade de suas economias, comprou todos os pares de brincos, negociando-os pela metade do preço original. No dia seguinte, cabelo preso num bonito coque, trançado, com spray, e um caderno com Sad Sam na capa onde ela mantinha um inventário detalhado. A bonita ficava por ali no banheiro da escola, onde todas as transações ilegais ocorriam — pense em cigarros, delineador preto e revistas de gente seminua —, oferecendo brincos dos estilistas franceses François Blá-Blá e Pierre Blá-Blá por seis vezes o preço que ela tinha pagado às campesinas. Uma pinta desenhada com lápis acima dos lábios. Ela se transformava durante o recreio de aluna da escola católica em empresária católica, e puta merda *deu certo.* Ela roubou uma das posses mais glamourosas de La Tata — uma bolsa de couro Chanel — e organizou os brincos.

Um pequeno semicírculo em torno de Myriam. Garotas a seus pés se acotovelando — o brilho das pedras se sobrepondo ao fedor de merda, sangue menstrual, se sobrepondo às estudantes boazinhas que nem se importavam com joias de estilistas franceses, que seriamente acreditavam que abdicar de toda a vaidade feminina era a prioridade número um de uma mulher para se aproximar de Deus, e então, esperta como era, Myriam montou seu próprio puestico dentro da maior cabine do banheiro, a última, acendeu duas velas de baunilha no outro dia, harmonizou seu espaço com uma pequena placa escrita à mão: *Joyas Francesas*. Resta dizer que a culicagada investiu todas as suas economias, mais algumas de La Tata, nas bijuterias das campesinas.

Ela estava indo a fundo naquilo, cachaco, te digo.

E La Tata ni bruta que fuera, é claro, foi ficando pistola. Você está roubando dinheiro da sua própria mãe? Myriam negando tudo, depois contando o caixa e dando entrada no dinheiro na sua base de dados do Sad Sam. E onde a señorita acha que está indo com essa caixa cheia de brincos? Você está roubando? Mira, Myriam, podemos não ser ricas pero Dios es mi testigo que se eu te pegar roubando! Mas La Tata rapidamente esqueceu a raiva.

Myriam ousou não revelar seu negócio secreto para ninguém, ninguém a não ser Milagros, que às vezes ficava distraída — fontes dizem que Milagros se apaixonou loucamente por el moreno Alexander que trabalhava na loja da esquina, e imagina só o que *isso* fez com La Tata e com as tias em Cartagena. Milagritos estava distante, mas ainda notou o novo círculo de estudantes em torno de Myriam. Sua hermana depressa adquiria status de *superstar*.

Rapidamente, e com propósito, subia a escada da popularidade, passava agora os fins de semana na cobertura da Fulanita em Santa Marta ou na casa de campo da Sicranita em El Peñón, tudo pago pela renda descartável das novas BFFs. Comprava a passagem de volta à classe alta. Sentimentos poderosos de controle energizavam seu coração, Myriam agora vislumbrava um futuro e tinha uma vista panorâmica de Bogotá e três secretárias. Me disseram que ela era deslumbrante e apavorante, cara de pedra, mas glamourosa, correndo pela casa, escondendo coisas, exagerando no spray de cabelo. E eu a imagino depois da escola, desfazendo a trança no banheiro, fazendo xixi, no que ela pensava quando via sua cara triste? Ela podia ser bonita, mas era preciso olhar bem por um tempo, esperar que os olhos escuros se ajeitassem, que os cantos da boca parassem de se contrair até que de repente os traços apareciam, *voilà*.

Ela ainda não podia bancar roupas de grife, mas, com os pesos que ganhava das joias, comprava roupas nas campesinas, trabalhava nelas por dias na máquina de costura de La Tata, adicionando renda dourada aqui, botões prateados ali — copiando cada roupa que Rocío Dúrcal vestia nas fotonovelas que ela lia religiosamente.

É preciso dizer: se as freiras pegassem Myriam vendendo, ela seria expulsa da escola, e se as garotas descobrissem que ela vendia joia barata, ela seria expulsa da sociedade.

E a Myriam foi pega?

Ela foi e depois não foi. Já uma rainha na escola, já com o olhar matador de La Tata sobre ela, já comprando Reeboks brancos e fazendo permanente naquele cabelo, já com aqueles dedos gordos repletos de anéis de ouro trabalhando na calculadora. Myriam gastando tanto dinheiro como se não fosse problema de ninguém, encurtando o uniforme da escola — já colonizando o pátio com caixas de joias, debruçada sobre seus livros de contabilidade! Os livros! Era surreal ou o quê, cachaco? Dezessete anos e tantas cédulas na mão como qualquer niña de papi. O sonho!

Milagros se aproximou dela um dia no meio do recreio.

¿En qué carajo'e lío andas metida tú, Myriam?

Para Myriam, Milagros era só uma pendejita ciumenta sem ambição. Ela pensava que a irmã tinha cérebro, mas a ela faltava el volador por el culo e disciplina.

Ay ya, Milagros, você tá dando um showzinho.

Showzinho? Show é o que a Tata vai te dar. Ela sabe o que você está fazendo e não gosta nada disso.

Naquela noite, quando Myriam chegou em casa, La Tata estava esperando por ela, cinto na mão. Ela tinha encontrado o caderno do Sad Sam enquanto procurava por farinha extra nas caixas empilhadas pelo pátio. Os olhos de La Tata conjuravam uma raiva materna internalizada, a mesma raiva destinada a ela por sua mãe doente, pelas vecinas, pelas irmãs condescendentes, uma raiva derramada de toda e cada mãe, uma convicção ensaiada de mulher, uma cara feia aprendida, mãos em arco nos quadris, lábios apertados, olhos vagamente fechados vibrando no ritmo das cordas vocais — a postura de toda mãe colombiana, um holograma passado de geração em geração para pousar no corpo da próxima garota em Agora você vai me contar ahora mismito onde carajos é que você está conseguindo todo esse dinheiro y ay de ti Myriam del Socorro se mentir pra mim.

Y agárrate muela picá que lo que viene es candela.

Myriam não disse uma palavra.

Ela se sentiu traída pelo fracasso de seu próprio sistema. Por sua negligência. Por que ela escondeu o caderno no pátio? Por bruta. La Tata não entenderia.

Foi *assim* que eu te criei? No me respondas. É isso que eu recebo por deixar que suas tias te matriculem naquela escola... entrando e saindo dessa casa como se fosse um hotel, e aquelas amigas!

¡Mamá!

Mamá nada, Myriam. Mamá, nada. Aquelas amigas que eu nem sei quem são... Por que elas não vêm aqui em casa? Por que eu não as conheci? Você sempre pôde trazer suas amigas aqui.

A cara da Myriam dizia um *você-sabe-que-eu-não-posso-trazê-las-aqui*. La Tata congelou, atordoada que sua filha a enxergasse como uma pobrecita. Ela sabia o que Myriam queria dizer, a vergonha, o medo, a ruptura — algo se quebrou dentro de La Tata naquele dia. Ela mais tarde me contaria que foi culpa dela, ela criou Milagros e Mami daquele jeito — *Mas el descaro de tu madre,* Tata fechou os olhou para continuar sua história, *a vergonha nos olhos da Myriam quase me matou.* La Tata trabalhava duro, e *os três eram um pé no saco reclamando todo berraco dia, Fabio bebendo em silêncio até morrer, inútil num canto ouvindo toda maldita partida de futebol e cada programa de notícia — e aí vem essa culicagada me olhar com* vergonha.

Como se no passado eu não tivesse sido uma hijuemadre coberta de ouro, como se eu não fosse La Muñeca com três empregadas só pra cozinhar pra mim, eu te contei da vez que tive um pretendente que veio num cavalo alemão até Cartagena pra me ver? EU. La Muñeca de Cartagena, e a vergonha da Myriam me chocou. O que eu tinha me tornado?

Anos depois em Miami, La Tata brigaria com Mami sobre a veracidade dessa história. Porque como La Tata contava: *Eu disse a sua mãe que ela não arriscaria sua educação — e mentindo sobre joias? Onde ela aprendeu aquelas mañas? E eu posso ser só uma velha, mas eu não tinha sonhos também?*

Myriam não queria contar a verdade porque sabia que La Tata ia dar um chilique por ela ter "explorado" as campesinas, mentido para as garotas da escola e posto em risco a educação cara e paga por suas irmãs — e quem contaria às tias? E mais, por que ela não estava ajudando nas contas?

Porque, ¿aló? Um apartamento na Calle 94 não se pagava com sorrisos, e a carajita sabia disso. La niña era uma soñadora, mas não era burra. Además, voltar pra casa todos os dias, para os olhos exaustos da mãe, a esvaía, ver as mãos de La Tata descascadas e escurecidas, comer a porra de um arroz con huevo e banana-da-terra todos os domingos. Ela precisava ser absolvida, ¡no joda! Myriam sabia que tinha um jeito de sair daquela rotina, sair daquela tristeza que mordia sua bunda todos os dias, que, se ela socasse a tristeza o suficiente, talvez a casa se estilhaçaria. Ela não queria que La Tata desaparecesse; só queria que sua mãe parasse com os mesmos gestos de pobre e que, por favor, passasse creme nas mãos.

A casa não se estilhaçou, então Myriam foi embora. Botou na mala todas as bijuterias, o uniforme da escola, dois pares de calças boca de sino, os Reeboks, e deixou um bilhete bem dramático na mesa de trabalho de La Tata: *Por favor, não me procure, mamá.*

— • —

Myriam se mudou para a casa de Leonor, sua amiga rica cujo pai viajava o tempo todo, um lugar tão grande que Myriam quase não era notada. Leonor de las Mercedes Santos era filha de um senador viúvo que chamaremos de Pepito Santos. Se você estava prestando atenção na história, você sabe que, sim, corazoncito mío, Pepito era um daqueles ricos hijueputicas lavadores de dinheiro para o nosso mais estimado Michelsen, de mãos dadas com a nata dos gângsteres do cartel em troca de silêncio, billullo e toneladas de perico bruto. E sabe o que mais? Leonorcita, sendo uma filha única mimada, conseguia administrar seu próprio consumo de perico, um *hobby* de fato, um alívio das viagens de compras a Miami e das viagens para se bronzear no apartamento do papi em Cartagena. Quando Myriam entrou na equação, Leonor estava envolvida com seu pequeno próprio negócio de coca, obviamente apenas um jeito de se entreter porque, *hello*, qual filha de senador no fim dos anos 1970 precisava de dinheiro? Aqueles eram os dias passados no quarto de hóspedes da casa da Leonor, onde as coisas brilhavam e eles tinham toalhas diferentes para mãos, rosto e corpo.

Myriam fazia viagens à vizinhança en el sur somente para comprar bijuterias das campesinas, mas desviava por sua rua, para ver a pequena casa da família de longe, às vezes desejando os bizcochos de La Tata, mas geralmente com raiva da entrada desarrumada com grafites e árvores mortas.

Uma vez, ela viu as mãos de La Tata, brancas da farinha, aparando as roseiras. Mesmo assim — bem quando o seu estômago estremeceu num nó de ansiedade, a imagem do porteiro de Leonor, do cabelo perfeito e sedoso e das botas de equitação quebrou o feitiço.

Desde o momento em que Myriam pisou fora do seu lar, La Tata só fez rezar a Dios y la Virgen del Carmen. Como La Tata explicava: *Todos os dias essa devota de Dios acendia velas, rezava três rosários e doava dinheiro para a capela da vizinhança.* Quando perguntei a Tata por que ela simplesmente não acabava com tudo na escola Santa María, ela disse com el dolor na alma que Mami precisava aprender uma lição. *Myriam queria uma vida fácil? Então eu é que não ia de jeito nenhum impedi-la de quebrar a cabeça burra dela no mundo. A vida é dura. Eu tinha bolos para assar, vestidos para costurar. A vida não parou porque sua mãe quis brincar de superestrela.*

Ay Dios mío como essas duas eram teimosas.

No meio da farra das joias falsas, subia a pomposa escada social com Leonor, retornava ao estimulante e confortável sentimento de superioridade tão proeminente e profundamente enraizado na classe alta da nossa pátria — porteiros abrindo portas, criadas arrumando camas, queijos curados por anos cruzando o Atlântico para pousar no prato dela, cabelo escovado duas vezes por semana, bolsas Marc Jacobs —, se afastando rápido e para longe, agarrada em Leonor durante todas as festas, porque é claro que Myriam não podia dizer não para as festas e cocteles, para os jantares na casa de Leonor. Festas com orquestra ao vivo, mágico para entreter os convidados, todos os culicagados abaixo de vinte e cinco anos cujo pai tivesse um pé no Senado (vamos admitir, não havia mulheres), jarras e jarras de aguardente, salsa e — você sabe — perico até as cinco, seis, sete da manhã y a seguirla. Lá estavam elas: Leonor e Myriam em Santa Marta em microbiquínis. Leonor e Myriam em uma Mercedes chegando na escola Santa María de óculos de sol e cara de paisagem. Leonor e Myriam fazendo manicure e pedicure. Leonor e Myriam se fartando de uísque com o niño rico número um, Nicolás Betancourt, e seus amigos. Leonor e Myriam acelerando na Circunvalar. Agora fora de casa, Mami estava caidinha pela vida de luxo e riqueza da elite de Bogotá. Eu temo dizer — apesar de ela negar — que Myriam se tornava a Alma da Festa, pedindo mais aguardente mesmo depois que todos já estavam caídos no chão, roubando buchinhas de cocaína da cômoda de Leonor para ficar acordada e assistir ao nascer do sol. Cachaco, o fim dos anos 1970! A Colômbia só estava começando naquele negócio de perico. Aquela merda era tão pegajosa e boa que a cara ficava amortecida por horas.

Quando Milagros conta a história, sobram cara feia, suspiros e *imagínate*, e, quando La Tata conta, tem culpa, reza e alguma blasfêmia leve. Quando imagino a vida de Mami naquele tempo, eu a vejo procurando por lampejos de si mesma. Vejo a Myriam tentando sentir o cheiro dos últimos resquícios do detergente Ariel que La Tata usava em seu uniforme, vejo um braço magricelo abrindo portas pesadas para salas silenciosas. Vejo Myriam à noite incapaz de dormir, a possibilidade de que Leonor descobrisse seu trambique das joias, a horrível espera pelo aroma quente de sua casa — todos os sentimentos se aglomerando como uma colônia de formigas famintas em seu estômago. Ela se olha no espelho comprido do banheiro e ri. Ela come picolés de morango e estraga o único vestido que La Tata costurou para ela. Ela acorda no chão mais vezes do que acorda na cama, mas ri disso com Leonor, ri de si mesma, nem trança mais o cabelo, porque alguém em algum momento vai fazer isso, seja a cabeleireira, a empregada ou a própria Leonor vai puxar Myriam pelos cabelos, fazê-la se sentar e escová-la gentilmente como um cachorro. Vejo pedaços de pele caindo do seu peito, dos braços, mechas de cabelo perto de calcinhas sujas, ela junta os pedaços e os armazena numa gaveta.

Pero mi reina, não há como processar. Não há tempo para Myriam parar e sentir o cheiro da pele caindo de si mesma. Há só um senso de dignidade e orgulho adolescentes correndo por seus ossos.

E lá está ela: desbocada, falando hijueputas aqui, malparidos ali, aparecendo drogada na aula de química, expulsa do espanhol por mascar chiclete. Digo, o que importa para ela? Leonor era agora sua irmã de pai rico. Ela estava vivendo A Vida. Mas não parou aí. Mami jura que foi meu pai quem tirou a virgindade dela, jura sobre a Bíblia, na frente dos pastores, do Círculo da Bíblia — mas a realidade é que um bando de carajitos hijos de papi passeavam naquelas calças. Especialmente Nicolás Betancourt a encantava com seus cachos castanho-claros, olhos verdes e uma infinita fonte de grana.

Às vezes, enquanto Nicolás ansiosamente agarrava seus seios, ela pensava em Mansur. Mansur quente, sobrancelha de taturana, Mansur rico, pele de oliva com aquele sotaque libanês misturado ao espanhol. *Como a senõrita está hoje?* A educação de seus modos: abrir portas, puxar cadeiras, o jeito perfeito de limpar a boca com guardanapos de pano. As mãos grandes e peludas. O jeito que elas pegavam sua cintura, forte, puxando-a para perto para que todos soubessem que aquela hembrita era dele. Mansur que lia Shakespeare, recitava poesia e fazia serenatas com rosas para Myriam na janela de sua casa em Cartagena. Você, queridíssimo lector, deve estar entediado com a visão desse Romeu, mas tente dizer isso quando um hombre com tanto tumbao bate na sua porta com mariachis inusitados e um poema de amor. E o bonito a *respeitava*. Nos anos 1970. Em Cartagena. Você vai voar alto, meu pajarito, ele dizia quando Myriam tagarelava sobre o grande escritório. Você, mi princesa, vai comandar esta cidade e possivelmente este bendito país de miseráveis. Eles andavam pela Ciudad Vieja, mão na cintura, a brisa da noite finalmente refrescando o calor infernal do dia. O mar escuro, infinito, monstruoso, salpicado de casais aqui e ali, adolescentes nus nadando e rindo. Toda vez que passavam o dia na praia, a pele de Mansur rapidamente escurecia, e, quando ela se virava para brincar com os pelos enrolados do peito dele, Myriam sussurrava: Mi negro bello.

Mami tinha quinze anos, nova no negócio do amor. Seguia, desmedida, seu negro bello para um motel aqui, um restaurante ali, aquela outra playa, ignorando os dias em que ele não ligava, as noites em que ele corria para casa, as semanas sem dar notícias, e, antes que se pudesse dizer *Se armó la gorda*, a mulher de Mansur bateu na porta dos Juan.

Agora sob o corpo sem pelos de Nicolás, Myriam não sabia que La Tata tinha se desculpado com a mulher, visitado o escritório de Mansur, exigido que o hijuemadre restaurasse a reputação de sua filha e desaparecesse da vida dela. Podemos presumir que o negro bello amou Mami, mas adivinha? Myriam também evita lembranças sobre esse papi libanês. Aparentemente, Mansur a viu uma última vez antes da família se mudar para Bogotá, mas, se Myriam ainda esperava por ele, ainda desejava aquelas sobrancelhas enquanto Nicolás metia, então o papi provavelmente não tinha mantido a promessa feita para La Tata. E então Myriam imaginava as mãos grandes dele abrindo as coxas dela até que a respiração pesada de Nicolás, cheirando a colônia forte e cigarros, a trouxesse de volta à casa de Leonor e aos meses de riqueza infernal.

Seis meses que pareceram uma vida.

E certamente foi uma vida, porque, quando Milagros finalmente cedeu e se aproximou dela durante um recreio, o corpazo de garrafa de Coca-Cola que Myriam tinha agora se transformara em uma triste carcaça esquelética seca com dentes protuberantes. A bonita era só dentes! *Nem sei dizer o quão flaca sua mãe estava,* Milagros diria. Olhos saltados, mais ossos do que cuero. Ay mi niña, mas aquelas esmeraldas e o novo corte de cabelo y o motorista do Nicolás que a buscava de Mercedes depois da escola. Quer dizer, quem precisa de gordura corporal quando há um rico muchachón disposto a foder até explodir a cabeça numa cobertura? E vamos chegar na parte de explodir a cabeça nessa foda. Mas, primeiro, Milagros se aproxima de Myriam:

¿A qué tú juegas?, Milagros ofereceu a ela uma empanada. Você precisa comer.

Myriam riu. Você acha que eu não tenho comida suficiente?

O que Myriam queria de verdade era que Milagros implorasse para ela voltar. Ela não admitiria que esse plano de uma vida luxuosa tinha saído loucamente dos trilhos, e agora a bonita estava perdendo a porra da cabeça, metade do cabelo e a bunda que a tinha levado a lugares — perdendo sua alma sem nem ideia de como recuperá-la. Secretamente pelos últimos dois meses, Myriam ansiava por aquele momento.

Secretamente uma solidão gritante entupia seu coração. À noite, ela encarava o teto amortecida depois que o niño Betancourt acabava de trepar e gozava em cima dela. Mas ela precisava que Milagros apelasse, implorasse de joelhos, suplicasse em um poema, algo que amenizasse sua vergonha. O orgulho dessa culicagada! Myriam precisava que Milagros a arrastasse até La Tata, onde ela poderia se enrolar como uma bola enquanto La Tata embalaria aquele corpo ferido e, a punta de aguapanela con queso* e vickvaporú, curaria a alma de Myriam.

¡Pero ese orgullo!

E, infelizmente, este não é um livro pra crianças, mi reina.

Milagros tentou acariciar as bochechas de Myriam, mas ela recuou e deixou a irmã parada no meio do estacionamento enquanto se apressava para entrar na Mercedes onde uma pilha de presentes embrulhados esperava por ela. Era agosto. Chovia. A escola era uma névoa de cinza e verdes impressionistas, em que pontos azuis de saia com a cabeça coberta para se proteger da chuva soltavam vapor branco pela boca como se fossem dragões. Myriam baixou o vidro do carro, deixando entrar finas lâminas de água como balas de prata apagando seu rosto. Seu rosto inteiro umedeceu. Seu coração sabendo exatamente o que queria: o toque e o carinho da mãe. Mas ela não podia aparecer em casa, não queria admitir que precisava de La Tata, não poderia jogar fora tudo o que tinha ganhado. Aquele orgulho adolescente fez par com a ainda deliciosa sensação de sentimentos anestesiados provocada pelo perico, além daqueles presentes em seu colo fortalecendo o controle de Nicolás sobre nossa garota.

Uma semana antes de seu aniversário de dezoito anos, numa daquelas manhãs chuvosas que Bogotá faz tão bem, Leonor bateu na porta do quarto de Myriam e, quando Myriam abriu

---

* *Aguapanela* é uma espécie de infusão com rapadura (*panela*) e especiarias muito típica da Colômbia. Nessa versão, ela é servida com queijo derretido (muçarela ou queijo branco) e também pode ser acompanhada por uma arepa.

a porta, sonolenta, atordoada e confusa, Leonor arrastou-a pelos cabelos e arrasou os ossos de Myriam no chão, brava, gritando — certamente drogada de qualquer coisa que tinha sobrado da noite anterior.

¡Te me vas ya! Saia da minha casa ahora mismo. Perra de mierda, ladrona, hija de puta levantada. Eu aqui abrindo as portas da minha casa pra você? E o que você faz? Ah? O que você faz? Responde. Ahora no, agora você não quer dizer nada. Você tá roubando as minhas joias e as minhas drogas? Sua puta baixa. *Fora*.

La Tata sempre ficava em silêncio neste ponto da história, mas consegui obter uma confissão de Milagros. Não, ela não vendia drogas. Por Dios, tampoco. Sim, Myriam tinha mesmo roubado as joias de Leonor e as vendido *bem na escola*. La idiota. Bem debaixo do nariz da ninã rica. Vendeu até para amigas de Leonor. O que ela estava pensando? O quão desesperada estava? Ninguém da família queria mergulhar fundo em seu desespero. Ninguém queria lembrar. Mas, se você observasse Myriam de perto por anos, seria possível quase descascar a amnésia de sua pele, como uma cebola, camada por camada, até alcançar uma casca amarelada embrulhando seu corpo como uma múmia, e *era ali* que ela guardava unhas acinzentadas roídas, joelhos roxos, coração amortecido, picolés mortais. Ela deve ter sido frenética, maníaca, incansável. Tão desesperada que quase não havia luz brilhando dentro dela.

Por supuesto de uma vez por todas, Myriam deveria ter ido para casa com a cola entre las patas e implorado por perdão. Pero niña, se aquele país de reinas tivesse um concurso de Miss Teimosia, Myriam nem precisaria entrar na competição para ganhar.

Tinha ainda Nicolás: o messias bêbado. Ay el niño rico sempre disposto a salvá-la, a Mercedes sempre cheia de presentes embrulhados. Sempre disposto a levar aquele corpo esquelético até a cobertura dele, foder aquele saco de ossos, talvez dar uns tapas nela quando recusasse seu pinto. Uma semana inteira ela passou lá.

Esse drogado filho da puta acabou indo para uma clínica de reabilitação em Miami e depois voltou a Bogotá para concorrer a uma cadeira no Senado — e ganhar!

— • —

Milagros pegou Myriam de táxi. Quando elas chegaram, La Tata tinha transformado o quarto dela em um casulo de cura: cuidadosamente deixou almofadas, ruanas e cobertores, água quente, aguapanela para um batalhão, caldo de galinha, caldo de carne, caldo de vegetais. Vickvaporú para vários dias. Antisséptico, Dolorán*, gaze, cadeira de balanço. Cortinas abertas, o sol do meio da tarde para aquecer o corpo frágil de Myriam. Quando perguntei a La Tata como ela soube que sua filha tinha sido espancada, La Tata respondeu que *sentiu os pálpitos, mimi. Uma mãe sabe, uma mãe sabe. E eu soube,* ela continuou, *que a dor de Myriam era profunda, e eu estava certa. Sua alma voltou quebrada.*

Elas não conversaram. A vergonha silenciosa de Mami não permitia nenhuma conversa, mas também ela *ainda* não poderia pedir perdão. Cachaco, você não conhece a teimosia. E mais do que orgulho, era o olhar triste, arrepios percorrendo a coluna toda vez que as lembranças de Nicolás se impunham sobre ela como um balde de gelo lentamente derramado em suas costas. Myriam estava más allá que acá. E o sueño! Os ricos! Não só quebrados, mas pulverizados. Mansur às vezes era uma bela miragem aquecendo seus dedos dos pés, seu pescoço, o lóbulo da orelha — então rapidamente era engolida pela escuridão interna ondulante. Coração anuviado por um desconfortável peso, mas Myriam não ousava chorar. Ela nunca admitiria (para si mesma), mas a menina tinha chegado pela primeira vez ao fundo do poço (parabéns!), e La Tata bem ali, enrolando-a em um cobertor maternal de carinho e Merthiolate. La hija pródiga à casa

* Pomada para dores nas articulações vendida na Colômbia.

torna. À noite, Myriam acordava, ofegante, suando como se Bogotá não ficasse 2.600 metros mais perto das estrelas, com febres de quarenta graus que só baixavam com fatias de limão nas meias e leite de magnésia. Nas palavras de Milagros: *Francisca, tu mamá era só o fiapo puído de um trapo.*

Dios mío.

E foi durante aquelas noites em claro, entre pesadelos febris e balbucios, que Myriam começou a falar com Dios.

Fora do quarto, La Tata deixava o rádio ligado quase o dia todo, cantarolando boleros, ouvindo umas poucas radionovelas velhas que ainda estavam no ar, mas o que predominava era *El Minuto de Dios* sintonizado dia e noite. O oficial não oficial ruído branco da casa era o fervor do Padre Ignacio em nome do Pai, do Filho e do Espírito Santo. A voz abafada do Padre Ignacio, como alguém falando num copo plástico, direcionando todos os ouvintes a deixar as preocupações na porta e se dar ao Cara Lá de Cima. Como a maioria das almas no nosso país berraco, la cartagenera era a prática cultural de ir à missa católica aos domingos, fazer o sinal da cruz ao passar diante de uma igreja, às vezes acender uma vela para a Virgem, mas nunca levar O Poder de El Señor tão a sério. A febre mudou aquilo. O fundo do poço mudou aquilo. A floresta turva de tristeza se movia dentro dela clamando por libertação, e a garota entendeu que precisava da ajuda de alguém maior que ela mesma, talvez aquele senhor lá em cima? Uma espuma de nuvens começou a aparecer em seus sonhos. Um rádio dourado bem no meio das nuvens cinza de algodão e Myriam sentada naquelas nuvens acariciando o rádio, repetindo as canções e as preces.

Por anos, ela observaria como a devoção de La Tata forjara o tesón e a envergadura foda que manteve sua mamá alimentando a família inteira. A obsessão de La Tata com o rádio, sempre um mistério para Myriam. Agora la niña sentia o poder do rádio, o modo como seu coração se abria toda vez que o Padre Ignacio rezava pelos doentes, rezava por suas confissões, por você, pecadora. Algo aconteceu que mexeu em seu interior, e, antes que você soubesse disso, a garota estava ajoelhada ao lado da janela, rosário na mão. Nossa garota se benzeu, recitou as orações de Jesucristo memorizadas na infância, às vezes rindo da visão constrangedora de seu corpo frágil no meio de um quarto falando com ninguém, mas isso também desapareceu, e, com o passar das noites, Myriam exigiu (você acha que ela pediria?) perdão, cura, Diosito, ela tinha sido má, mas merecia os tremores, dores de cabeça e insônia? Ela rezou, e rezou, e às vezes nem sabia pelo que estava rezando. Mas agora tinha algo a fazer, algo a esperar de cada dia. O *Minuto de Dios*, as orações. Beijos foram enviados às juntas dos dedos de Jesus crucificado na parede. Beijos e finalmente lágrimas.

Todos os dias La Tata trocava os curativos dos braços da filha e esfregava vickvaporú em seu peito, sentava, silenciosa, escutando uma radionovela enquanto Myriam tomava um caldo. Cantarolando um bolero, La Tata penteava e trançava o cabelo de Myriam toda noite, para que a voluptuosa juba recuperasse sua proporção e força original, depois rezava Ave-Marias e Pai-nossos sobre o corpo adormecido de Myriam, Myriam que, de repente — para a surpresa de La Tata —, acompanhou-a nas preces, conjurando todos os santos e até convidando Padre Pablo, o padre da família, para abençoá-la.

Milagros deu uma desculpa por sua irmã para as freiras da escola. Disse a elas que Myriam tinha pegado uma gripe terrível. Sim, essa que tá circulando. Horrible. Leonor e suas amigas cochichavam safada, mal nascida, ladrona, mas Milagros não era Myriam e só passava com um sorriso.

Se você perguntar a La Tata, ela dirá que Myriam quebrou seu silêncio depois de cinco dias consecutivos de preces, quando suas bochechas coraram e algum cuerito se formou ao redor daqueles ossos, e ela teve força suficiente para segurar a mão de La Tata e dizer eu sinto muito. Mas é claro que duvidamos de La Tata. Myriam ficava deitada rezando em segredo fazendo perguntas idiotas para Deus, *Por que estou aqui? Por que a minha pele é tão amarela? Como posso ser como Rocío Dúrcal, mas possuir um escritório?* Ela estava enfiada na terra da fantasia. La Tata ficou desesperada e finalmente disse a Mami, Bueno, Myriam, ¡ya!

Os dedos de Myriam brincavam com a ruana até que ela desembuchou um Não vai acontecer de novo.

É claro que não vai acontecer de novo!, La Tata respondeu achando graça. Você é uma desvergonzada, Myriam, é o que você é.

Ok, eu sou uma desvergonzada. Mas estou pagando por isso, não?

Pagar é o que você vai fazer quando bater na porta de São Pedro e ele a fechar na sua cara.

É claro, mi reina, se me perguntar, eu diria que foi o caldo, o Merthiolate, o Dolorán, a aplicação do vick e o carinho do amor materno, o calor de Bogotá irradiando sobre seu corpo. Mas, conhecendo a personalidade obsessiva de Myriam, uma vez que Diosito entrasse na cabeça dela, era *Ele* quem a guiaria. Ela ansiava por algum alívio espiritual, entendo isso. O amortecimento de seu corpo à deriva precisava ser ancorado, castigado de algum modo direto, direcionado, instruído a rezar três Ave-Marias e dois Pai-nossos por mentir, mais um rosário extra por roubar. Era um sistema. Myriam amava sistemas. Além disso, rezar a acalmava, a aliviava da responsabilidade de lidar diretamente com a bola de dor sólida que subia e descia em sua barriga. Rezar escondia as memórias de Leonor e Nicolás atrás de uma cortina preta, para lidar mais tarde (ou, como é o caso, nunca). Se você acha que essa foi a primeira vez que Myriam abriu seu coração para Dios, então achou certo, cachaco. Um momento do qual ela se lembraria vinte e poucos anos mais tarde, dentro de uma sala no Hyatt Hotel enquanto La Pastora sacudia as mãos sobre seu corpo e, esmagada pela presença de Jesus em seu coração, Myriam cairia nos braços do líder ujier, enquanto eu assistia em silêncio.

Sabemos que o poder místico de Diosito pode levar alguém longe. E definitivamente levou Myriam a lugares longínquos (e ainda leva). Pero tudo que sobe deve descer, reinita, e santa alteza no fim desabou, a névoa do Espírito Santo evaporou, deixando que os cacos viessem à tona das profundezas do seu coração.

Mas, primeiro, vamos curtir aquele momento de glória por um segundo.

Vamos saborear a glória glória aleluia e a repentina lucidez que acordou Myriam com uma determinação renovada e sóbria que disse *Hoje é o dia.* Hoje farei listas disso e daquilo e vou ticar quando estiverem completas. Hoje vestirei aquele uniforme e andarei pela escola com dignidade. Um senso de controle, de mudança.

Diante do espelho do banheiro, ela tinha ensaiado dizer, Minha mãe costura vestidos e assa ponqués y bizcochos. Moro em Suba. Milagros é mais bonita que eu, queria ter o cabelo dela *¿y qué?* ¿Y qué? A garota embarcou no próprio programa dos doze passos de santo rejuvenescimento e aceitação. Uma bíblia de autoajuda ambulante, antes mesmo de existirem bíblias de autoajuda. Em Dios ela podia ter tudo: o escritório, Mansur e uma negociação espiritual com O Cara Lá de Cima. Ela não tinha que desistir dos seus sonhos, certo, Diosito? Mas, então, novamente, aquela espera cavou um buraco em sua alma. Ela tinha se apunhalado pelas costas — pero pa'trás ni pa'coger impulso. Uma prece para que Diosito viesse a seu resgate. Um rosário de madeira agora pendurado no pescoço (*Brega,* primeiro ela pensou, *mas necessário*), o peso da cruz a acalmou, as contas do rosário cutucando seu peito como um lembrete da troca: uma nova mujer, a mujer que carregava um rosário e Deus.

— • —

Era setembro, e isso significava chuva. A cântaros. Significava a abertura dos rios subterrâneos transbordando pelas ruas na proporção do mar. Um Poseidon colombiano esfaqueando La City pelas costas. Céu cinza e estradas cinza se derretendo num borrão de guarda-chuvas impressionistas, edifícios altos, tijolos vermelhos, tijolos vermelhos, tijolos vermelhos. Minissaias turvas segurando bolsas mais apertadas do que a própria vida. Mais apertadas do que as massas de bogotanos arrebanhados para dentro dessa buseta e daquele táxi, agora os garotos da rua cutucando bolsas, buzinas berrando como se fosse o fim do mundo e elas estivessem atrasadas para isso. O fedor de chão molhado, de gasolina, de perda. Os cerros nublados e infinitos. Chuva significava uma infinidade de cabelos escovados protegidos por sacolas plásticas. Significava pular poças, desviar de água lançada pelas motos e manobras rápidas dos carros toda vez que viam uma garota de uniforme. ¡Estos hijueputas! Mas agora ela tinha um rosário e não dizia nada. Não mostrava nem o dedo do meio. Quando um carro passou perto da calçada, Myriam se escondeu atrás de uma árvore de trombeta-cheirosa, rezando, tentando manter aquele sentimento na superfície, tentando deixar que Diosito soubesse que ela precisava Dele. Precisava de paz, calma, estava cagando de medo da putrefata floresta desbotada no fundo de sua mente. Era tudo um teatro do corpo. Um balé. Essa mudança da floresta putrefata para a paz com cheiro de desinfetante — um oferecimento Ave-Maria — era um carro conduzido por um motorista bêbado que, a qualquer minuto, poderia bater numa árvore e *boom*. As emoções à flor da pele. Mas ela tentou, cachaco. Ela rezou. Contou as Ave-Marias nos dedos enquanto procurava Leonor, que fugiu dela a todo custo.

Enquanto Myriam esteve acamada, Leonor ligou para a casa incontáveis vezes exigindo a devolução de suas joias e drogas, enfatizando que ela nunca, oígame bien, *nunca* mais queria ver Myriam. La Tata respondeu com um *a Señorita ligou para o número errado*, mas depois de alguns dias, com o telefone tocando sem parar, ela o desconectou.

Ninguém queria ter nada a ver com ela na escola. Assim como ficar de mãos dadas com a niña de papi catapultava qualquer hembrita ao estrelato, foder com Leonor mandava qualquer uma para a sepultura social com os vermes.

Além disso, Myriam voltou com um ar diferente que gritava *sou uma nerd por favor façam bullying comigo* por todo aquele cuerpazo que se recuperava (um cuerpazo construído lentamente, mas com convicção), com o uniforme agora abaixo do joelho, quase tocando o chão, um coque apertado e somente duas pérolas falsas adornando o rosto. Até mesmo a garota translúcida de Popayán, manca, de aparelho colorido, óculos grossos e maternais, não queria ter nada a ver com ela. Até mesmo a garota de Popayán falou mal. O pacto tácito de respeito às hierarquias, tão vivo e efetivo em nossa pátria. Myriam transformada em uma perdedora solitária, mas também mimada pelas freiras, a ponto de contar à Irmã Patricia que estava considerando entrar para o convento. Um convento! Porque se Myriam tinha sido recrutada para esse negócio de acreditar em Deus, então queria fazer do jeito dela. Quando Milagros contou a La Tata sobre os rumores, ela botou Myriam sentada na cadeira de balanço, exasperada.

Por que você não consegue ficar bem, mimi? Agora quer ser freira? Freira? Por Dios, Myriam del Socorro. Por que você não consegue passar pela vida como uma pessoa normal? Olhe a Milagros, ela está fazendo isso. Uma freira não vai me dar netos.

Myriam não se importava. Ela havia se apaixonado seriamente por Deus, por Sua disciplina, queria se casar com Ele para que aquele sentimento a mantivesse aquecida para sempre. As freiras na escola adoraram. Elas desfrutavam de uma vida confortável, não? Eram professoras. Viviam juntas em uma confortável casa antiga espanhola ao lado da escola. Ocupavam belos escritórios com vista para os cerros. A madre superiora gerenciava a escola inteira, além das freiras e da sua sala toda em mogno com pinturas datadas do virreinato — ou assim nos disseram. Myriam até devaneava sobre ser nomeada a primeira papisa. Com aquela batina dourada Christian Dior acenando para a multidão.

Fotografias daquele período mostram Myriam sorrindo com a boca fechada, impecavelmente vestida com o uniforme azul xadrez, cabelo castanho, comprido e ondulado, partido bem ao meio e atrás das orelhas. E se ao fundo não estivessem o sofá florido e a desordem dos suprimentos de costura de La Tata, Myriam poderia perfeitamente passar por uma aparição da Virgem.

Ay Myriam, você tentou manter a cabeça erguida, tentou se regozijar naquele tumbao abençoado até quando na escola encheram sua mochila de minhocas, roubaram o sanduíche bem embalado que La Tata fazia toda manhã para você, te encurralaram no banheiro para pôr cubos de gelo dentro da sua blusa. Algumas freiras repreenderam poucas dessas garotas, mas nenhuma poderia fazer qualquer merda a respeito de Leonor, o pai dela era o principal doador da escola, mandando cheques em branco toda vez que a filhinha do papai arrumava confusão. Até La Tata foi falar com a madre superiora depois de encontrar gosma de minhoca escorrendo do caderno de Myriam, a resposta da freira foi um mero *Estamos fazendo tudo o que podemos, señora. Mas, você sabe, as garotas se provocam.*

Indignada, La Tata sabia que isso tinha tudo a ver com a grana. Tudo a ver com se tornar uma *ninguém* em uma cidade construída para *alguéns.* A frustração era esmagadora, e, antes que pudesse evitar, um *Váyase a comer mierda monja hijueputa* saiu de sua boca.

Capítulo once

Carmen não pirou.

Funcionou mesmo, eu disse, quebrando o silêncio. Desejando que o lóbulo da minha orelha ficasse dentro da boca de Carmen só mais um pouquinho.

Embora sua aparência desastrada e descolada tivesse sido substituída pela de uma garota da igreja com cabelo oleoso e cara de cu quando eu finalmente me virei para ela, a santa costeña estava com aquele sorriso típico na cara. Um sorriso que significava alguma coisa — alguma coisa que eu não sabia.

Uma súbita eletricidade na cabeça, e a virilha pulsando de excitação. Um cachorro esperando um osso. Eu ainda podia sentir a presença da boca de Carmen na minha orelha. Não sabia que orelhas eram tão sensíveis. Não sabia que eram conectadas à espinha, à parte interna das coxas, às palmas das mãos suadas. Não sabia que chupar a minha orelha poderia me fazer sentir medo de me sentar perto dela. O. Que. Está. Acontecendo.

Por favor, diga que me quer, Carmen, por favor.

E o que foi que eu disse, pela'a?, Carmen continuou, agora gesticulando com as mãos tão perto da minha cara que eu podia sentir o cheiro de suor delas. Mas você acha que eu sou puro embuste, puro mequetrefe mentindo pra você, não? É claro que funciona. Assim como Jesus também funciona. Eu te dou a simples e clara verdade, do jeito que Jesus tem te dado a verdade Dele há meses.

Ela chegou bem perto inspecionando minha orelha, mas não a tocou.

A euforia de Carmen, o que queria dizer? Quase não havia excitação na escola católica — tudo se resumia a roubar cigarros e usar a saia mais curta possível sem que as freiras nos chamassem a atenção. Sempre tinha Jesus. Mas diferente. A excitação das freiras com Jesus era suave, silenciosa e um pouco indiferente. Sabíamos que elas estavam eufóricas porque nos lembravam diariamente: *Nosso entusiasmo vem de Jesus*, elas diziam. E acreditávamos nelas. Mas a santa energia de Carmen pedia por outra coisa, algo além da cruz, mais alto e quente do que sua língua na minha orelha, e pela primeira vez rezei de verdade para Jesus revelar para mim, pela primeira vez senti algo real preso na garganta, um turbilhão que necessitava do meu cuidado, da minha atenção. Queria estar perto dela, sentir a bola de excitação. Eu a queria na minha orelha de novo. Lambendo e tocando. Eu procurava o que estava faltando. Claramente algo estava escondido no jeito como os minúsculos dentes de Carmen apareceram por trás daquele sorriso. Vamos lá, Jesus.

E então desisti. Não quero. Mas, talvez, queira. Quero.

Eu me preparei para o pior, temendo a honestidade que poderia vir dali. Antecipei a mudança. O jeito como minha pele de repente vai brilhar clara em vez de amarela, o jeito como vou segurar as mãos de Carmen e realmente me importar com a merda da oração. O jeito que a cara da Mami vai suavizar. O Sagrado Coração de Jesus caindo dos Céus de braços abertos, compartilhando um pouco daquele halo comigo. O jeito como Carmen agora vai continuar lambendo minha orelha porque não tem motivo para parar. Sabia que Jesus estava esperando que eu pulasse para dentro do santo trem. Eu sentia aquilo. Pela primeira vez desde que a morena de Barranquilla e eu nos conhecemos, encarei-a ferozmente e disse, Carmen, quero receber Jesus no coração.

O maior sorriso na cara dela.

E então, queridíssimo leitor, com os olhos fechados, segurando a mão esquerda de Carmen, enquanto sua mão direita pousou na minha testa, nós duas falamos em uníssono a oração repetida diversas vezes nos últimos seis meses:

Jesus te abro las puertas de mi corazón y te recibo como mi Señor y Salvador. Gracias por perdonar mis pecados. Toma el control del trono de mi vida. Hazme la clase de persona que quieres que sea.

Ficamos em silêncio por alguns segundos.

Francisca, imagine Jesus entrando no seu coração. Ele está batendo na porta da sua alma, trazendo paz, trazendo amor, trazendo a verdade. Pura verdá, pela'a, pura verdá. Salvando você. ¿Lo ves? Você tá vendo Jesus, Francisca? Tá vendo Ele descer sobre você e te cobrir com Seu cobertor sagrado? Ele está libertando você da dor, da preocupação, do mal. Você O vê? Está deixando que Ele entre? Não tenha medo, pela'a. Tô aqui com você.

Tudo o que eu imaginava era a boca dela na minha orelha. Tudo o que eu via era Carmen distribuindo panfletos ao meu lado, mastigando uma empanada de boca aberta. Tentei com mais força. Busquei qualquer imagem de Jesus que eu tinha em mim e suspirei profundamente, então ela soube que Ele tinha mesmo entrado em mim. Eu falava *Amém* repetidamente. Respirei fundo, fechei os olhos e imaginei um Jesus de Nazaré barbudo de sandálias sujas de barro caindo dos Céus *à la* Mary Poppins. Falei *Señor* repetidamente. Então as mãos dela pressionaram meu coração, em círculos.

O que você tá fazendo?, interrompi.

O que parece que eu tô fazendo? Tô ajudando a acalmar seu coração que Jesus rasgou para entrar, ela explicou.

Entendi, eu falei. Pensei que fosse metafórico. Mas ok, entendi.

Carmen claramente se angustiou com a minha reação. Chateada porque não entendi os passos necessários para que Jesus entrasse no coração de uma pecadora, mas também porque suas habilidades de liderança estavam falhando terrivelmente naquele momento. Eu ri, e ela fez cara feia.

Você não tá levando a sério, ela disse, deixando os braços caírem ao lado do corpo.

Mas eu estava. Agarrei seu braço direito desastradamente, colocando sua mão no meu coração: Ok, por favor, cure meu coração do rasgo.

Fechei os olhos esperando o rasgo acontecer. Sua mão se movia novamente em círculos sobre o meu coração, o lado esquerdo do meu corpo esquentando, Jesus entrando, rasgando meu coração. Vasos jorrando sangue sobre Jesucristo, que escorrega pela aorta e para dentro da cavidade pulsante. Eu disse a mim mesma, *Leve isso a sério, pendeja, por favor. Todo o resto falhou. Você está fazendo isso. Aqui está Jesus se estabelecendo dentro do seu coração. Ele está trazendo paz, ele está trazendo a verdade, ele está trazendo amor. Essa é a sua única chance.* E, bem assim, aquele fôlego repentino atingiu minha garganta, subiu para a cabeça, *não sem antes sacudir meus olhos*, depois vibrar nos dedos dos pés e nos joelhos. O radar abençoado da Carmen deve ter se ativado, porque ela me abraçou e gentilmente me deitou no sofá, agora me reclinando, agora sussurrando orações no meu ouvido, agora segurando minha mão e rezando, agora segurando minha mão, segurando minha mão.

Está bien, ela disse. Tá ok. Se entregue. Ele está com você agora, pela'a.

Eu não queria contar isso para Mami. Como é que se faz para revelar essas coisas para as pessoas? Eu queria que todos e que ninguém soubesse sobre a minha devoção a Papi Dios. Também não queria que Mami pensasse que ela tinha algo a ver com isso (embora de certo modo tivesse), porque ela ficaria toda orgulhosa e começaria a me dar sermões sobre como uma mãe sabe o que é melhor. Mas é claro que ela começou a notar algumas diferenças. Depois daquela tarde com Carmen, um peso saiu dos meus ombros. A cortina preta entre mim e ela, entre mim e Mami, sumiu. Estávamos atuando na mesma peça. Agora compartilhávamos um chão fértil com orações, paz interior e devoção sagrada.

Olhe aqui, mi reina, sou parte de algo.

Estou ali entregando panfletos no Sedano's; estou embrulhando almoços com a Carmen para o grupo de jovens, ergo as mãos para O Cara Lá de Cima; estou no altar recitando meu Testemunho de Mudança de Vida; estou ali, e Carmen está comigo, perto de mim, sempre segurando a minha mão, sempre me convidando para jantar, para ver um filme, para dormir na casa dela, quando rezamos na escuridão total. Jesus tinha se estabelecido em algum lugar sob a minha aorta, e eu agora estava salva. Se o Arrebatamento nos surpreendesse amanhã, minha alma voaria do céu turvo de Miami para o paraíso junto a Papi Dios, onde eu assistiria a todos que ficaram para trás queimarem num apocalipse de fogo. Sei que é difícil de acreditar, mas eu estava curtindo aquilo. Estava curtindo falar sobre Satanás e como o bonito estava em todas as esquinas, me imaginar perdoada, protegida das labaredas e, em vez de queimar, descansar em nuvens confortáveis com uma TV de tela plana e uma miríade de livros. No fim, até vesti uma camiseta *Já aceitou Jesus?* e passei a olhar com nojo para pessoas que escolhiam brinquedos do Homem-Aranha, Batman ou Bob Esponja (brinquedos satânicos!) para os filhos no Walmart. Uma vez entreguei para uma mulher o panfleto *Como esses "brinquedos" estão abrindo portas para Satanás entrar na sua casa*, e ela me encarou com descrença. Mas sempre havia a luz de Carmen à frente, me fazendo entender que *isso* era o certo. Esse sentimento de proximidade. Dela, de Jesus.

Mas, mesmo antes das camisetas e da evangelização no Walmart, culto após culto, minhas mãos lentamente floresceram como minhocas tímidas se contorcendo na superfície até balançarem em uníssono com o restante da congregação, as mulheres, é claro, notando, é claro, piscando para mim e, no fim do culto, me parabenizando, nena, pelo fervor!

Depois parabenizando Mami por realizar um excelente papel materno. Sua niña encontrou a verdade! Gloria a Dios.

Primeiro, foi embaraçoso.

A garota descrente dentro de mim gritava *Plath, delineador.* Gritava *suicídio social.* Às vezes, num esforço para me agarrar aos pedaços dessa garota, eu saía do culto e acendia um cigarro, recitava "Lady Lazarus", da Plath, de memória. Depois a mágica desaparecia. A quem eu estava enganando com essa merda? Eu me lembrei da oração da Carmen na noite anterior quando dormi na casa dela — *Satanás é um mentiroso, ele quer bloquear as minhas bênçãos e não vai conseguir* — e pedia para Jesus me perdoar, para me aceitar de volta. Apagava o cigarro e voltava para a alabanza. Ficava preocupada que alguém me visse, alguém que poderia contar a Carmen ou à pastora, e eu seria removida dos meus deveres da igreja e voltaria à estaca zero, de onde partira havia muitos meses. Não queria aquilo. Com toda aquela metástase de energia dentro de mim toda vez que Carmen dançava e batia palmas ao meu lado, toda vez que eu trançava seu cabelo antes do culto, toda vez que a pastora parecia estar apontando para mim quando no meio de um sermão ela dizia, *Você foi erguida das profundezas do inferno, hermana! Agora dê sua vida a El Señor, mergulhe nas bênçãos do nosso Salvador!* Toda essa nova atenção, e o grupo de jovens olhando para mim, e Carmen me ligando tarde da noite para revisarmos o plano para a divulgação da semana, e as pessoas *precisando* de mim; e jantares na casa dos pastores quando eu às vezes dormia lá assistindo a Carmen, adormecida, balbuciar orações.

Quando eu dormia lá, nos deitávamos na cama de Carmen na escuridão completa. Em vez de estrelas que brilham no escuro, no quarto dela brilhavam cruzes verdes e nuvens, como se fosse um cemitério cósmico nos tragando com seus mistérios e silêncios. Só nós duas e o céu verde luminoso, e eu não queria mais nada, a não ser prolongar aquele cemitério cósmico para sempre, fazê-lo durar até o fim dos tempos, ser enterrada naquela cama, ao lado dela. Eu sentia que, no momento em que desligávamos as luzes, de repente mergulhávamos em um abismo escuro onde somente a respiração dela era audível. A respiração dela e o ar-condicionado abafado pela música vinda da sala. Os pastores deixavam "Nadie como tú, Senõr" tocando a noite inteira para que as vozes cristãs limpassem a casa de quaisquer espíritos maus que tivessem entrado durante o dia.

Carmen cantarolava as canções.

Eu podia sentir as ondas sonoras saindo de sua boca, se dissipando no ar e então pousando na minha cara, onde eu tentava pegá-las. Não queria perder nada que vinha dela. Meu corpo estava mais alerta do que nunca, e cada movimento de Carmen — quando desamarrava o cabelo, quando espirrava, quando coçava o braço, roçava no meu — enviava uma emoção excruciante para minha nuca e descia até a bunda. Rezávamos juntas. Ela agarrava a minha mão bem forte, realmente séria, entrelaçando nossos dedos lentamente, e rezávamos daquele jeito. Rezávamos, e ela massageava meus dedos com os dela, e na minha terceira semana ela estava fazendo piadas com Jesus, e brincávamos de lutinha com os dedões dos pés: Ó Señor, agradecemos pelas bênçãos de hoje, Padre nuestro, agradecemos pela alma da Francisca, ó Senhor, por tua misericórdia. Por favor, diga para Francisca que o sol é grátis e que ela pode usar a qualquer momento, é só ir lá fora. Ela dizia isso bem séria, mas empurrando seu dedão contra o meu, subindo pela minha perna peluda — Você é um animalito pálido, ela dizia.

Depois de algumas noites, também comecei a fazer piadas com Deus: Diosito, obrigada pelas bênçãos de hoje, Padre, obrigada por fazer a Paula tropeçar no banheiro (Carmen deu risada). Gracias, mi Rey, por impedir o Wilson de ficar encarando a Carmen o dia todo, a bonita precisa de um tempo (outra risada). Gracias, mi Dios, pela Carmen, que agora consegue falar uma frase inteira sem comer o fim de cada palavra, que agora fala espanhol de verdade. Eu a ensinei direitinho, amém.

E assim desenvolvemos esse ritual. Toda santa vez que eu dormia lá, olhávamos o teto na total escuridão, depois rezávamos e sempre fazíamos piadas, uma tentando ser melhor do que a outra — falando tanta mierda, cachaco, às vezes sobre as pessoas das quais não gostávamos na igreja (Paula sempre fazia uma aparição), às vezes pedindo a Dios alguma bobagem aleatória, como cílios mais grossos e almofadas mais macias para as cadeiras da igreja. Com cada oração, construíamos um mundo só nosso. Construí um mundo com ela. Por favor, Diosito, a Xiomara pode usar menos perfume? O Wilson pode parar de trazer nossos travesseiros antes de chegarmos? O Octavio pode não roncar durante a alabanza? Ele pode, por favor, não nos dar beijo de despedida nunca mais e deixar restos de meleca nas nossas bochechas? A Paula pode parar de comprar para a Carmen aqueles livros cristãos que ela nunca vai ler? Em algum ponto, nossas orações ficaram realmente mais profundas, realmente íntimas, e passamos de piadas sobre a maquiagem nojenta da Dollar Tree para preces sobre nossas mães, nossa vida, nossos medos. Foi assim que descobri que a pastora batia nas mãos de Carmen porque ela não comia corretamente, que o pastor dormia sozinho num colchão inflável, que Carmen nunca quis saber quem era sua mãe biológica, mas toda vez que ia a Barranquilla procurava pessoas que se parecessem com ela — foi assim que descobri que o cabelo dela era naturalmente oleoso, que ela tinha uma verruga nas costas que odiava, que tinha transado com um garoto — há muito tempo, pela'a, muito tempo. Não pude evitar detestar aquele garoto. Cultivava uma raiva toda vez que ela o mencionava toda desdenhosa, como se não fosse nada. Bluyineamos um pouco, só por cima das roupas, pela'a, y después tan-tan, fizemos. Agora acho que provavelmente Carmen tenha mentido para mim, que ela curtia o quão ciumenta eu ficava, toda tensa, soltando a mão dela. ¿Qué pasó? ¿Qué pasó?, ela dizia toda risonha. O que ela estava realmente pensando?

Uma vez perguntei a ela se queria ser pastora.

Sí, ela disse.

Tipo com a sua própria igreja? Aqui em Miami?

Carmen queria liderar uma igreja, mas não tinha certeza se conseguiria viver em Miami para o resto da vida. Aqui ainda é a gringolândia, ela dizia. Y los gringos son muy aburridos. E você?

Nunca pensei na minha carreira como mulher cristã, não sabia que precisava. Não tinha nem ideia de como a fé funcionava, não sabia que alguém pudesse chegar a lugares com isso. Também não conseguia me imaginar mais velha do que eu era; não conseguia me ver em cinco ou dez anos, nem queria. Mas, quando ela me perguntou, me imaginei abrindo minha própria igreja em Hialeah (porque é barato), escrevendo sermões no meu pequeno escritório nos fundos, proferindo meu extraordinário discurso e levando a congregação às lágrimas. As pessoas me conheceriam porque eu poderia mudar a vida delas com minhas palavras. Elas viriam de todo o sul da Flórida com anchetas e presentes de todos os tipos para que eu rezasse por elas. Eu teria meu próprio grupinho de garotas fãs de Jesus.

Depois de a congregação chorar por orar tão intensamente a Dios, depois que todos fossem embora, Carmen estaria esperando por mim na primeira fileira. Por alguma razão, usando um chapéu e sapatos de salto azuis que ela nunca usaria de verdade, mas lá estava ela: linda de cabelo seboso, toda mulher da igreja, apontando para a minha Bíblia. Carmen como minha pastora. Carmen como meu marido. Carmen recolhendo o dízimo, convidando pessoas para o Círculo da Bíblia na nossa casa. Carmen e eu evangelizando juntas, batendo palma, pastor e pastora rezando por seu rebanho de ovelhas.

Eu disse a Carmen que não sabia o que queria. Provavelmente vou só na sua igreja, a joderte la vida, eu disse.

— • —

Em casa, a vida ficou mais pacífica. Exceto pelo silencioso problema com a bebida de La Tata e os encontros secretos com Roberto que eu ainda arranjava porque parecia que o velho bêbado cubano trazia a ela um lampejo de felicidade, um momento fora do seu museu da tristeza. Exceto pelos olhos vidrados de La Tata, agora melancólicos e colados cem por cento na TV, assistindo toda e qualquer telenovela no Telemundo, havia alguma harmonia agora entre Mami y yo, yo y Lucía. Nós três como a Santíssima Trindade. Lucía até me emprestou seu livro favorito, *Uma jovem mulher à procura do próprio coração de Deus*, onde aprendi sobre devoção, pecado e orações diárias. Nunca li o livro, mas gostava de me sentar perto da Lucía. Gostava que olhássemos o ventilador de teto juntas. Junticas, alimentávamos os patos nojentos com pão dormido e gritávamos, enojadas, quando eles cagavam na nossa entrada. Eca! ¡Qué asco! Seu bendito muro de proteção desmoronou um pouco, não completamente, mas agora tínhamos alguns momentos na frente da TV quando eu descansava a minha cabeça em seu ombro.

Todas nós nos revezávamos para encher a lata de Sprite de La Tata com mais água do que rum, mas sobrava mesmo para mim ajudar a abotoar o sutiã dela todas as manhãs, massagear seus pés inchados à noite, dar-lhe ibuprofeno antes de dormir, para que não acordasse de ressaca. Por alguma razão, todo mundo esqueceu de La Tata. Ela ficava pela casa como um enfeite empoeirado, silenciosamente acumulando fotografias recortadas de revistas, as quais colava com fita pelo quarto, pagava ao Roberto garrafinhas de rum barato — uma mancha mais escura crescendo no sofá onde ela se sentava religiosamente para comer e beber até que fosse a hora de ajudá-la a ir tropeçando até o quarto.

O lema de Mami com relação aos eventos mais indesejáveis era (e continua sendo): se ignorar por tempo suficiente, desaparece. O que ela ignorava: Bogotá e seu escritório com janelas, meu pai, a nova oleosidade de seu cabelo, uma grossa teia desse cabelo asfixiando pentes pela casa. Ela calava qualquer um que ousasse mencionar María, nossa empregada, ou Alex, sua cabeleireira, ou nosso faz-tudo, porteiro etc. No topo de sua lista amnésica, é claro, estava o problema com bebida de La Tata. Eu é que não perturbaria a mínima chance de paz e de vencer na vida que a igreja proveu, então também fingi que La Tata bebia *de verdade* uma tonelada de refrigerante. Silenciosamente cuidava dela para que o Projeto de Migração da Mami continuasse. Admito que de tempos em tempos eu roubava algumas cédulas dos envelopes escondidos de La Tata, às vezes também da bolsa de Mami, e não fazia nada com o dinheiro. Só o sentia. O conforto daquelas notas enroladas em um pequeno saco dentro no meu livro da Plath. Não pedi perdão a Jesus, já que aquilo seria admitir que eu estava fazendo algo errado. Não estava. Eu me sentia justificada, já que o dinheiro parco de La Tata era gasto em rum. Justificada, porque aquele saco plástico preto era a poupança da família. Dã. Para o caso de algo dar errado, eu tinha um pé-de-meia no meio de "Lady Lazarus".

Toda semana, Mami entrava na igreja orgulhosa ao meu lado, em suas camisas de tons pastel, ao lado de Lucía, La Tata se arrastando com passinhos, amparada pela bengala barata. Ela se sentava em uma cadeira especial onde todos em algum ponto do culto parariam para beijar suas bochechas, pedir uma oração, compartilhar alguma fofoca suculenta. Nunca falhando em demonstrar devoção, La Tata compartilhou seu Testemunho de Mudança de Vida mais de três vezes e, amparada pelo rum matinal, cantava tão alto durante a alabanza que eu tinha de puxar seu vestido e fazer shhh para ela. A tensão entre Mami e La Tata era real. Mami fazia cara feia para La Tata, e La Tata dava olhadas de volta, fechava os olhos com muita força, ferozmente sacodia os quadris no ritmo da salsa e abraçava apertado a pastora, pedindo que rezasse por suas pernas. O fino véu que separa a embriaguez de La Tata de nossos corpos crentes perfeitos sempre em perigo de rasgar.

El Señor não gosta de tons de cinza, a pastora nos lembrou. Ou você se devota inteiramente e segue a Sua palavra, ou você não se devota. Ninguém está vindo aqui para esquentar silla!

Estávamos finalmente juntas em Cristo como uma família, como deve ser, e Mami continuou inventando novas doenças quando as pessoas perguntavam por que La Tata dormia durante o sermão, por que ela ria tão alto. Eu ignorava as reclamações da Mami e servia água para La Tata, a ajudava a ir ao banheiro, dizia a todos que ela tinha tido uma noite difícil por causa da artrite. Não queria que o foco fosse minha abuela, muito obrigada. Por que estávamos nos concentrando em La Tata quando eu tinha Jesus no coração? Quando as shekinas corriam para mim e me pediam conselhos sobre seus namorados? Quando Carmen e eu passávamos fins de semana inteiros juntas planejando o grupo de jovens em sua cama? Quando Carmen e eu rezávamos juntas? Quando ela me emprestou um pijama?

Mas foi La Tata que, certo domingo, depois da igreja, me disse que sabia o que estava rolando com a Carmen.

¿De qué hablas, Tata?

Olhos fechados do jeito como os fechava toda vez que estava irritada ou frustrada, como se precisasse de escuridão para se concentrar, como se o peso do que estava prestes a dizer tombasse pesadamente sobre suas pálpebras.

Ay, Francisca mami. Você sabe que isso vai matar sua mãe. Quem se importa se você me matar? Pero tu mamá, Francisca, ela pode ser um pé en el culo, mas...

Eu não disse nada. O tom acusatório era novo e tinha o caroço da emoção de uma fofoca e uma pitada de aceitação.

Yo sé lo que está pasando contigo y esa muchacha, Francisca. Ay mi Dios libre a tu madre de un ataque.

Eu a abracei. Ela não retribuiu o gesto. Seus olhos ainda fechados.

Tata, sou o braço direito da Carmen. Estou ajudando no grupo de jovens! Acho que você precisa de um refil!

Liguei a TV. Servi o refil da Tata, gritei na janela, procurando Roberto. Mami fora com Milagros e Lucía, então esquentei uns Hot Pockets para La Tata e seu namorado secreto, servi a eles coquetéis de rum (muito rum e uma fatia de limão) e deixei os dois apaixonados na frente da televisão. Disse a eles que tinham trinta minutos antes de Mami voltar. La Tata fechou os olhos pra mim de novo, mas então a mão de Roberto pousou debaixo do vestido de verão dela, e eu desapareci.

Nos dias que seguiram, eu a evitei. Não tinha a mínima ideia do que ela queria dizer com "matar a Mami" e não queria saber. Apliquei a Sabedoria da Mami de me Esquecer Disso e segui com a vida. Espera, risca isso. Não "segui" porque aquele era o problema todo com Miami: não havia lugar algum para onde "seguir". Eu estava para sempre presa no Residencial Heather Glen, o lago artificial agora mais fresco, menos infernal, com menos mosquitos zunindo em torno. Novembro num piscar de olhos, mi reina. Novembro, quando jurei que não poderia aguentar mais do que umas poucas semanas aqui e agora olha só pra mim: usando shorts (ainda não usava chinelos porque eu me respeitava) e às vezes, quando estava falando com as pessoas com o meu inglês rudimentar, dizia *That's exciting* e *Oh, God**. Cachaco, tão alienígena. Mas minha língua ainda se deleitava em tentar novos movimentos. Novembro, e as árvores e flores continuavam as mesmas, como em Bogotá. Eu gostava da estagnação da minha cidade, de como agosto e janeiro só se diferenciavam pela chuva e o tempo nunca era severo, nunca neve e depois flores, e depois calor, e depois folhas caídas. O mesmo. E agora aqui também não havia mudança, e às vezes a mesmice vinha em ondas de reconhecimento. Eu entendia o clima tropical. Mas novembro era diferente. Eu poderia seguir para a casa de Carmen toda vez que sentia vontade e podia mexer meu corpo perto do dela e observá-la babar enquanto dormia. Era novembro, e o tempo

* "Isso é emocionante"; "Oh, meu Deus".

parecia andino. Ainda que sem montanhas e prédios de tijolos vermelhos, mas com um ar mais leve, um que não ficava preso nas nossas narinas. Nenhuma gelatina grossa se passando por oxigênio. Uma brisa mais fina e mais fresca que matou alguns dos patos incapazes de voar para fora da piscina.

Continuamos os nossos dias de devoção e rezas. Continuamos esquentando Pop-Tarts para o jantar e banana frita com arroz para o almoço. Eu comia Hot Pocket atrás de Hot Pocket até não conseguir fazer cocô por três dias. Continuei a dormir na casa dos pastores, Mami estava encantada com meu relacionamento com Carmen, assentindo toda vez que eu saía de casa com minha camiseta de Jesus, suspirando de alívio quando me juntei às orações durante o jantar, até deixando um CD cristão embrulhado para presente em papel dourado sobre minha cama. Eu me deitava todas as noites tentando com muito afinco não me tocar, repetindo *Jesus está comigo* de novo e de novo, num esforço para conter minhas mãos — mas quem eu estava enganando? *El que peca y reza empata*, eu também me dizia. *Jesus, eu sinto muito. Por favor, você ainda é bem-vindo dentro de mim, não me abandone.*

Então a parte mais difícil: não pense em Carmen. Pero cachaco, inevitável. Mas agora eu tinha a minha própria rotina, a mesma fantasia do pinto cor-de-rosa no banheiro viva nos meus dedos, sem pensar. Minhas mãos sabiam exatamente o que fazer, quando parar. Na hora em que saí do quarto para pegar água, La Tata me chamou.

Francisca.

¿Qué?

Mi niña, por favor.

¡¿Qué?!

Nós duas sabíamos. Eu sentia que ela podia ler em mim, então evitei olhar em seus olhos. A TV mostrava uma mulher loira empurrando o quadril, alongando as pernas, com uma dublagem em espanhol, vendendo um vídeo de aeróbica por 19,99. La Tata apertou minha coxa. Me traz mais Sprite.

Sentamos uma do lado da outra, assistindo a reprises de *Caso cerrado*, a mão de La Tata batendo na minha de vez em quando para me dizer, Dios ama todos os Seus filhos, mas Ele ainda exige que esses filhos se alinhem ao Evangelho. Eu sei disso. Ok, ela disse. Mas aí ela repetia tudo de novo. Eu penteava seu cabelo branco e seco com meus dedos. Crespo branco. Ela deixou crescer como um discreto cabelo afro que ela chamava de Coroa da Velhice até quando Mami sugeriu que ela pintasse de loiro como a maioria das mulheres velhas da igreja — ou ao menos um castanho-claro. La Tata se recusava, dizendo que lutaria por seu cabelo branco. Las canas son la corona de la vejez.

Mimi.

¿Qué pasó, Tata?

Ay mimi.

Mas, de novo, nada. Só batia na minha mão repetidas vezes, se balançando para a frente e para trás, para a frente e para trás, guardando a minha mão dentro da sua como um tesouro. Como se pudesse controlar meu destino segurando minha mão perto dela.

— • —

Na semana seguinte, a pastora promoveu uma oficina do Jóvenes en Cristo sobre "a vontade de se tocar e de deixar que garotos toquem vocês". Carmen ajudou, entregando folhas de exercícios em que uma loira de olhos azuis sorria, a legenda embaixo dizia, *Jesus me ajudou a esperar pelo homem certo. Em Jesus abandono todo o desejo carnal.*

Este é um período de transformação, consolidação, formação de valores para todos vocês. Vocês acham que Jesus não foi um adolescente como vocês? Vocês acham que a Ele não foram oferecidos prazeres temporários como drogas e sexo? Mas todos esses caminhos no final levam à infelicidade. O único caminho eterno é o que leva ao Céu!

O entusiasmo de Paula a catapultou para o estágio de faz de conta, onde ela compartilhava seu testemunho em lágrimas depois que a pastora nos encorajou a compartilhar nossas terríveis experiências de juventude. Paula nos contou uma história chata sobre algum garoto em Bogotá, que a dedou sob uma carteira durante a aula de matemática, soluçando porque ainda não conseguia acreditar que Jesus não estava em seu coração naquele momento.

A pastora a abraçou. Ela tinha se arrependido?

Então veio um repertório infinito de arrependimento de todas as garotas. Marijuana. Perico. ¿Basuco? Sim. Dedos aqui. Pênis ali. Dinheiro. Dinheiro. Línguas. Com camisinha. Sem camisinha. Um aborto surpresa. Más perico. Etc. No fundo, eu sentada, inquieta. Nem a pau compartilharia minha intimidade cara a cara com ninguém. Sim, eu estava com Jesus. Sim, Jesucristo (e, sejamos honestos, Carmen) desenrolava algumas coisas na minha barriga toda vez que eu cantava durante o culto. Mas isso? Todos nós sabíamos que haveria julgamento. Se a pastora sentisse que o encontro sexual revelado realmente ultrapassasse o limite sagrado, então lá iria o segredo para os ouvidos daqueles pais, e não, mi amor, Mami não precisava ouvir o que passou tanto tempo evitando. E mais, tinha sido um bom mês desde a última palestra de Mami e — Jesucristo! — como era bom. Além disso, o que eu compartilharia? Fazer fila do lado de fora da escola católica para beijar de língua o padeiro? Percorrer a cerca da escola para cima e para baixo de saia, chamando a atenção sexual dos meninos da escola vizinha? Ou compartilhar a história mais triste de rompimento de hímen que foi perder a virgindade com meu vizinho que só meteu como um coelho dentro de mim? Eu ri ao pensar nele. Tão pequeno e desesperado. Então me lembrei de Jesus, e uma terrível vergonha me tomou. *Eu sinto muito, Señor, mas não há nada que eu possa fazer em relação ao passado.* Com meu olhar, eu disse a Carmen que não iria, e com os olhos ela me chamou lá fora.

A pastora nos parou na metade do caminho.

Tem algo que você queira compartilhar, Francisca?

Na verdade, não.

Ela encarou Carmen, seus olhos exigindo que ela tirasse um testemunho de mim. *Ela é sua amiga, carajo! Faça-a confessar.*

Não há nada a temer, Francisca, disse Carmen.

Mas é claro que havia. Confissão *era* temor.

Confesse. Diga a Jesus y de paso a todas as almas reprimidas lá dentro que quer tomar a Carmen nos braços e viver com ela os próximos cinquenta anos. Vá em frente. Veja como isso cai nesse grupo, mamita, a ver berraca, onde estão aqueles cojones que a conduziam por Bogotá? Você acha que é punk agora, vadia? Vá em frente — conte para todos aqueles inofensivos hijosdeputa o que você *realmente* quer fazer com a filha da pastora. Diga para Jesus que O ama, mas que por alguma porra de uma razão ama mais o cheiro seboso da Carmen. A ver.

Eu sei, eu disse. Mas não tenho nada pra dizer.

Fiquei sozinha, em pé, todos me julgando por não confessar, porque é claro que todos tínhamos feito alguma merda, e todos sabiam que eu estava relutante em entrar para a igreja de início e que aquela camiseta do Ramones gritava heroína, sexo, DSTs ou, ao menos, perico.

O que eu fiz? A única coisa que eu sabia como fazer agora: rezei. Quando aquilo não funcionou e todo mundo ficou ainda mais quieto, inventei uma história terrível da juventude.

Deixei um garoto tocar as minhas tetas uma vez e sinto muito, Jesus. Agora eu sei que devo esperar meu marido.

Sorrisos não convencidos por toda parte. Amém. Deus te perdoe, hermana. Etc. Carmen assentiu com a cabeça, mas sabíamos que eu não tinha contado tudo. Quando a oficina acabou, ela me levou de carro para casa, querendo saber o que houve de errado.

Nada. Só não gosto de compartilhar as minhas coisas, sabe?

A mão no volante desgastado, a outra descansando na janela. Sem a beca de shekina, as pernas bronzeadas e grossas dela com minúsculos pelos pretos e aqueles lábios descascados que ela continuava a morder e arrancar mais pele. Carmen reluzia quando se preocupava comigo. Eu brincava com o peixe cristão pendurado no retrovisor.

Nunca te contei isso antes, pela'a, mas eu não era cem por cento adequada para meus pais quando eles se tornaram pastores.

Ela procurou uma reação minha, e eu fiz que sim com a cabeça.

Eu estava num relacionamento muito complicado com um ex-namorado. E vamos dizer que estou contente por não ser a guaricha de um matador de quinta categoria em Barranquilla.

Sí, claro. Você está mais perto da Virgem Maria cristã em Miami.

Embuuuuuuste. É *assim* que você pensa?

Ela parou o carro e ficou me encarando por um longo tempo.

Quem dera se. Bem ali. Eu me aproximasse dela, segurasse seu rosto e a beijasse. Ela poderia entrar em pânico por um segundo, mas depois diria, *Ay pela'a você é muito lenta, porque demorou tanto,* e exigiria que saíssemos daquele buraco de merda juntas. Eu agarraria suas coxas e tetas e, sem jeito, as admiraria. E ela faria a mesma coisa. Não saberíamos como trepar direito dentro do carro, mas não importaria, porque seria quente, e estaríamos nuas desenhando bonequinhas de palitos de nós mesmas nas janelas embaçadas.

Jesuuuuuuuuuuuucristo.

Dame paciência. Mi queridíssimo leitor, você acha que está frustrado com isso? Já é suficiente, você fala. Pare com essa pendejada e vá em frente, Francisca. Francisca, carajo. Sim, reinita, mas você não é a porra da criolla cagada de medo de perder a única relação que, em quinze anos, lhe trouxe alegria o bastante para ignorar o inferno lá fora.

Eu disse a ela que, de verdade, não sabia o que pensar. Achei que era o que os cristãos queriam ser, que era o que aspiramos na vida. Ser puro e correto, certo todo o tempo para que Deus não nos chute para fora da Sua mansão eterna quando morrermos.

Você sabe que a maioria das pessoas na igreja — inclusive eu — passou por coisas ruins. Ela continuou, Vainas berracas, no te crea. Sei que tem sido difícil pra você, mas, puxa vida, Francisca, tá na hora de superar isso. Supere, muje. Você está indo tão bem.

Estou.

Olha o quão longe chegou.

Eu sei.

Ela continua dirigindo.

Daquele lugar trêmulo atrás dos meus joelhos crio cojones. Ponho a mão esquerda na coxa direita dela. Quente. Ela fica tensa, mas não diz nada. Cedo ao tremor. Eu me abro para aquele lugar bem no fundo de mim que chama pelo calor de Carmen. Espero que ela relaxe, então lentamente acaricio sua coxa. Continuamos com nossos olhos na estrada escura, de tempos em tempos umas poucas luzes como se fossem estilhaços de luz prateada acendem seus olhos. Sinto que desapareço nos meus joelhos, na ponta dos meus dedos. Pulsando como um animal que morre. Ninguém pode nos ver. Espero por um tapa, um empurrão; espero ser chutada para a sarjeta, espero alguma explicação. Olhos fixos na estrada que escurece, sei que em algum lugar dentro desse carro há esperança para nós. Há um murmúrio no rádio, e ela aumenta o volume. O rádio cospe um *soft rock* cristão: *E a quem o braço do Senhor foi revelado? Somos sementes crescendo. Acalme seus desejos. Acalme seus desejos. Somos sementes crescendo.*

Quando ela me deixa em casa, não ganho um beijo, mas, baixinho, Dios te bendiga, pela'a.

Capítulo doce

Estamos nas montanhas, mas não lembramos de como havíamos chegado lá. É um dia de sol incomum, a linha do horizonte em Bogotá perfeitamente traçada contra o azul profundo da Savana. Nenhuma nuvem. Atrás de nós, um jardim de rosas cobrindo todas as paredes do Monserrate, atrás de nós, um seño vendendo mazorca, chunchullo, churros. Carmen usa aqueles óculos de motoqueiro pouco elegantes, mãos no gradil, apontando para esse pássaro, aquele avião e lá onde tem as melhores arepas de queso de toda a cidade. Fico atrás seguindo seus dedos. Compramos mazorcas e as comemos. A gordura nos nossos lábios colide em um beijo desajeitado, e quero ficar naquele momento perfeito e suspenso. Sabendo que nunca fui tão feliz. Quando ela se vira para pagar o seño, as hastes das rosas enroscadas se desprendem dos muros, elas se arrancam quebram rasgam, as hastes a cercam, espinhos me miram. Paralisada de medo, assisto enquanto as serpentinas cor-de-rosa dançam em círculos ao redor de Carmen. Então me aproximo. Eu me aproximo do labirinto desafiante, fecho os punhos de medo até que espinhos arranhem minha bochecha, até que as rosas cor-de-rosa engulam Carmen.

Acordei suando, enjoada, tocando a bochecha várias vezes, traços do sonho me seguem enquanto faço xixi, escovo os dentes, tomo café e assisto Telemundo ao lado de La Tata.

— • —

Tentei ligar para ela duas vezes.

Depois de cinco dias, não me restavam mais unhas, meus dedos eram crateras com sangue acumulado nos cantos. Três dias depois, uma terça-feira, em meio a uma repentina falta, percebi se espalhar dentro de mim uma sensação absoluta de perda momentânea.

Pensei: está brava ou me cortando da vida dela completamente, ou contou aos pastores y de paso Mami, todos atrás de mim, com choro e ranger de dentes, a decepção de Carmen — ou vergonha? — tirando-a da minha vida.

Carmen partiu sem dizer adiós. Dez dias depois, Mami veio ao meu quarto com fotos impressas de Carmen e a pastora dançando em alguma igreja de Bogotá, examinando minha reação. Sufoquei minha surpresa com um largo sorriso.

É claro que eu sabia que ela tinha viajado para a Colômbia! A ver, dã. Somos amigas muito próximas, contamos tudo uma à outra.

Mami olhou para mim desconfiada da minha euforia.

Nena, você não sabia que ela tinha ido? Mami se abanou com as fotos. Pensei que fossem *assim*. Ela esfregou os indicadores daquele jeito que sugere coisas muito próximas.

Óbvio que sim, somos. Provavelmente ela esqueceu, Ma, ¿sabes? Com tanto trabalho na igreja e a coordenação do grupo de jovens.

Ela não esqueceu. Eu sabia disso. Meu coração sabia. Não podia acreditar que ela tinha partido. Por quê. Como. Depois que ela me deixou em casa, não nos falamos por uma semana inteira, e, quando ela não apareceu na igreja, pensei *Tá, a garota está doente, com febre, ou talvez não consiga me encarar*. E para quem eu deveria perguntar sobre ela? Para quem deveria contar que nunca me senti tão próxima de alguém, que sei que ela sente isso também. Certo? Ela sentia? Estávamos no mesmo carro? Ela estava lá quando o coração dela bateu na palma da minha mão grudada em sua coxa, calentica. Ela estava sentindo aquilo? É claro que tinha algo a ver com a gente. *Nós*. Ay por Dios, Francisca. *Nós*. O peso pecaminoso daquelas letras.

Mami fixou os olhos na fotografia. As mãos não eram mais tão macias, lisas, mas rachadas com linhas fundas e finas as atravessando. Ela estava em pé bem debaixo do ar-condicionado, cabelo castanho-claro escovado com um halo de *frizz*.

A pastora disse que ela estava agindo de um jeito estranho desde que vocês compartilharam testemunhos, Mami continuou com uma cara que dizia, *Tem alguma merda aqui e é melhor você me contar agora*. No e-mail, ela disse que era a primeira vez que Carmen se recusava a liderar os Jóvenes naquela semana. Imagínate tú. La hija de La Pastora. Alguma ideia?

Eu não conseguia dizer se Mami me culpava ou se aquela era uma pergunta genuína. Nos últimos meses, ela tinha desenvolvido aquela cara devota que dizia *sou melhor que você*, e também *temo pela sua alma*, e, às vezes, até *O que você está fazendo longe de Jesus?* O julgamento, a condescendência, tudo embrulhado em um sorrisinho fino.

Que no sé, levantei a voz. Incomodada. Como vou saber o que ela está sentindo?

Ela trouxe você naquele dia, Francisca. Yo no soy estúpida.

Mami: preferida de Jesus e agora detetive a serviço do Cara. Não podia ser, o carro? Ela teria dito algo. *Francisca, pare. Pela'a, o que você tá fazendo em nome de Jesus. Isso é um jogo? Francisca, Jesus está muito decepcionado.* A garota é proativa, agressiva, uma niña de Dios bem direta. Por que ela não tinha dito nada? O que será que ela tinha dito à pastora? Se a pastora soubesse que me aproximei da filha dela de um jeito minimamente sexual, antes que se pudesse dizer *Ay Chuchito* nossa família inteira seria banida da Iglesia Cristiana Jesucristo Redentor, e Mami choraria, procurando um cinto. Tudo o que construímos aqui, acabado. Domingos de igreja, Círculos de Bíblia, jantares nos pastores, doações mensais de comida, as conversas sem fim de Lucía ao telefone, os Jóvenes, o telefone tocando sem parar pra Mami. Carmen. Segunda terça quarta quinta sexta sábado domingo: tudo acabado. *Jesus, sálvame de esta. Chuchito hazme el milagrito.* Rezei pelo silêncio de Carmen. Eu estava tão confusa. *Jesus, o que devo fazer?* O que poderia fazer? Não podia me imaginar diferente, sem desejar a costeña. Não podia ver um jeito de não a querer. E eu sabia que ela queria também. Ela tinha que querer. Eu não existia sem aquela espera, a bola de sentimentos nos meus ombros, a fome de tocá-la, de fodê-la. De me agarrar nela e cheirar aquele cabelo oleoso.

Ma, você sabe que a Carmen é estranha. Quer que eu ajude com as celebrações de Natal da igreja?

Você quer? Ay, nena. Tenho tanto trabalho pra fazer. Tem a danza das crianças, os *cupcakes* do Espírito Santo, a árvore para comprar no Walmart. ¿Vamos a Walmart?

Agora?

Mami deu uma olhada no relógio, ainda segurava as fotos.

Primero, vamos terminar essa conversa. E a Carmen, nena? Vocês duas brigaram?

E, temendo pela minha vida, perguntei, *O que* exatamente a pastora te disse?

Que a Carmencita não saiu do quarto no dia seguinte. Nem no outro. E não estava com vontade de conduzir os Jóvenes. Passou o tempo todo no quarto, fazendo nada, e você sabe como aquela niña é barulhenta! Aqui entre nós, nena, você sabe que a Carmen fala e fala e fala, habla como lora. No se calla. Então os pastores levaram-na com eles para a Colômbia naquela viagem de evangelização, lembra? Acho que eles estão em Medellín agora, mas a pastora está preocupada. Os jovens às vezes não entendem como é importante seguir as palavras do Senhor, ¿me entiendes? Gracias a Jesus, você mudou. Me tenías los pelos de punta. Mas está vendo o bem que Jesus fez no seu coração? E é difícil quando se é jovem, eu sei. Mas, como diz a pastora, é o momento mais importante para criar a base para mais tarde. Jesus também foi tentado! Eu também fui tentada! Óbvio que sim. Mas Ele nos ensina a invocá-Lo durante essas tentações. E, quién sabe, talvez Carmencita esteja caindo em um mau caminho? Não sei.

A luz amarela se infiltrando pela janela fez as feições de Mami ficarem duras e másculas. Sombras quebrando sua face como pedaços de um quebra-cabeça, caixinhas douradas, com um espaço preto limiar. Eu não tinha certeza do quanto ela acreditava. Do quanto questionava, do quanto sabia, mas não ousei perguntar, preferindo fingir que estava tudo bem, tudo bem, belezinha, me passa a cola. Quanto custou o "Mami Fingida" que ela executava tão bem, que tinha refinado nos últimos meses para que a verdadeira Myriam ficasse enterrada como uma múmia em alguma parte daquele corpo. Porque sejamos claras: Mami não era burra. Jamás. Mami *sabia* das merdas dela.

Ma, não é nada. La Pastora provavelmente está exagerando.

Tá. Mas, só pra garantir, vou perguntar uma última vez, listo? Alguma coisa aconteceu com a Carmen quando ela te deixou aqui?

— • —

Tentei não chorar e consegui. Tapaditos los sentimentos, bem apertados. Implorei aos meus olhos que contivessem a água. Mas podia sentir a pressão atrás das pálpebras, dentro dos ouvidos, até o peito. Correndo. Ten tando achar um jeito de sair. Uma cascata a punto de reventar. A água estava vindo, reinita, a água estava vindo.

Nos dois dias que se seguiram, andei sem rumo pela casa.

Ninguém bateu na porta gritando meu nome, comendo vogais. Ninguém reclamou da minha cara de cu. Ninguém pegou no meu braço no escuro. Ninguém chupou o lóbulo da minha orelha. Eu mal conseguia comer. Tenía un remolino en el estómago que no me dejaba vivir. Meu corpo se boicotando. Voltei a usar só preto. Voltei a ficar olhando para o ventilador de teto, contemplando as hélices, mas agora rezando para Jesucristo me levar de helicóptero até a Colômbia, para aquela igreja onde Carmen certamente dançava, certamente pensando em mim.

Numa tarde de chuva feroz, me sentei para assistir Telemundo com Tata. Uma reprise de *Marimar.* Tata e eu adorávamos tanto Thalía que tínhamos conversas barulhentas com a TV. Cantávamos a música de abertura juntas, e eu rodopiava dramaticamente no final para o divertimento de Tata. Mami e Lucía estavam fora. A chuva balançava a janela com força, baldes de água, um após o outro. Parecia que a chuva não caía só do céu, mas subia de algum lugar subterrâneo, algum lugar desconhecido, bem do fundo do solo pantanoso. A chuva era sua própria musiquita, sua própria traca-traca, sua própria febre.

Quando Tata me pediu um refil, me servi um *shot* de rum. Quando a bonita me pediu outro refil, durante os comerciais, tomei outro. E outro. Minhas conversas com a TV viraram brigas, viraram xingamentos, viraram ¡Hijueputa! Não machuque a Marimar, hijueputa! Tata dando tapinhas na minha perna, Ya ya, mimi, é só uma novela. Os olhos lustrosos de Tata não ousavam olhar nos meus. Mas minhas tripas estavam agitadas. Meus ossos vivos. Continuei gritando com a TV, gesticulando, segurando a cabeça — a chuva impossível batendo como louca na janela —, até que Tata agarrou minha mão, beijou-a e disse, Mimi, déjaselo a Dios. Deixe pra Deus.

Na sexta-feira, deitei na cama passando os olhos no livro dos Jóvenes en Cristo, esperando para ir ao pavoroso Walmart com Mami. Pablito ligou algumas vezes, mas eu não queria vê-lo. Não conseguia tirar as rosas engolindo Carmen da cabeça, inconscientemente tocava minha face para checar qualquer arranhão. Não conseguia olhar direito para Tata. Verifiquei dentro do livro da Plath o dinheiro que tinha roubado e poupado. Os 347 dólares que atiçavam meu sangue toda vez, sabendo que havia uma possibilidade de escapar, uma passagem só de ida. Para onde? Nenhum ônibus ia pra Bogotá. Nova York então. Eu via *Sex and the City* quando La Tata dava um tempo pra TV. Caso Jesus me apunhalasse pelas costas, me mostrasse o dedo do meio e desse tchauzinho.

Durante o último encontro dos Jóvenes en Cristo, a discussão sobre tentação levou a uma discussão sobre sexo que levou esse pequeno porto-riquenho a mostrar a todos um recorte de jornal de um homem de macacão laranja sendo entrevistado sobre ter matado orgulhosamente outro homem em South Beach.

Esses homens estavam transando um com o outro, o pequeno boricua continuou. Como deveríamos nos sentir a respeito disso? O que El Señor está nos dizendo pra fazer?

Todos tinham uma opinião triste: converter. Prender. Prostituí-los. Almas malignas. Espíritos mortos. Soldados de Satanás. Eu não tinha uma opinião, mas tinha dinheiro. Para o caso de. Para o caso de Mami, chorando, de cinto na mão, me renegar, me deixar para os patos. E a Tata? Nem ousava pensar na Tata. Pensar no que ela sabia. Eu tinha verdinhas novas. Notas que passei a ferro quando a casa estava vazia, cantarolando preces para El Señor, *Please, mi Dios, me faça gostar de um garoto, qualquer garoto, me faça pensar em um garoto.* O vapor do ferro subia, as notas se empilhavam planas.

Paramos primeiro na casa da Xiomara. Duas palmeiras enormes fechavam a entrada onde Wilson, de bermuda, aparava os arbustos, acenando para nós enquanto estacionávamos. Rosa, cinza e tão grande que caberiam cinco sobrados ali. A temporada de furacões estava oficialmente encerrada, e o céu brilhava num azul eletrizante como se estivesse iluminado por dentro.

Todas as mulheres da Iglesia Cristiana Jesucristo Redentor invejavam Xiomara. Louvando suas joias, suas bolsas de grife, a capa artesanal de couro, com uma cruz dourada gravada, de sua preciosa Bíblia. Digo, Xiomara foi a primeira a ter um celular BlackBerry com Bluetooth, mesmo antes de o pastor permiti-los como dispositivos não satânicos. Mas. Enquanto aquele segundo marido gringo era um engenheiro, todas nós sabíamos que a bonita tinha crescido na enferrujada Pablo Sexto e que aqueles cachos grossos cheios de gel, aqueles *esses* acentuados, eram a prova de sua origem na classe baixa. Não se pode enganar um olho colombiano treinado, mi reina. Então aí está. Señoras de bien de Bogotá, cachaco, a esposa daquele presidente do banco, daquele sócio da Pan Pa' Ya!, que nunca antes precisaram conviver com la chusma, el pueblerío, agora engoliam a pedra do orgulho e deixavam Xiomara sentar onde ela quisesse. ¡Jesucristo! Se esse não era o Apocalipse, Jesus definitivamente tinha um senso de humor cruel.

Seu filho, também conhecido como Wilson Jesús, nos conduziu para dentro da casa. Lá, Xiomara se empoleirava numa cadeira de veludo vermelho, enquanto outra mulher da igreja, toda curvada, pintava as unhas dos pés dela. A televisão mandando um Joel Osteen* em um estádio lotado de pessoas com camisetas brancas fechando dolorosamente os olhos e sorrindo ao mesmo tempo.

¡Pero entren! Sin pena. Francisquita, mi niña, y tú Myriamcita. Querem um tintico? Um chá? Papito, traga um pouco daquele chá francês no bule amarelo para Doña Myriam. Tô te dizendo, Myriamcita, Frank comprou na última viagem a Paris e me fez perder seis quilos assim, ó! Ela estalou os dedos em Z como El Zorro e empurrou a cintura para dentro, mostrando-nos o cuerpazo pretendido.

Ay pero no se ponga en esas, Xiomara. Só viemos pegar as decorações da árvore que você está doando pra igreja.

Mami era melhor que qualquer pessoa em esconder a inveja e, para ser honesta, ela às vezes curtia a bizarrice de Xiomara. As duas se conheciam havia tempos. Se você perguntasse a Mami, ela apenas diria que Xiomara trabalhou para ela por um breve período e era isso.

---

* Pastor e autor texano de best-sellers gospel.

Quando, Mami?

Você sabe, antes.

Se você perguntasse a Xiomara, o que nem precisava, porque "la guaricha" corria para os holofotes do Testemunho de Mudança de Vida a cada quatro semanas, então você saberia que ela tinha sido empregada da Mami, faxineira ou *assistente especial*, como ela quer lembrar agora, e se orgulha da drástica mudança de vida. Olhe onde estou agora! Olhe!

Wilson vai pegar pra você, Myriamcita, mas você não está indo já tão rápido? Sente. Yaira pode fazer suas unhas também, né, Yairita? Eu pago.

Não, não, de verdade. Precisamos ir. Francisca, vá ajudar o Wilson com as decorações.

Wilson voltou com chá em uma caneca da Miss Piggy e ficou parado desajeitadamente do meu lado. Xiomara não ouviu. Ela continuava divagando e divagando, falando consigo mesma enquanto pegava as almofadas cor-de-rosa que davam suporte às suas costas e as colocava em um semicírculo na outra ponta do sofá como um ninho de Peptobismol.

Aqui! Ela bateu nas almofadas. Todo esse estresse vai te matar, Myriamcita. Sem falar das rugas que já tem, mas que vão piorar! ¡Relájese! Vou te trazer umas cocaditas. Vocês dois vão empacotar as bolas de Natal ou algo assim. Wilson precisa terminar o panfleto para os Jóvenes, por que você não o ajuda, Franscisquita? Ou devo te chamar de Panchita?

Tudo bem. Francisca tá bom. Vou ficar aqui.

Xiomara riu, e Wilson fez eco.

Yo no muerdo, ele disse. Eu não mordo.

Os cachos mais grossos coroavam a cabeça dele caindo nos olhos, então a cada segundo ele os ajeitava para trás, mas os anéis de cabelos pretos cascateavam novamente. Objetivamente, pensei, Wilson poderia ser um muchacho bonito. Se ele não deixasse uns pontos de barba quando se barbeasse, se não fosse um estranho saco de ossos. Se aquelas pernas de galinha fossem mais bombadas com uns músculos. Se ele não andasse na diagonal quando entramos na outra sala, com aquela única unha comprida apontando para a placa ao lado do batente que dizia, *Xiomara's Biuti Studio*. Tentei arrumar, ele disse, mas ela não deixou. Seu bigode escasso curvado num sorriso. O bigode não tão diferente da sombra no lábio superior de Carmen. Pelos pretos sobre a pele marrom. O dele, mais grosso e mais fechado. Mas as gotas de suor me lembravam as de Carmen. Seu jeito vulgar de comer, o que, de acordo com Mami, significava que a pastora precisava ensinar esa niña como mastigar com a boca fechada. Ela lambia os dedos um por um. Pollo Tropical era seu lugar favorito. Depois da panfletagem no Sedano's, sempre parávamos no Pollo Tropical para um pollito, banana-da-terra, mandioca frita. O frango cozido demais, mas, porra, Carmen comia tudo como se fosse sua última refeição, enquanto Euzinha Aqui só ria, distraída, enquanto ela devorava asa após asa, como eu nunca tinha visto antes. Sem vergonha. Sem desculpas. As boas maneiras jogadas pela janela. Com o guardanapo, Carmen limpava a boca, esquecendo de alguns pontos no lábio superior que depois brilhavam como se o sol tivesse escondido pedras preciosas sob sua pele.

Bueno pues, Wilson disse, aqui estão as bolas de Natal. E aquelas duas outras caixas embaixo da prateleira roxa.

E, a ver, onde está o panfleto, Wilson?, perguntei.

Eu sentia falta de ajudar nos encontros do grupo de jovens. Você sabe, as coisas que eu fazia antes de você-sabe-quem ir embora. Mas, principalmente, sentia falta de ser útil para Deus etc.

De verdade, você não precisa me ajudar. Sei que a minha mãe pode forçar a barra às vezes.

Tentei segurar uma risada. O quê? *Às vezes?*

Depois que se soube na Iglesia Cristiana Jesucristo Redentor que eu tinha me convertido, Xiomara me puxou de lado várias vezes, sussurrando que preferia ver o filho com uma niña de boa família do que com uma morena de raízes desconhecidas. A pastora pode fazer a celebração! Mas não trabalhei neste culo por nada. E, apesar de saber que Wilson perseguia Carmen, telefonava para ela, a havia consagrado como a shekina mais linda do mundo, toda vez que Xiomara tinha oportunidade, me lembrava que seu filho precisava de uma novia. E como que eu não estava indo atrás do hijo dela? Ele claramente era un partidazo.

Oh, por Dios, eu sei! Ela *sempre* força a barra, né?, disse o partidazo. Sinto muito.

Não é culpa sua.

Seus olhos verde-escuros sorriram para mim. As grossas cortinas douradas brilhavam num contraste árido atrás dele. Quem tem cortinas douradas grossas em Miami? Eu te digo quem: Xiomara. Eu não sabia como sorrir com os olhos, então pisquei. Pisquei. Pisquei até que Wilson franzisse as sobrancelhas.

Você tá bem?, ele disse.

Eu não só estava bem como também estava tão bem que tropecei nos rolos de tecido atrás de mim e derrubei uma foto de Xiomara.

¡Muchachos!, Xiomara gritou da sala de estar. Não destruam a casa, por favor!

Eu me levantei como se não fosse nada mais que uma parte da performance. *¡Tará!* Gostou?, eu falei. Então peguei o desenho de um Jesus de olhos esbugalhados jogando futebol com um bando de garotos.

É *isso* o panfleto?

Sim.

É um Natal só de garotos?

Não.

¿Entonces, Wilson? ¿Dónde metiste a las niñas?

Ele disse que não achava importante que não houvesse garotas. Somos todos hijos de Jesus, mas não posso desenhar *toda* a humanidade. Né?

Ok, eu disse. Mas se você quer que as pessoas tipo, digamos, *eu,* que já sou parte da igreja, venham para esse Navidad en Jesucristo, você precisa tentar com mais afinco. Por que eu iria a uma partida de futebol cheia de garotos?

Por que *não* iria?

Ele piscou. Eu não sabia dizer se estava flertando.

Talvez ao menos desenhe alguns peitos e cabelos compridos em alguns dos garotos?

Decidimos que seria melhor se eu desenhasse as garotas do panfleto. Sentei numa escrivaninha vermelha e esperei que o Wilson me trouxesse as canetinhas. Minúsculas bonecas de porcelana cheirando a margaridas se escoravam nos cantos. O quarto inteiro decorado com bonecas de todos os tamanhos. Algumas que Xiomara tinha pintado. Sim, a bonita era também pintora. Pincéis de todos os tamanhos perfeitamente organizados em uma prateleira. Bonecas vertendo lágrimas azuis, bonecas olhudas, bonecas pretas, bonecas meninas de mãos dadas com bonecos meninos. Primeiro eu não tinha notado as prateleiras atrás de mim, ao lado do *closet*, alinhadas com bonecas com roupinhas de pano de verdade. Mas, quando o sol se pôs, a luz entrou pela janela e iluminou suas caras deformadas. Fiquei pensando, na escala de satanismo, o quão satânicas eram aquelas bonecas?

Ficamos horas dentro daquele quarto. Eu o ensinei a desenhar cabelos e o observei pegar a minha mão discretamente. Como se eu não fosse notar que era a minha mão dentro da dele, agora as finas pontas das unhas dele, agora o suor sobre o qual não conseguia evitar pensar que — me perdoe, Senhor — cheirava a saco. Primeiro me senti uma traidora. Mas deixei-o correr seus dedos sobre minha mão. Por que não? Eu o deixei desajeitadamente entrelaçar seus dedos nos meus porque eu ansiava me sentir desejada por alguém, porque Carmen estava longe e não queria, nunca quis, porque eu queria um pouco daquela alegria de duas mãos juntas, a eletricidade. Depois notei ele olhando pro pau duro, tentando esconder com um travesseiro.

Capítulo trece

Cartagena das Índias, 1956
La Muñeca leva todos os garotos para o bar

Antes de Miami embalar o sagrado alto vício de Mami, antes de a Sabana Cundiboyacense engolir o orgulho de todos com suas montanhas e os edifícios de tijolos vermelhos matarem o marido de Tata, mesmo antes da Euzinha Aqui ser um espermatozoide criollo perdido, havia — *rufem os tambores* — La Tata rezando escondida debaixo de uma cama em Cartagena. Toda vez que o Advogado Dândi, seu quarto pretendente naquele ano, batia na porta, ela corria escada acima segurando as anáguas e cochichando para as irmãs, Aquele hombre de novo? Pero Dios mío. Não estou aqui, não estou aqui, não estou aqui. Mas, sob a cama de madeira, ela estava apertando seu rosário. Incomodada, suando baldes. Nossa Alba. Só quinze anos, mas um mujerón total com cabelo tão comprido que Rapunzel chorou lágrimas de inveja, quadris tão sinuosos e volumosos que a Coca-Cola deveria ter modelado sua garrafa com ela. Mas quieta e tímida como uma minhoca. Nadando fundo numa caverna, mergulhando nas profundezas da escuridão. Uma minhoca da terra, essa niña. Como se tivesse herdado sangue ruim, e não a língua tra-la-la del diablo das cartageneras. *Pero o que está acontecendo, pela'a? Ajá ela é lenta muje?* Parecia ser a canção cantada repetidamente perto dela. A niña era amaldiçoada com timidez.

E lá estava deitada: oito da porra da manhã e já inalando toda aquela poeira debaixo da cama, indo para trás enquanto seu pai sussurrava raivosamente que, se ela não descesse a hacerle visita al Don, ele a arrancaria em pessoa. Como ousava. Os gritos dele a incomodavam, mas ela divisava uma maneira de lidar com eles sempre levando bolas de algodão nos bolsos da saia, colocando-as nas orelhas e cantarolando enquanto ele gritava. Ele achava que essa jeva era alguma vadia burra facilmente manipulada com olhar de quem diz suma daqui e ameaça de apanhar de cinto? Claro que ele achava. Pero, mi reina, nossa garota era *en-ge-nho-sa*. Quer gritar, papi? Pois grite. Esperarei do outro lado, cantarolando alguns Panchos e lixando as unhas.

O quarto cheirava a vela queimada. Ao lado da porta, um espelho longo refletia as velas acessas emitindo um rastro de fumaça como se houvesse um fio tênue atado às tábuas de madeira do teto, como se o quarto estivesse sustentado por um fino milagre evaporante. Ao lado das velas, gravuras do Sagrado Coração de Jesus, La Virgen de la Candelaria, La Virgen de Chiquinquirá, La Virgen del Carmen, Santo Tomás. Presentes não abertos com rabiscos de amor empilhados contra o armário como granadas verdes brilhantes. A persistência desse hombre. Algum dia ele vai desistir para que eu possa ouvir minhas radionovelas em paz? No joda. Você pensaria que qualquer jevita durante os anos 1950 estaria pulando de alegria com um partidazo como o Advogado Dândi abordando o pai delas com duas garrafas de uísque por semana, serenatas com mariachis e dando a elas a porra de um cavalo alemão com uma fita vermelha e crina lustrosa. Sabe, carajita, que levou três meses para que aquele cavalo cruzasse o Atlântico? Albita não sabia e não se importava. Por mí, aquele cavalo pode morrer y yo no muevo um dedo. O cavalo ficou do lado de fora no sol escaldante, cagando tanto que a casa dos Juan ficou conhecida como La Cagada. *Oye, mi niña, tu casa es una cagada*. Papi não aguentou os cochichos salientes das vecinas e os tapinhas condescendes nas costas dos homens — Hermano, por favor, como alguém consegue levar tanta merda na vida —, então em vez de matar, todos em La Cagada só deixaram o deslumbrante animal de quatro patas morrer. Bem do lado de fora das janelas da casa. Dentro do pátio. Babando o pouco de água que restava nele. E todos os dias durante o café da manhã papi apontava para o pátio anunciando à família inteira: os gemidos? Culpa da Alba. Os bufos? Culpa da Alba. Não deixava ninguém alimentar o cavalo, mas lembrava-os todas as manhãs de que sua filha mais velha não se importava com nada, não tinha respeito algum. Nem alma. Alba fechou as cortinas e colocou bolas de algodão nos ouvidos para evitar os gemidos dolorosos, mas era só quando as radionovelas começavam e a bonita botava o volume lá em cima que conseguia se reorientar, que conseguia viver.

No fim, ao ouvir seu presente afogado em merda de mosquito, o Advogado Dândi enviou três dos seus machitos para entregar uma carta a Alba só com uma frase: *¿Qué tú quiere, muje?*

Porque ninguém rejeita um papá Veléz, nem a mãe, nem o pai, nem a muñeca de quinze anos movida a radionovelas. E quem Albita pensava que era, querendo escolher muito qual macho iria trepar com ela para sempre?

A família do cabrón tinha uma revenda da Ford em Cartagena, carajo, conhecia o presidente pelo nome. A família dele negociava esmeraldas desde que os espanhóis chegaram ao Novo Mundo e disseram *¡Aquí me quedo, hijueputa!*. A brisa quente de Cartagena e os cantos militares ritmados atraíram todo filho da puta que tinha vontade de fazer algum dinheiro nos crescentes mercados de tráfico de escravizados e pedras preciosas. Dim-dim. O Advogado Dândi poderia traçar a linhagem dele até Arnoldo Veléz, um famoso joalheiro espanhol conhecido por seu fetiche por gatos que, em 1786, pulou para dentro do barco que saía de Sevilha em busca de El Dorado e se encontrou numa situação em que trocou a cartola por uma guayabera. Papi Veléz se apaixonou perdidamente pelo cheiro do oceano, por gatos, pelas mulheres do Sinú que cuidavam de sua casa. Agora aquele, mi reina, é um jogador *de verdade*. Duas gerações depois de papi Veléz ter morrido asfixiado por todos aqueles pelos de gato — o bonito escovava seus quinze gatos três vezes por dia, sim, sei disso porque tem uma estátua em La Ciudad Amurallada de um cara de pedra segurando um gatinho —, os Veléz começaram a perder muito dinheiro. Como de repente precisaram começar a pagar seus trabalhadores, de repente também Las Leyes de Indias protegeram as pessoas e essas merdas. A Coroa espanhola não conseguia tomar uma decisão, cachaco! Os Sinús eram pessoas ou não? Tem a ver com falta de coragem. Por Dios, a família não tinha paciência para isso. O avô do Advogado Dândi vendeu a empresa de esmeraldas bem quando o Sr. Ianque Ford estava procurando expandir seus possantes, e, madre santíssima, a grana era real. Eles estavam bem no porto! Ao fechar o negócio, as famosas palavras do avô do Advogado Dândi foram: *Esta é a prova de que Jesucristo é parte colombiano*. E não foi? Todos queriam um pedaço daquele bolo ianque de fantasias sobre rodas. Máquinas pretas brilhantes rugindo por Cartagena como monstros futuristas, anáguas entrando e saindo dos carros, mãos peludas entrando e saindo das anáguas. O império Veléz, conhecido por seu harém de belas esposas fumando num terraço externo com olhares tristes e pintas falsas. O Advogado Dândi precisava continuar aquela tradição ao lado de uma Albita em um pomposo vestido cor-de-rosa e cabelos à francesa. Então ele prometia terra, carros e qualquer quantidade de empregadas, entrada no clube de campo e mais, ele nem era um perro. Só dormia com umas poucas guarichas. O que mais você quer, mujer?

Mas você já aprendeu alguma coisa com essa história até aqui? Essas mulheres não vão cair nessa tão facilmente. Cachaco, por favor. Carros a nauseavam. Ela odiava o clube de campo. Odiava homens peludos em ternos brancos. E, sobretudo, odiava os olhos sorridentes de seu pai, o anel de cruz no mindinho, se servindo de uísque e fazendo piada com o Advogado Dândi, enquanto eles esperavam por ela no andar de baixo.

¡Albita!

Ela espirrou. Era a estação da gripe. Era a estação da febre do mosquito. Lá fora: ruas embarradas manchando saias longas. Lá fora: a chuva cobria as ruas de Cartagena. A beleza do Caribe colonial, outrora o porto espanhol mais importante pelo qual os escravizados chegavam e por onde apenas o ouro saía. Um panelão fervente de ricos, Dios te salve Marías e pólvora.

Alba coçava as picadas de mosquito vermelhas nas pernas, curtindo a dor, coçando mais forte a cada vez, conferindo os calombos até que uma cabeça vermelha brotasse e sangrasse. Ela tinha ficado no jardim com seu rádio até tarde da noite mesmo que sua mama doente tivesse lhe implorado para entrar antes que o papi acordasse, mas implorar não adiantava. Agora suas pernas pareciam mais com um sabugo de milho do que com pele.

Era uma questão de tempo antes que ela tivesse que descer as escadas, nossa garota sabia disso. Uma questão de tempo antes que papi berrasse um ultimato, antes que a tosse de sua mama atacasse, antes que Lurdes ou uma das outras irmãs a provocasse, ameaçasse cortar seu cabelo, queimá-lo, quebrar o rádio. *¿Qué tú hace o dia todo com aquele rádio, niña?* Eles sabiam, cachaco, sabiam bem que Albita e a caixa marrom lustrosa tinham uma estreita conexão que todos desejavam secretamente, mas só podiam sonhar em ter. Nossa garota não concedia o tempo do dia a ninguém naquela casa, ninguém a não ser *El derecho de nacer, Maruja La Sangrienta* e, sua favorita, *Lo que nunca muere* — O Que Nunca Morre. Um rastro de murmúrio seguia Alba aonde quer que ela fosse. Seu próprio son y ton, sua trilha sonora pessoal. Às vezes, sua mama encontrava nossa garota chorando enquanto depenava galinhas, e Albita explicava a ela com um sorriso que, quando tentou escapar, a pobre María não chegou em Madri, eles a mataram, mama. Por querer uma vida melhor, mama, eles a mataram.

Ay mimi, você sabe que essas histórias não são de verdade?

Quem se importa com a verdade. Não é isso que importa aqui. E o que sua mama sabia mesmo sobre a verdade? A Verdade usaria uma peruca morena com um coque? Ou uma pinta feita de lápis sobre o lábio? Ou, melhor ainda, deixaria de molho em sabão y água sanitária as camisas de trabalho do marido, manchadas de batom, fingindo que aquele ruge era ají picante? A Verdade visitaria uma palanquera implorando por uma poção mágica da felicidade que deixava a mama trancada no banheiro por horas a fio?

Alba rastejou para fora da caverna. Queria esticar aquele tempo como se fosse um chiclete de *tutti-frutti*. Embrulhar seu corpo em um chiclete de *tutti-frutti*, esperando por uma capa de invisibilidade ou, se possível, enredada dentro de um grosso casulo. Um ninho de chiclete por tempo infinito. Pero, mi reina, chiclete endurece rápido e, antes que se pudesse dizer *se armó el bololó*, ela estava sentada ao lado do Advogado Dândi, inalando seu perfume e suor.

Você pode, por favor, usar um perfume diferente da próxima vez?, ela disse, incomodada.

Mal consigo respirar perto dele, papi, e você quer que eu case com ele?

Papi poderia ter dado um tapa para calar sua boca, mas gente de bien lavava roupa suja em casa. Então ele só enxugou a trilha suada de raiva da testa com o lenço, serviu mais um com gelo para o Advogado Dândi, depois gritou para Delsira que ela poderia vir brincar com as bonecas agora.

Quando Delsira arrastou a caixa de brinquedos, papi virou outra dose, Alba grunhiu, e o Advogado Dândi se esticou para pegar a mão dela, não sem antes papi tossir enquanto os dedos deles se tocavam. Porque mulheres eram como carros, assim que saíam da revenda com um macho dentro, perdiam o valor naquele segundo.

Vamos lá, hermano. Somos quase família agora.

De perto, o Advogado Dândi perdeu quinze pontos de atitude. Alba segurou suas mãos secas, prendendo o riso que subia pela garganta ao ver as grossas trilhas de calombos e cicatrizes mapeadas na cara dele. O bonito era pura acne, e acne era toda maquiagem. Só por isso ela apertou mais sua mão, porque, dane-se, debaixo daquela maquiagem importada de Paris tinha a cara de um menino que apanhava na escola por parecer uma maldita bicha. Plataformas escondidas erguiam seus sapatos, e agora Albita sabia que ele usava ombreiras sob a guayabera e nunca era visto sem camisa. Ele fumava charutos e usava colares grossos de ouro pendurados sobre o carpete de pelos encaracolados para compensar. Os olhos bêbados de papi não perceberam ou foram seletivos e apenas viram o que todos a cinco metros de distância do homem viam: um touro abastecido com testosterona, um Veléz irresistível, uma conta bancária cheia, um filho da puta que poderia ter sua irmã para o café da manhã, fechar um negócio com um cara branco ianque no almoço e descer alguns uisquinhos com Rojas Pinilla no jantar.

Alba estava zero impressionada com isso. Ela se importava zero com homens como ele. Na verdade, ela se importava zero com homens em geral e não entendia todo aquele fuzuê com relação a pelos encaracolados no peito, de acordo com Marina, a senhora das flores que ficava do lado de fora da igreja de Santo Domingo, aquilo deixava as jevas *malucas.* Por exemplo, papi ganhara o concurso do Homem do Barrio e ficou respeitado entre as mulheres da família *porque* ele era, de verdade, um homem com tanto pelo no peito que mama às vezes o aparava no banheiro, uma chuva de grossos pelos marrons cobrindo as lajotas. Mulheres batiam na porta dos Juan repetidamente exigindo ver Papi, chorando para Alba quando ela dizia que ele não estava. Ele não vem. Ele não quer ver vocês. Sua mãe servia às mulheres tinto, pastelitos, elas trocavam receitas e discutiam o novo aroma das velas de Santo Domingo, que impregnava nas roupas e ficava por meses, mesmo depois de lavar com Jabón Rey. Algumas traziam bebês, e mama mandava Alba chamar o padre para batizá-los, e às vezes o padre se recusava a batizar os bastardos, então mama mentia e dizia que eles eram filhos dela. Los pobres criaturos, não é culpa deles.

O que é que você tanto ama assim no papi? Ay niña, você já *viu* aquele peito? Alba às vezes se imaginava colando os tufos de pelo caídos no peito dela, saindo de casa pelas ruas onde todas, depois que notassem a almofada de pelos castanhos, se jogariam nela como fãs querendo ser escolhidas para o elenco de voz da próxima radionovela. *Talvez assim alguém me leve a sério.*

Os três olhavam Delsira brincar no chão, mascando uma boneca de pano.

Num perfeito triângulo: papi, Alba e El Dândi. A Santíssima Trindade em busca de casamento, felicidade e, com alguma esperança, um desconto num carro novo. A tosse da mama era audível do outro quarto, o ritmo daquele catarro infinito batendo nas paredes, reverberando no sofá florido, no Cristo pregado, na estátua em tamanho real da Virgem, nas garrafas de Coca-Cola, aquele ca-ca-ca de sua garganta infestando todos os momentos de paz, interrompendo papi, que, bem agora, estava prestes a fechar um negócio com quarenta por cento de desconto em um novo automóvel. Pal diablo. Irmã Yamira corria da cozinha para o quarto com uma panela de água fervente, eucalipto e o que se tornaria o mais querido milagre na Colômbia: vickvaporú. Os quatro pares de olhos lacrimejando por causa do cheiro intenso de eucalipto e mentol, papi murmurava para a freira fechar a porta, ela não vê que ele está com companhia importante? Estou fazendo o que posso, ela está muito doente. Irmã Yamira vinha três, às vezes quatro vezes por semana com água benta, eucalipto e uma tonelada de outras merdas mágicas pra curar os pulmões de mama. Reze por sua mãe, ela dizia a Alba e suas irmãs.

Ela vai morrer?

Todos nós vamos morrer.

Bem, dã. Ela poderia ter adivinhado essa. A mama vai morrer logo, era o que Alba queria dizer, ela deveria estar preparada para pôr a mama num caixão, o papel da próxima mama seria designado a Alba, que não queria, que rezava para que a mãe continuasse viva para que ela não tivesse de servir pastelitos e tintos às novias do papi, vestir suas irmãs para a igreja, costurar animais preenchidos com penas de galinha, desenhar uma pinta falsa na cara. Às vezes sua mama dizia que ela não só precisava ser forte, Alba, você tem que ser a mais forte, mimi, porque cuando yo me vaya, você é quem vai ficar no comando dessa casa. ¿Me entiende? Mama, Alba disse, deja de hablar pendeja'a, você ainda tem muito tempo. Sua mama suspirou, depenou mais galinhas. Nossa garota não queria ficar encarregada da casa, mas como dizer à mãe que ela precisava ficar viva para que Alba pudesse se mudar para Bogotá para escrever e gravar a próxima sensação da radionovela? A doença já era costumeira naquele domicílio, já normalizada como os lagartos, os selos de notário do papi, as bonecas de trapo das garotas, o cheiro de igreja de Irmã Yamira, as galinhas mortas. As penas de galinha incubadas dentro dos pulmões de todos misturadas com eucalipto, óleo de charuto, poeira.

A Irmã Yamira não conseguia encontrar o pacote de ervas que havia deixado na cozinha. Alba afastou sua mão da do Dândi, se desculpou, se esquivou da boneca ensopada de saliva de Delsira e alcançou para a Irmã Yamira as ervas que sobraram. Da cozinha, viu mama tomar um gole de uísque e se benzer. Ela tinha colado permanentemente um pano preto na janela do quarto, para que ninguém do lado de fora visse seu estado. Sim, mi reina, tampado as janelas com *aquele* calor. Quarenta graus na sombra, e um minúsculo ventilador branco era a única ventilação. Papi não dormia lá porque sempre acordava sancochao, oliendo a tigrillo. Mas o atrofiado termômetro interno da mama permitia que ela resistisse às mais altas temperaturas sem uma gota de suor. Papi na verdade gostava disso nela. Ninguém queria uma fêmea suada, por favor. As mulheres de Cartagena (las mujeres de bien, isto é) sofriam terrivelmente por causa disso, porque ninguém ficaria bonita vestindo quatro camadas de pollerines mais um vestido naquele calor infernal. Sem falar do cheiro. Se tem algo memorável sobre os anos 1950 em Cartagena é o mau cheiro. Como se enfiassem a cabeça de alguém dentro do quarto de um adolescente.

Alba se benzeu também. Irmã Yamira então tirou um rosário, segurou a mão de Alba e começou a rezar umas poucas Ave-Marias e um Padre Nuestro que estás en el cielo, santificado sea tu nombre etc. Quando terminou, Irmã Yamira disse a Albita para rezar por sua mãe.

Ela vai morrer?

Todos nós vamos morrer, Alba. Irmã Yamira pegou suas coisas e limpou o suor do pescoço com um pano de prato, o que Alba achou nojento e inapropriado. Ela teria que lavar aquele pano de prato mais tarde, pendurar lá fora para secar, dizer oi para as vizinhas que sempre perguntavam sobre os homens que entravam e saíam da casa e diziam a ela para mandar alguns machos para o lado delas. Suelta eso' hombre, jevita. A ideia era sofrível. Y la berraca freira continuou a secar, empurrando para trás seu hábito de modo que Alba pôde ver seus braços peludos nus, as gotas, não, os coágulos de suor transplantados para o pano de prato. Quem criou essa mulher? Alba sabia que mama lhe daria um tapa no momento em que a visse enxugar seu corpo com a porra de um pano de prato. Ela não conseguia imaginar Irmã Yamira como uma mulher jovem. Alba imaginava que todas as freiras nasciam freiras: elas não tinham infância, nem juventude, não saíram da vagina de ninguém, apenas estavam lá sendo freiras o *tempo todo*. Irmã Yamira suspirou, enxugou a testa *de novo*. Não tinha jeito de parar aquilo. Irmã Yamira entregou a ela o pano de prato. Gracias, mi niña.

Tem alguma outra coisa que eu possa fazer além de rezar, hermana? Alba tentou esconder o nojo.

Você pode pegar mais água benta da capilla mais tarde, ela definitivamente precisa disso.

Como a água benta ia manter a mama viva para que ela pudesse ser uma estrela de radionovela era um mistério para Alba, mas ela respeitava a Igreja, respeitava a Irmã Yamira — apesar do pano de prato — e, sobretudo, essa era a única esperança na qual podia se agarrar. Essa água.

— • —

Mi reina, mas o que você realmente precisa saber é isto: eles apareciam sem aviso prévio e às vezes ficavam dias. Vinham de Arjona, Barranquilla, Santa Marta, Corozal, de Mompox, Distracción, San Martín de Loba, Turbaco. Muchacho, espérate. Eles usavam cartola, bigode escuro, uma cicatriz ou duas na cara, às vezes mancavam discretamente, uma bolsa masculina, um estojo de charutos e, se tivessem sorte, uma ou duas novias esperando por eles no assento traseiro do carro, se abanando com um leque e roubando tudo o que podiam. Lá estava Filoberto, o sapateiro magro com um tique no olho que salivava toda vez que falava sobre colar sapatos, e Manuel Jesús, mais um cadáver do que um corpo, um rico terrateniente sempre interessado em saber se nossa garota Alba era boa mesmo em massagem nos pés e em atirar com espingarda. Ela não era. Eliécer chegou com três cachorros, uma pierna de pernil e um bilhete que secretamente passou para Alba: *Gosto de você mais suas galinhas junto.* Ouso mencionar Miguel Ángel? O careca de Cali chorando durante todo o tempo que esteve lá, suando profusamente, se recusando a deixar a casa até que alguém fosse embora com ele. Álvaro, Jesús José, Mariano Alberto, Ulises, Carlos Pedro. Eles sabiam uns dos outros, odiavam uns aos outros, amavam uns aos outros, compartilhavam o espaço apertado da entrada da casa, enquanto não desperdiçavam tempo e faziam negócios e transações bem ali, três cavalos, cinco caixas de uísque, dois novos supermercados, bum bum bum.

Alguns deles se conheciam de suas aventuras em busca de esposa e compartilhavam anedotas sobre pais dispostos a dar as filhas cedo demais ou sobre alguém que inquiriu demais sobre a vida deles. Que dónde van a vivir, quantas vezes ela vai visitar, que você tem criadas o suficiente para cuidar do cabelo dela, dos pés especiais, da dieta especial. Cachaco, eles queriam uma esposa, ponto.

A mama de Alba mal era capaz de dar conta do café, dos palitos de queso, da fila no banheiro, da urina espalhada ao redor do vaso, a ponto de exigir ao papi que contratasse alguém para atender a todas as necessidades dos homens. ¿Me viste cara de empleada o qué? Mama também queria que Alba se casasse, mas achava que o espetáculo do lado de fora da casa deles era deplorável. As pessoas estavam *falando coisas* durante a missa. Primeiro mama ficou de cabeça erguida, orgulhosa, é claro, que sua filha mais velha causasse tanta comoção, que homens viajassem por dias para vê-la. Pero después não era mais tão fofo. Eles fediam depois de alguns dias, bêbados de todo o uísque e sol, xingando os transeuntes, cantando as vecinas e até a Irmã Yamira quando entravam na casa dos Juan. *Monjita, pero qué linda está la monjita, carajo.* Mas isso não foi o fim. O pior? As pessoas montando puesticos, vendendo tamarindos, limonada, peixe frito, palenqueras distribuindo salada de frutas por poucas moedas, crianças de rua tocando música alta — tudo isso na frente da casa *deles.* A prefeitura até mandou uns voluntários para ajudar no tráfego.

A tosse da mama piorava durante aqueles tempos. Você vai me matar, Alba. Nenhum deles é bom o bastante pra você? Jesucristo é minha testemunha, niña, você está me matando. Pega um vickvaporú pra mim. Alba não pegou o vickvaporú. Ela a deixou tossir e tossir, fechou a porta, aumentou o volume do rádio a toda e, quando María La Divina começou a implorar por sua vida, Alba recitou de memória os versos antes que María La Divina fosse finalmente morta. Mas então o peso da casa se empoleirou nos pensamentos dela. Mierda. Todo en esta vida, um grande passeio de mierda. Ela se lembrou de Deus, ou Deus falou com ela e mandou que parasse de ser uma puta egoísta e pegasse a porra do vickvaporú. Alba se arrastou pela casa, junto ao chão, se encolhendo a cada vez que via sapatos masculinos, se cobrindo de sujeira, nadando fundo dentro do solo, mais fundo dentro do solo, assistindo a alguns ossos de cavalo passando, esqueletos de crianças, um sapato perdido, esmeraldas reluzentes cortando pedaços de seus braços que rapidamente cresciam de novo, ela balançava de um lado para o outro com a boca aberta, comendo terra fresca, engolindo terra fresca, se banhando em seu indistinto frescor.

O Advogado Dândi era o último homem, o último homem naquela fila. O único que voltou uma, duas, quatro vezes, dez vezes, espantado que uma mulher pudesse pensar em não o querer. O bonito gostava de um desafio, uma pequena batida na estrada do casamento. Muitas mulheres antes tinham se jogado como sacos de batata, secretamente colocando as mãos dele na virilha delas, lambendo dedos, deixando que ele comesse el culo delas. Pero Alba. Nã-ão. A niña se sentava fria como pedra abraçando aquele rádio como a uma boneca, nunca amolecendo ao toque dele ou às palavras ou ao cavalo alemão. Ela só parecia se importar com aquele rádio idiota. El descaro. Ele se guardou por último precisamente porque sabia que seu sangue azul era irresistível e o sangue de Alba estava meramente acima da média. Mas agora sua paciência estava se esgotando. Sim, o corpo curvilíneo da jeva como uma deusa dos sonhos; sim, ele seria capaz de se gabar por conquistar a muñequita dos Juan para todos os outros perdedores; sim, aquela aura sombria o atraía, deixava-o de pau duro, aquela estranha gostosa da porra naquelas anáguas. Inundar aquelas anáguas. Jesucristo. O que mais havia a se fazer para um garoto rico nos anos 1950 a não ser reuniões de negócios, uísque, um bigode perfeitamente aparado e inundar anáguas? É isso mesmo, cachaco, nada.

Mas, como eu disse, sua paciência estava se esgotando. A ideia de se gabar futuramente deixava as mãos do Dândi arrepiadas, mas a cabeça de Alba enterrada nos botões do rádio matava o clima. Outra vez Alba com la joda. O Dândi ergueu as sobrancelhas, abriu e fechou as mãos bruscamente em um gesto de *bueno e aí,* sugerindo que papi deveria dizer algo. Alba sabia o que estava acontecendo pero se hizo la loca. Papi sabia o que estava acontecendo pero se hizo el loco. O Dândi brincava com seu bigode, sorrindo fino para Delsira, que agora virava para ele balançando a boneca de trapo, pedindo que ele cuidasse dela. Incomodado, o bonito primeiro rejeitou os braços estendidos da boneca ensopada de saliva, mas aí os olhos de Delsira se encheram d'água — la animaleja, sempre manipulando as pessoas com lágrimas —, e o Dândi não só aceitou a boneca ensopada de saliva, como também embalou a boneca ensopada de saliva, deu de mamar à boneca cheia de saliva com uma mamadeira de mentira. Os três — Alba, papi e Delsira — perplexos com a imagem. Era a primeira vez que nossa garota via um homem embalar um bebê como uma mama, tinha até um pouco de *amor* preso a seus olhos castanhos, e tudo aquilo a desgostou. Isso a lembrava de Octavio, um garoto de uma radionovela que teve a metade da cara queimada durante um incêndio em Turbaco. Um pobre garoto. Um garoto obrigado a passar a vida ao lado de sua mama porque ela não o deixava sair nas ruas com aquela cara, ela não conseguia aguentar o chisme, as burlas, as pessoas apontando. Então o garoto ficava em casa cuidando dos irmãos. Ele embalava bebês, dava a eles de comer etc. Secretamente. Ele era queimado e pobre. Mas *isso?*

Y entonces Alba quebrou o silêncio: Bueno ya, isso é idiota. Papi, não vou casar com um homem que age como um — aqui ela virou a mão e ergueu o dedinho — y punto.

O Dândi jogou a boneca do outro lado da sala, quebrou um vaso de flores que tinha comprado naquele dia e saiu batendo os pés — não sem antes chamar Alba de uma buena para nada, sua filha *não é* uma señorita, completando que o papi nunca possuiria um carro de verdade.

Quando Alba tinha doze anos, mulheres mais velhas puxaram seu cabelo por duas semanas seguidas. Irmã Yamira, sua mãe e duas outras vecinas com seus próprios cabelos embrulhados em sacos plásticos, debruçadas sobre a cabeça de Alma na cozinha. Puro piojo. As mulheres foram chamadas ao dever de matar lêndias e vieram remangándose las mangas, com vinagre, tesouras, unhas lixadas prontas para esmagar e — adivinhou — vickvaporú. Cundía estaba la nena. Quando ela ficou em pé, Alba ainda podia ver pontinhos marrons pulando de sua cabeça, kamikazes mergulhando em seu caderno, dançando em seu escalpo, roubando todo o seu sangue. Deixa eles roubarem meu sangue, ela falou. ¡Pero niña! Alba era toda *dark* antes que *dark* realmente fosse algo. Ela canalizou todo o fervor católico no escalpo e disse às mulheres que os insetos precisavam do seu sangue para sobreviver. Deixa eles viverem dentro de mim. Sem brincadeira, pela'a. O objetivo real da nossa garota era irritar sua mãe porque ela tinha flagrado a mãe sem roupa de baixo quando o leiteiro bateu na porta, pegou-a se curvando para alcançar as garrafas de leite e fumando debaixo da mangueira. Mas mama não iria conseguir. Elas a perseguiram pela casa. Alba, por favor, quantos anos você tem?

Quarentena nela.

Cada pedaço de pano lavado com água fervente, o cabelo de suas irmãs trançado o tempo todo. O que, é claro, não a ajudava a burlar o status de irmandade. Mas ela se importava?

Papi recebeu uma carta passivo-agressiva da escola sugerindo a expulsão de Alba por *não se lavar e até certo ponto ser suja*, e até certo ponto nojenta, e até certo ponto *uma ameaça à higiene escolar*, e era isso. Por três dias seguidos, as mulheres tentaram esmagar, ferver, estapear os piolhos, mas os pequenos desgraçados montaram uma cidade inteira com lojas e todo tipo de merda lá dentro. O Terceiro Mundo subterrâneo para os piolhos.

Até que um dia, depois de rezar para que Deus a orientasse, Irmã Yamira cortou todo o cabelo de Alba.

Y fue por eso que Alba ganhou um corte de menino.

Y fue por eso que ela teve que interpretar José, Jesus e todos os homens nas peças de teatro da escola.

Y fue por eso que, quando José e Maria se apaixonaram, eles se beijaram. Está em algum lugar na Bíblia.

Y fue por eso que Maria Madalena se jogou em cima dela quando ela interpretou Jesus.

Y fue por eso que ela era *dark* antes que vocês fossem *dark*, as pessoas apontando, rindo, pegando nos seus peitos, ela usava as camisas do pai e comprava água benta e se sentava no parque com seu rádio.

Y fue por eso que Papi a confundiu com o filho da vecina um dia e lhe disse que na verdade ela ficava mais bonita como um homem, pena que era uma *señorita*.

Mas de volta ao drama da nossa garota.

Ele está certo, Alba, papi disse. Você *não* é uma *señorita*. Papi encarou seu uísque, alguma tristeza real se concentrou em sua expressão. Ele brincou com o bigode de um jeito que Alba sabia que só podia significar que papi estava prestes a fazer algo que não queria fazer. Um toque de dedos curvou o bigode perfeitamente em torno dos lábios invisíveis, um gole de uísque, um toque de dedos curvou o bigode perfeitamente em torno dos lábios invisíveis, um gole de uísque e assim por diante. Mama berrou lá do quarto, mas ninguém prestou atenção, até que todos a viram batendo umas merdas pela cozinha, até que todos sentiram o cheiro do vickvaporú ambulante com maquiagem borrada e apenas uma meia cor-de-rosa pegando um copo d'água. Jesucristo. Papi se aproximou dela e beijou-lhe a mão, o que só a enfureceu ainda mais.

Eu acho que todos nós concordamos que isso foi longe demais. Esto rebozó la copa, Alba. Acho que todos nós concordamos que aquela era a nossa melhor chance de lhe conseguir um homem bom e honesto para se casar. Não me interrompa, carajo. Acho que todos nós concordamos que você passou dos limites, e o limite era el Señor Veléz e já que o Señor Veléz não vai voltar... você sabia que eu estava até negociando um desconto num carro? Passei dos limites? Você sabe o que vai acontecer agora? Você vai se casar com o próximo huevón que cruzar aquela porta, e é isso. O próximo huevón. É isso, mimi. Não aguento mais esse circo. Sua mãe não aguenta mais esse circo.

Pero, ¡Papá!

Papá nada, Alba. Papá nada. E, enquanto isso, nada de rádio. Preste pa'cá la radio.

Mama suspirou e fechou sua porta. Aí vai novamente. Toda vez que o papi queria algo de Alba, escondia o rádio dela. Em protesto, ela ficava dias sem comer, sem tomar banho, sem trocar de roupa, fedendo, com suor acumulado e menstruação concentrada, até que um dia desmaiava no café da manhã e o rádio era rapidamente devolvido. Em segredo, Papi se desculpava, dando tapinhas em suas costas, deixando dois cigarros na sua penteadeira. Esse era o jeito de dizer, eu me importo com você, mamita, pare de ser um pé no saco.

Mas dessa vez foi diferente. Dessa vez não houve cigarros, não houve conforto paternal para a nossa garota, que estava tão cansada, tão cansada de papi se comportando todo olha-pra-mim olha-pra-mim, posso tirar seu rádio e magoar você porque sou seu pai, tenho um pinto, você deve seguir tudo o que eu digo. Tão cansada. E sua mama. E suas irmãs. E o có có có das galinhas no pátio, bem no meio da casa, cutucando seus vestidos de renda e seu corpo miserento suando profusamente, coxas colando, roçando uma na outra. Cansada. Daquilo.

Dessa vez ela não enfrentou papi, não escondeu comida no quarto, não se preparou mentalmente para colonizar a casa com sua tristeza, seu anseio, sua frustração, seus fedores.

Está bien, papá. Tome.

¿Está bien? Eu já o fiz. Você sabe que isso *não* é certo, Alba?

De seus quartos, suas irmãs riram, papi as silenciou, mas elas não pararam. Alba era uma bruxa, e essa era sua inquisição com *i* minúsculo. A inquisição de papi. O que eles fariam se ela não se casasse? Aonde mais ela poderia ir? Papi não estava a fim de abrigar uma solteirona para o resto da vida, e Alba não estava a fim de depenar galinhas para o resto da vida e se juntar ao fã-clube asmático da mami.

Mais alguma coisa, papi? Ela ficou firme, com um ar de orgulho e superioridade e ousou olhar papi nos olhos. Ela deixou o rádio no sofá sem nem dar uma olhada pela última vez. Foi tudo muito dramático. É claro. Mas era assim que nossa garota queria. Uma orquestra melancólica de fundo, pássaros pretos, e Albita estrelando sua própria radionovela. Passando pelo pai com uma irresistível elegância, pedindo licença, perdão, sentindo uma espécie de energia fervente correndo dentro dela, se concentrando no fígado, nos pulmões, os intestinos se batendo com algo que só pode ser descrito como um desejo inequívoco. Desejo de quê — vai saber. Ela se sentia gostosa e bonita como a porra de uma chefe mesmo que os anos 1950 em Cartagena mantivessem todas as senhoritas subjugadas, mas a jeva deslizava pela sala, pelo pátio, subindo as escadas com uma confiança pulsante que começou bem no fundo da buceta e irradiou para cada pedacinho dela.

Incomodado, papi esperou por uma resposta. Diga algo, carajo, o silêncio não vai te salvar, Alba, por favor. Pero papi se quedó esperando. Depois gritando: Precisamos de um pouco de água benta nessa casa! Alba, por favor, precisamos que você vá pegar um pouco de água benta para sua mãe.

Sua irmã Lurdes se deitou na cama enquanto comia uvas e escrevia cartas para as amigas. Elas se olharam, mas não disseram nada. Lurdes sabia que Alba não era uma mosquita muerta como todos pensavam, ela sabia que Alba se fazia de sonsa, às vezes para evitar lidar com papi e mami e A Vida, algo que Lurdes conseguia fazer. Lurdes sempre sentiu a necessidade de agir por si mesma, enquanto Alba fazia a desentendida, a boneca da casa, e às vezes — tipo quando papi escondeu seu rádio — fazia greve de fome, mas nunca na verdade pronunciava uma palavra ou gritava. Ao contrário, mi reina. Ela engolia cada pedacinho de raiva e depois mais um pouco.

Sem que sua irmã percebesse, Albita pegou os cigarros escondidos na gaveta das anáguas, uma tesoura, a saia amarela nova que o Dândi lhe enviara como presente havia algum tempo, que era ó tão linda, mas não poderia ser usada até que o mancito estivesse completamente fora de vista. Como agora. Lurdes resmungou algo antes que Alba se trancasse no banheiro. Depois berrou de novo.

Alba, só não deixe o banheiro cheio de pelos!

Não havia essa coisa de revirar os olhos para nossa garota nos anos 1950, mas, se a expressão existisse, seus olhos teriam ido para trás duas vezes. Ela arremedou Lurdes no banheiro. Arremedou o pai. Todos na casa — inclusive sua irmã caçula — controlando cada pedacinho do seu ser e nada que ela fizesse impedia aquilo. Parecia tudo muito natural, bom senso.

Alba começou a aparar os pelos púbicos depois que ouviu as mulheres da igreja fofocando sobre feder durante a menstruação, uma sugerindo depilar a coisa toda, a outra arfando porque aquilo claramente tinha que ser um pecado. Ela nunca tinha encarado sua buceta conscientemente, não a *via* de verdade *per se*, mas aparar a acalmava. Ela cantarolava Los Panchos enquanto cortava tufos grossos de pelo preto. Depois fumava um cigarro. Era o combo perfeito da procrastinação.

Ela ficou só de calcinha, acendeu um cigarro e sentiu pena de si mesma. Era mesmo um desperdício, essa vida. Ela poderia fugir para a casa de sua melhor amiga, mas a mãe da

Marta era tão excêntrica quando o assunto era maneiras à mesa que deixava Alba maluca. Não, a casa da Marta não era uma opção. Alba tocou as dobras da barriga, massageando--as, eram poucas, grossas e bem proporcionais, o bastante para lhe dar o famoso apelido de muñeca. *Tão idiota,* ela pensou. *Esse corpo.* Cigarros não a acalmavam, não lhe davam paz de espírito, não a faziam parecer descolada (embora, na minha cabeça, ela fosse total uma *rock star*), mas ela queria se machucar de algum jeito, queria que aquela energia que rugia dentro de si coexistisse de algum jeito onde ela pudesse *vê-la. Ela podia ouvir* papi no andar de baixo ainda berrando com ela para buscar a água benta para mama. Dios mío. Papi, Alba sabe e não está ouvindo.

— • —

Lá fora algum outro perdedor levava tiro. Ela teria que passar pela massa de fofoqueiros e pelos berros da mãe, passar pelos olhares dos homens, sempre encarando como se não tivessem olhos para mais nada, fingindo não vê-los, sorrir dignamente, passar por mais mães com véus saindo da igreja, fazer o sinal da cruz, mostrar seu rosário dourado, porque as mães sabiam da mama, e Buenas tardes Cleotilde, como está usted, passar pelos rios de poeira vermelha e calor se acumulando entre suas pernas, nos sovacos, debaixo da língua. Seus lábios salgados. E as mulheres, e os homens, e as crianças, porque papi conhecia todos, e eles a chamavam de *Albita, muñe, niña, pela'a, bombón, angelito caído, calladita, lotería, qué rico puerto rico, culo'e muje — todos* guayándole la existência. Ela teria que passar pelo cheiro de tomate podre do mercado misturado com pães recém--assados, cães mascando pombas mortas, cestos cheios de papaia, manga, coco, banana-da-terra, abacates levemente apodrecidos pelo calor, e os gamines repugnantemente comendo os restos podres com as mãos, o que lembrava Alba do cavalo alemão apodrecendo e do Dândi e, portanto, da frustração do papi e da ansiedade da mama com a frustração dele e do fato de que ela não se casaria e de que perderia *La Salvadora* bem quando María e Jacinto estavam namorando secretamente. Muchacho.

Três crianças ao lado da igreja pediam dinheiro. Alba entregou a elas uns poucos centavos depois comprou uma manga do seño ao lado deles em seu carrinho quadrado. Um cão esquelético latiu aos pés da mulher. Dentro da igreja estava fresco e mortalmente quieto. Xales pretos e brancos sobre a cabeça baixa das mulheres. O Cristo sangrando para sempre, brilhando para sempre, para sempre boquiaberto. Alba procurou o padre, mas não conseguiu encontrá-lo. Papi o conhecia muito bem, e ela frequentemente ia à sacristia. Reconheceu algumas das senhoras que se abanavam ao lado da pia batismal, elas deviam dinheiro a mama, mas nem pensar que Alba iria até elas para cobrar. Alba presumia que a mãe não esperasse que ela resolvesse seus negócios. Não mesmo. Quer dizer, mama mostrava a ela os procedimentos, as entradas e saídas do trabalho com animais empalhados, mas Alba nunca prestava atenção. Uma vez ela deixou Alba fazer o balanço do caixa, mas ficaram faltando três pesos. Sem chance. Mama provavelmente não queria que ela fosse até aquelas senhoras, embora reclamasse delas havia meses e agora elas tinham visto Alba, acenado para ela e, da próxima vez que vissem sua mãe, certamente lhe diriam que viram Alba, que não se importou em abordá-las e de que jeito a mama estava criando suas jovens? Malditas. As três mulheres não tinham a intenção de papear. Ela sempre fazia isso, se aborrecia, depois nada acontecia. As três acenaram para Alba, fizeram o sinal da cruz e saíram.

A sacristia estava vazia, exceto pelas batinas dos padres penduradas em cabides, pacotes de velas brancas longas, uma Bíblia gigante, poucas cadeiras. Maria e todas as outras virgens. Alba fez o sinal da cruz quando passou pela Virgen del Carmen, beijou as juntas da mão da estátua. Atrás das santas outra porta que ela nunca tinha visto antes. Alba hesitou por um segundo. Ela se lembrou de versículos da Bíblia sobre conduta, repetidos muitas vezes por Irmã Inés, que terminavam com *Quando em dúvida, sempre se pergunte, El Señor aprovará? Estou sendo Marta ou Maria?* Ela não queria ser nenhuma das duas. Precisava da água benta para espirrar pela casa, fazer preparações de gengibre e mel para mama. Dios mío, sua mãe. Ela precisava encontrar o padre. Decidiu ser Marta se aquilo significava encontrar a água benta, então lentamente virou a maçaneta, a madeira estalando contra o vento que batia nas janelas de vidros manchados.

O corpo do outro lado da porta, tão diferente do seu e ainda assim tão familiar. Quadris morenos, bunda morena, ombros quadrados com uma pequena corcunda nas costas e uma cicatriz grossa atravessando o dorso como um rio. Como se a bonita tivesse sido cortada em duas e uma criança desajeitada a tivesse colado de volta. Havia algo de incomum no jeito que as costas se curvavam para o lado, reclinando-se no parapeito da janela, uma leveza, como se fizesse aquilo todos os dias e não fosse grande coisa. Alba ficou testemunhando uma rotina que estava muito longe da que ela imaginava para as freiras. Só um adorno de cabeça decorava aquele corpo. Um pano de fundo que ainda mantinha o corpo da freira sagrado, escondido de algum jeito, mais perto de Deus. Alba queria julgar, largar qualquer versículo da Bíblia condenando a freira, mas não conseguia parar de olhar aquele corpo. Ela se concentrou nas mãos, ásperas, másculas, segurando um cigarro com dois dedos, como ela via os homens fazer. Dios mío. Mi Dios. Uma freira nua fumando na janela, outro fodido levou tiro lá fora, e tudo o que ela conseguia ouvir era o cha-cha-cha son y ton de um vallenato. Y dice

> *Pasó volando y no ha cantao*
> *Porque lleva el pico apretao*
> *Pajarito resabio*
> *Suelte ese beso robao*

A freira sacudiu a cabeça em desaprovação, fez sinal da cruz no ar, depois continuou tragando o cigarro. Alba ficou atrás na sala, escondida atrás de uma arara móvel com batinas coloridas grosseiramente penduradas, e um Jesucristo, um Santo Tomás e uma Maria em tamanho real formavam um semicírculo em torno das batinas. Era o esconderijo perfeito. Ela podia ver a freira por uma abertura entre as batinas perfumadas de incenso.

Alba foi tomada pela vergonha de olhar uma freira pelada, mesmo que ninguém explicitamente tenha dito para não olhar freiras peladas, mas freiras sempre cobriam o corpo inteiro e rezavam, lavavam os pés dos pobres e esfregavam vickvaporú, como a Irmã Yamira fazia por sua mãe. Freiras não fumavam na janela. E garotas como ela não ficavam olhando freiras fumando peladas na janela. Ela tinha coisa melhor pra fazer. Ainda assim. Papi disse que ela não era mais uma señorita e, de todo modo, ele não estava lá, então ela podia olhar se quisesse. E ela o fez. Nunca em seus quinze anos de existência essa cartagenera tinha visto um corpo adulto pelado tão de perto, nem o próprio. Ela estava quebrando muitas regras, as regras implícitas. Silenciosas, sempre silenciosas e burras. O mais perto que ela chegara de ver um corpo foi quando María e Carlos mandaram ver em *La Salvadora*, mas mesmo nas radionovelas as descrições eram narradas meio sem jeito, como "*e eles apaixonadamente estavam fazendo aquilo*".

A freira tossiu. Alba queria congelar aquele momento. Ou ao menos tirar uma fotografia. Esse corpo nu era um presente que ela queria inspecionar detalhadamente. Ela ficou pensando em como era a buceta da freira, e os sovacos, e o ânus, e o dedão do pé direito. Queria nadar no corpo da freira, inspecionando cada fenda, canto, cada cicatriz e pinta. Queria sentir seu cheiro, remover sua touca, depois sentir seu cheiro novamente. Queria tudo. Queria tanto que podia até sentir a textura da bunda da freira em seus dedos, os furinhos de celulite cobertos de pelos invisíveis. Ela queria beijar esses furinhos.

Alba fechou os olhos. Versículos da Bíblia pairavam a seu redor, Irmã Inés na escola, sua mãe, as radionovelas — mas o desejo era maior do que tudo aquilo junto. Maior do que a bússola da moral, as aulas de ética, a catequese, a aula para señoritas. Um turbilhão obscuro dentro dela, a escuridão que ela conhecia de sua solidão, o anseio pelas telenovelas, a escuridão quase palpável agora. O macio corpo bento foi certamente enviado por Deus, a freira era sagrada, e Diosito sabia o que estava fazendo. Não é preciso questioná-Lo, o Senhor trabalha de maneiras misteriosas. Amém.

Foi aí que ela notou os sapatos. Os sapatos pretos familiares.

Sapatos pretos gastos com uma fivela prata desbotada nos pés da freira, os mesmos sapatos bizarros que visitaram sua casa todas as semanas pelos últimos, não sei, uma eternidade. Os sapatos que pediam por água fervente, se ajoelhando ao lado de sua mãe, rezando por ela. Os sapatos pretos gastos que, bem naquela manhã, enxugaram os braços e o pescoço suado com um pano de prato que Alba ainda precisava lavar. Puta merda, mi reina. *Ay juemadre* está certa. Irmã Yamira em toda a sua glória de como Diosito a trouxe ao mundo.

Ela poderia ter gritado contra a indecência da freira, afinal de contas, a porta não estava trancada quando Alba entrou. Ela poderia ter esperado Irmã Yamira se vestir, poderia ter atirado um hábito para ela, exigido explicações. Nada do que aconteceu. Por quê. Alba não sabia que podia se sentir assim. Por quê. A escuridão ainda retumbante.

Uma vez ela me mostrou a única fotografia que alguém possuía da Irmã Yamira. Era a festa de dezesseis anos de Alba, um pouco antes de se casar com Don Fabito, o homem seguinte a entrar pela porta; há flores e bolo e vestidos de renda pomposos. Irmã Yamira no canto da mesa, tentando olhar para Alba por cima da multidão enquanto Alba apaga as velas. Os braços nus de Irmã Yamira. Alba guardou a fotografia porque a lembrava daquela época em que sua escuridão a devorou, uma explosão de piñata que a deixou exausta e sobrecarregada.

Alba deixou um bilhete do lado de fora da porta: *Irmã Yamira, eu vim para pegar água benta, mas você estava ocupada. Volto amanhã. Alba.*

Capítulo catorce

Milagres são bênçãos sobrenaturais sagradas que caem dos céus no colo do escolhido sem aviso prévio. Bam, pernas novas. Bam, compras. Bam, La Tata se levanta do sofá. Bam, um dia de cabelo bom. Bam, sua mãe cozinha algo que não frango com mostarda para o jantar. *¡Milagro! ¡Arriba Cristo!* Às vezes, milagres são previsíveis, como quando Mami rezou durante o nosso voo de Bogotá, resmungando merdas sem parar até que o cara da alfândega carimbou nossos passaportes com *estadia de seis meses* e aleluia, o Senhor atendeu às preces da Mami. Milagro de Dios. Milagros, por todos os lados. Um milagre é também o jeito de Deus dizer que algo é certo para você, é a ñapa de Deus, o McCombo divino gigante e gratuito. Sempre bom, na vontade de Deus, alinhado com Deus. La Tata pulando o programa de Don Francisco? Um milagro. Mami pegando turnos extras para entregar panfletos? Um milagro. A Euzinha Aqui recebendo Jesucristo no coração? Adivinhe, cachaco. As pessoas se sentem ultraespeciais quando recebem milagros, uma conexão mais forte com O Cara Lá de Cima, um sim de Papi Dios, um sentimento de que nem tudo está perdido, de que há sentido nesta vida para além da materialidade dos corpos. E ainda assim. Sempre queremos mais. Sim, passar tempo com Wilson parecia um milagro, mas será que era efêmero? Mami queria mais de mim, uma certeza de que esse lance novo com Wilson nas últimas quatro semanas era sólido, que havia comprometimento, possivelmente amor, que ela podia respirar fundo e se concentrar em se perder em si mesma novamente.

Ela não dizia na minha cara, mas a ouvi ao telefone contando a tia Milagros que finalmente poderia dormir em paz, pois eu estava com Deus e com um menino. Um verdadeiro milagre. Mami deixava o Wilson ficar lá em casa o tempo que ele quisesse, quando, em Bogotá, os garotos que vinham me ver podiam ficar só uma hora antes de serem chutados para fora da sala de estar. Agora até fechávamos a porta do quarto sem nada mais do que um gesto de *cuide da sua virgindade* da parte de Mami e nenhum interrogatório incessante depois que ele saía. Até Lucía nos deixava em paz, o que me levava a pensar que esse era o plano de mestre da Mami — que ela tinha convencido Wilson a me namorar, pagava-o por baixo dos panos, ou implorou à Xiomara para manipular seu filho a gostar de mim. Mães são capazes de destruir mundos, o mundo, se quiserem. A minha definitivamente sabia disso. ¿Y por qué no? Eu era uma solteira de dezesseis anos, afinal de contas, recém-unida com Jesus, aprendendo sobre o meu relacionamento direto com Ele etc. Sem graça, pálida, peluda, com pelos crescendo onde ninguém devia tê-los, mas ainda assim eu era jovem, tão jovem, estava vulnerável, tão vulnerável, ainda de jeans, mas agora de camisetas brancas propagandeando meu amor jovem pelo Cara Lá de Cima e, sim, Mami linda, essa planície era toda cristã, toda aleluia e nada de cigarros, nada de delineador. Eu era a prova de que a vida em Jesus de verdade nos vira do avesso. Olha pra esse novo armário. Garotas como eu eram carne nova na igreja. As mães corriam para procurar garotos para namorar com a gente, grupos de igreja para fazer parte, posições de liderança para ocupar, maquiagem para remover, calças para trocar, bebidas para jogar fora, virgindades para remendar, corpos a serem costurados como novos.

Novas eram as mãos magras do Wilson.

O jeito como apontavam para mim quando ele me apresentava com as palmas para cima, mãos abertas, esta é a Francisca. Envolvi as mãos dele com as minhas em um pequeno casulo e as cheirei. Elas tinham cheiro de colônia velha, mas forte, e eu tentava me lembrar disso quando as shekinas me olhavam torto. Tentava segurar nas mãos dele, empurrando Carmen para longe da minha vista. Ficava pensando se alguém havia contado a Carmen. Elas deviam ter contado, certo? Se ela descobrisse que Wilson e eu agora dávamos as mãos. O que ela faria? Voltaria? Ela voltaria? Berraria? Ela me escolheria? Sim?

Eu sabia que cochichavam sobre a gente na igreja. Não só as garotas, mas os garotos e seus pais. Todos com suas opiniões estampadas na cara. No primeiro dia em que aparecemos no grupo de jovens de mãos dadas, o ar quase se partiu em dois. Carmen e eu costumávamos fazer aquelas reuniões juntas, lembram? Elaborávamos esboços da prédica, passeios cristãos, as tarefas de divulgação. Eu passava para ela os marcadores, as Bíblias pequenas. Comprava água para ela e a observava rezar. Agora Wilson e eu assumíamos o dueto da liderança, só que dessa vez o bonito precisava se certificar de que todos soubessem que estávamos namorando. Como parte da congregação da Iglesia Cristiana Jesucristo Redentor, todos os relacionamentos românticos devem ser divulgados imediatamente, sobretudo os relacionamentos entre adolescentes. Está declarado no nosso caderno de exercícios. Francisca es mi novia, ele disse às cabeças que faziam sim. Que seja. Eles estavam me julgando, nos julgando, porque havia dois meses Wilson estava babando na Carmen e agora olhe para o jovem com a versão inferior pálida e herege de Carmen.

Para ser franca, algumas pessoas na igreja ainda acreditavam que eu fingia ter me convertido. "Algumas pessoas" quero dizer Paula, espalhando fofocas de que ela tinha visto minha versão satânica fumando e que agora eu era uma jezebel que roubava o homem das outras. Alguns assentiam, outros olhavam de soslaio, Paula ria de um jeito esquisito, mas apenas passei adiante as páginas do *Jesus Es Vida* do dia. *Porra de juventude cristã idiota. Mi vida, você não sabe onde está se metendo.* Eles não confiavam em mim. Wilson? Ele era imune aos xingamentos de *zorrita, putica.* Garotos podem fazer o que quiser, mesmo os cristãos.

Eu me importava. Mas também queria o peso dos braços dele a meu redor o tempo todo, o jeito como procurava por mim no fim do culto e como seus olhos se acendiam. Eu nunca mais queria ficar sozinha. Queria Jesus e Wilson na mesma cama de conchinha comigo para sempre, de modo que eu tivesse alguém que me tocasse. Alguém que perguntasse se eu queria ketchup no hambúrguer, se levantasse e fosse pegar com um sorriso. *Aqui está, linda.* Wilson precisava de mim agora, me ligava nas tardes, me buscava com sua picape para irmos juntos à Iglesia Cristiana Jesucristo Redentor, sua mão nunca deixava a minha perna esquerda. Toda vez que eu via a mão dele, a perna de Carmen aparecia como uma miragem, e eu ficava olhando a mão magra do Wilson, lá no fundo querendo que o corpo que dirigia fosse de outra pessoa. Às vezes parávamos no 7-Eleven, e ele me comprava Skittles, e eu deixava a mão dele chegar mais perto da minha buceta. Só um pouquinho. Nem sei dizer o quanto eu amava Skittles. Comprava os pacotes extragrandes no Walmart e devorava tudo até que meu nível de açúcar estivesse tão alto que meus dedos ficavam roxos. Amava tanto Skittles, e Wilson era tão atrapalhado, todo alegre e cheio de boas maneiras, e eu gostava tanto daquele toque. Era tudo ter atenção extra e ficar de conchinha na bunda dura e pequena dele. O que posso dizer, o garoto tinha uma bunda bonita e por trás eu podia fingir que era a de qualquer pessoa. Um minuto era a do Wilson, depois não era. Ele gemia um pouco, como uma garota, e então desmaiávamos na minha cama por horas.

Em uma dessas tardes chuvosas de conchinha, senti a água vindo de novo. Wilson desmaiado dormidito, de costas para mim. Pescoço escuro parecido com o da Carmen, umas sardas e minúsculos cabelos pretos espiralados. Sorri, tomada pela lembrança dela. Querendo relembrar, resgatar o cheiro dela. Nossas rezas até tarde da noite. O teto iluminado pelas minúsculas cruzes fluorescentes. Brincando com os cabelos, inclinei a cabeça para cheirar o pescoço e beijá-lo. A chuva lá fora batucando na janela. Feroz. A chuva carregando certa tristeza. Ou talvez fosse só eu. Senti como se estivesse engolindo a chuva. Eu era um recipiente para a lluvia, um recipiente para a febre tropical que não cederia. Wilson tinha o cheiro dele. Não havia cruzes no teto. Gentilmente beijei a nuca dele, engolindo o oceano.

Mami nos acordou com um copo de achocolatado e um queijo quente. A bonita tinha se segurado todo esse tempo, mas, desde que comecei a namorar Wilson, ela estava se desfazendo. Eu não queria olhar. Fingi não ver seus olhos inchados, o cabelo oleoso e só a agradeci e comi o sanduíche.

Uma semana antes, eu a flagrei chorando sozinha com a Cristina do *El Show de Cristina,* na TV. Mami não era de chorar profusamente, ou se jogar no chão, ou berrar quando estava chorando. Seu choro era orgulhoso e quieto, quase indistinguível. Ela chorava assim, estoica, sem se deixar exagerar e, é claro, secando o delineador e segurando um lencinho de papel pelo amor da vida. Se não fosse pela bola de Kleenex em seu punho apontando para seus olhos, eu não teria aquela imagem agora fixa na cabeça: Mami no sofá florido manchado, pequenas bolas de lenço de papel a seu redor. Um jardim de flores tristes. Eu não queria pensar no que poderia haver de errado com ela, ela queria que eu perguntasse? Pensei que a minha cristandade e o envolvimento com Wilson nos trariam bênção. O que mais ela queria? Seria o cabelo dela? Três vezes ela entupiu a banheira com tufos de cabelo, mas riu do problema. Talvez fosse seu cabelo, saber que para ela o relógio não parou e lá se foi com os tufos de cabelo castanho. Mas eu não queria saber. Não perguntei o que havia de errado, só passei por ela, fui pra cozinha e atirei uma Pop-Tart na torradeira. E, bem assim, enfiei o queijo quente goela abaixo, enxuguei o achocolatado e saí com o Wilson para dar umas voltas de carro pela vizinhança e pelo lago.

O que houve com a sua mãe?

Nada. Ela tá perdendo cabelo, só isso.

Bem, ela rezou por isso?

Odiava quando outras pessoas viam o que estava acontecendo dentro da nossa casa. Nem Pablito sabia sobre as latas de Sprite de La Tata ou sobre a nova tristeza da Mami, ou sobre Lucía sendo Lucía, o que já era problema o bastante. E agora Wilson, olhando para os nossos trapos sucios, e se isso fosse brochante? E se ele pensasse que estaria melhor com uma garota cuja mãe não chorasse e tivesse uma geladeira cheia? Peguei a mão dele e a coloquei bem onde minha coxa começava.

Estacionamos de frente para o lago e ficamos vendo latas de Coca e brinquedos decapitados boiarem na superfície. O carro estava sem gasolina, então tivemos que ficar lá com as janelas abertas inspirando o ar natural, uma rara ocorrência em Miami. A menos que estivesse na praia, não havia razão para se torturar respirando ar natural quando o ar-condicionado era perfeitamente capaz de lhe dar a mesma qualidade de oxigênio com um toque seco e refrescante. Mami disse que Carmen estava voltando para nosso grande culto Navidad en Jesucristo. Imaginei Carmen nos observando do outro lado do lago e não tinha certeza sobre com quem ela ficaria brava. Ela me odiaria ou odiaria o Wilson? Vejo Carmen nadando pelada no lago, suas tetas apontando para o sol, mergulhando fundo na minha direção. Faço uma trança em seus cabelos. Ela implora que eu abra a porta para que ela possa entrar na camionete com a gente, depois empurra Wilson para fora do carro e sai dirigindo comigo. Nós vamos para South Beach, estacionamos o carro perto de um depósito. Ela suga o meu pescoço deixando marcas enquanto sussurra que sou dela. É claro que acordamos cheias de roxos.

Pero cachaco, Carmen provavelmente pegaria o Wilson. Ela o perdoaria, *me* chutaria para fora da camionete. O bonito nem pensaria duas vezes. Não me entenda mal, eu sabia que ele gostava de mim, ele gostava, mas eu não era burra. Toda vez que Carmen era mencionada, os olhos dele lutavam, e eu me sentia uma velha esposa que sabe da traição do marido, mas ainda assim quer que ele venha para casa para lhe dar um beijo de boa-noite. Encarei Wilson, e ele sorriu. Deixei-o pôr a mão na quentura da minha virilha e desabotoar meu jeans. Ele pareceu relutante, então abaixei a calça. Ficamos em silêncio por uns minutos enquanto ele olhava para a frente, depois para minhas coxas peludas.

Wilson, por dios, não vou contar nada.

Isso é muito errado, Francisca. Você sabe disso.

Ela sem dúvida o escolheria. O grupo de jovens ficaria satisfeito. Dariam uma festa pra eles com balões e um bolo arco-íris de amor e não me convidariam porque esse amor era pra ser.

É muito errado, mas não vou contar nada. Eu prometo. Carmen está voltando em um mês, você sabia?

Eu queria uma reação. Queria que ele me amasse, me desejasse, me fodesse.

Havia dois tipos de garotos cristãos na igreja: os pelaos frígidos, que nem tocavam no pinto e rezavam para Deus genuinamente, e os machitos, que batiam punheta com revistas, ficavam olhando as tetas das shekinas e rezavam para Deus. Deus é misericordioso, Deus perdoa. Wilson era do segundo tipo. Eu sabia disso. Aquela ginga estranha, sem contar que eu já o tinha flagrado olhando para os peitos da Carmen. Deixei que ele me beijasse, porque o machito era flexível e agora ali estávamos, minha roupa íntima feia de menino mostrando minhas pernas não depiladas e aquela única cicatriz que atravessava minha coxa direita.

Segurei as mãos dele enquanto pensávamos em Carmen.

Antes que ele pudesse responder, coloquei a língua dentro da boca dele e fiquei brincando como uma minhoca numa caverna. Eu beijava muito mal aos dezesseis anos, e ele também. Ele apertou meus peitos como se fossem bolinhas antiestresse, e me convenci que merecia aquilo. Merecia ter um namorado desajeitado, merecia as unhas não cortadas dele arranhando minhas tetas e merecia o amor dele por Carmen. Nós dois merecíamos não nos amar. O pau dele estava duro contra a minha perna. Com a mão quente, ele dava tapas na minha buceta de leve, tapa, tapa sobre a minha roupa íntima de menino, tapa, tapa, e gemi um pouquinho. Fizemos aquilo por vinte minutos até que eu forcei dois dedos dele para dentro.

No caminho de volta, fiquei pensando no quanto ele pensava nela. Carmen e eu não éramos parecidas, mas aí, de novo, o que o Wilson entendia sobre diversidade de corpos de mulheres? Nada, mi reina, cero pollitos. Ele me lembrava um poodle todo sedento por sexo, pronto pra trepar a qualquer minuto. Rapidamente, ele se esqueceu do *Vós não deveis deitar-vos com uma mulher não casada* e se deitou com uma mulher não casada que se passava por sua maior *crush*. *Nossa* maior *crush*. Uma lata aberta de minhocas, de dedos nadando pelas coxas e barriga.

Passamos pelo Publix, Pollo Tropical, a casa dos pastores. Passamos por mulheres em cadeiras de balanço bebendo cerveja, velhos mijando na rua, quatro *outdoors* de *¡Descuento! Cirugía Plástica en Minutos!* O céu limpo e azul como as minhas veias. Nenhuma nuvem, nenhuma gota d'água. Toda aquela água agora dentro de mim, me preenchendo como uma piscina, se recusando a sair. A beleza do céu era depressiva pra porra e me deu vontade de chorar. Brinquei com os cachos de Wilson, sentindo os carocinhos de acne no pescoço dele, até que ele encostou o carro e sugeriu que rezássemos.

¿Ahora quieres orar? *¿Ahora?*

Acho que deveríamos pedir que Jesucristo nos perdoe. Vai levar só um segundo, vamos lá, amor. Vamos fazer isso juntos.

Só porque ele me chamou de *amor.* Amor. Amorcito. Eu costumava dizer *amor* na frente do espelho quando tinha doze anos, fingindo que era o meu amante chamando, *amorcito divino,* então me agarrava com meus braços até ficar com roxos bem escuros.

¿Y tú crees que Dios nos va a perdonar?

Ele não disse nada.

Wilson, então isso significa que não vamos mais fazer isso?

Coloquei a mão no pau dele para tranquilizá-lo. Patos grasnavam em torno da camionete, bicando os pneus, alguns até batendo a cabeça na porta.

Esses pássaros são tão nojentos, eu disse a ele.

Pero mi amor, eles também são criaturas de Deus.

Vamos lá, por favor, não me diga que você não acha esses patos nojentos.

Ele tirou minha mão do pau dele, beijou-a, depois perguntou quando exatamente Carmen estava voltando. Nenhum de nós sabia.

Havia rumores na igreja sobre ela: Carmen casou-se com um pastor peso-pesado e se mudaria para a costa. Carmen tinha sido encontrada com os pulsos cortados, trabalho do diabo, e agora estava presa em um campo de reabilitação cristão. Carmen, como uma em cada duas garotas da igreja, estava em Medellín para fazer uma cirurgia: um novo nariz. Novos peitos. Um novo cuerpazo. Carmen estava procurando pelos *verdadeiros* pais e os pastores estavam ficando, ay Papi Dios, loquitos. Minha favorita até agora era algo como *Carmencita, ay la pobre, eles dizem que a pastora encontrou-a possuída uma noite com os olhos vazios dançando reggaeton e chorando.* E, por último, é claro, Carmen estava grávida.

Mami tinha largado a bomba sobre Carmen sem qualquer explicação ou datas específicas, e eu podia ver que Wilson estava ansioso para saber. Wilson disse que Xiomara também não sabia. Carmen transformada numa deusa mística do submundo, invisível, ainda que presente, cabelo laranja e pernas grossas, mandando ver com a gente no caminhão. Nós dois desejávamos saber mais, mas não ousávamos dizer nada, só ficamos olhando para a estrada que se alargava, palmeira depois de palmeira explodindo no sol, esperando por alguma pista sobre sua chegada. Essa ansiedade horrível, como se alguém estivesse agarrado ao meu estômago com os dentes, pendurado. Foda-se a Carmen e foda-se aquele sentimento. Que se joda esa nena, eu estava feliz. Procurei a mão do Wilson e disse a ele que tudo bem, deveríamos rezar juntos. A mão fina dele na minha, Oh Jesus perdónanos. Rezamos, e rezamos, e então ele pôs o novo CD do Art, aquele vocalista careca da igreja que secretamente tirou a virgindade de todas as garotas de lá, mas se recusou a casar com elas, aquelas garotas que vinham falar comigo depois do culto, sussurrando no banheiro, porque acho que eu parecia com alguém que já tinha feito alguma merda e então roubava testes de gravidez na farmácia para elas. Nenhuma dessas garotas usou camisinha, porque Arturo prometeu um sobrado dourado e um Honda Civic novo a elas.

Eu cantava em alto e bom som. Sabia que Wilson precisava que eu recitasse as preces certas, para mostrar minha retidão de garota cristã. Uma parte dele queria a jeva cristã tanto quanto curtia minhas tetas e minha buceta. Eu entendo. Precisava que ele ficasse de conchinha comigo, me comesse com os dedos, orgulhosamente desfilasse comigo por aí durante o culto, como se eu fosse um poodle caro, me levasse de carro até o lago e para longe da minha casa e me dissesse amor, amor, amor de novo e de novo na minha orelha.

— • —

Y Francisca, ¿cómo está Wilson?

Esse é o jeitinho da Mami. Não *Como está o seu relacionamento, como você se sente com relação ao seu novo namorado,* no señor. Como está o Wilson.

Ele tá bem, Ma.

Me passa o frango, disse La Tata apontando com a boca suavemente para o frango na mostarda.

Lucía e eu enfiamos o garfo no nosso frango, circulamos o prato com ele. Ela até tentou guardá-lo dentro das calças, mas não cabia mesmo. Ela me viu olhando, mas la chiquitica não se importou — manchando suas calcinhas de algodão roxas com mostarda. Como se a Mami não fosse ficar sabendo. Quem é que lava sua roupa íntima, niña?

Não brinque com a comida, Francisca, Mami disse enfiando outro pedaço na boca, mastigando sem pensar. No modo automático, Mami fazia sua mágica comum na mesa do jantar: rezar antes de comer, comer enquanto Art cantava "Contigo Señor", tire os cotovelos da mesa, Lucía, não faça barulho pra tomar o juguito de guayaba; Francisca, não coma de boca aberta. Essa merda energizava a Mami antes. O poder da maternidade aqui mando yo hijueputas e bum bum bum. Logo que chegamos aqui, a bonita apontava para as coisas, exigia ação, a casa se estruturava em torno dos Princípios de Myriam. Mami era a nossa ditadora e líder. Confiávamos nela para que as coisas se movessem. Ela estava em tudo e, mesmo quando não estava perto de você, era possível ouvi-la atrás de si: *Francisca, nena, é isso mesmo que você vai vestir pra ir à igreja?* Agora não. Seu modo automático estava com a bateria fraca, como naquele comercial da Duracell, em que o coelhinho cor-de-rosa toca um tambor lentamente até cair de lado.

Primeiro de tudo, ela se esqueceu de recitar toda a prece da refeição e só resmungou algo incoerente. Eu disse, Mami, você quer que eu termine a oração? Ela fez que sim com a cabeça.

La Tata já mastigava a comida antes que eu tivesse terminado. Lucía limpando a mancha amarela na barriga.

Y Francisca, Mami continuou, ¿cómo está Wilson?

Lucía riu. La Tata fez a volta na mesa até a cozinha, abriu a geladeira e se serviu de mais Sprite.

Mami, você já perguntou isso para a Francisca, Lucía disse.

O suco de guayaba estava grosso e rosa como vômito. Tinha gosto de vômito também, mas engoli como se estivesse delicioso.

El jugo está deli, Ma, eu disse.

Tá?

Ela não estava lá, mas nenhuma de nós queria trazê-la de volta. Estávamos todas muito introspectivas, nossas peles, carcaças grossas, como pequenas bolas para hamster que simplesmente nos levavam a lugares. Estávamos amarradas por esse fino cordão de sangue familiar que nos obrigava a compartilhar uma casa em tons pastel no Residencial Heather Glen, mas, uma vez lá dentro, migramos da superfície de nossas peles para as profundezas da cordilheira de nossos estômagos.

Lá fora alguém gritou, Albita, muñeca. La Tata olhou para Mami com desgosto e disse que era seu namorado. ¿Novio? Agora Roberto era o novio dela. La Tata provavelmente tinha feito aquilo para irritar Mami, para dar a ela algo do que reclamar. Jogar na cara dela, porque, depois de sessenta e cinco anos, o que ela tinha conseguido acumular na vida? Um museu de fotos velhas, inúmeras latas de Sprite, uma vasta coleção de CDs cristãos en español em um quarto de tamanho médio em algum lugar de Miami. Ou, talvez, ela realmente sentisse borboletas no estômago pelo Sr. Roberto, nosso próprio cubano borracho mamahuevo — como os venecos o chamavam. O sorrisinho de La Tata queria confronto, mas Mami não fez nada. Mami assentiu e depois se virou para mim. Quer mais suco, então?

Eu a deixei me servir de mais suco. Alguma energia estranha e triste pegou nas minhas costelas ao observar a Mami. Queria que ela parasse de ser o centro das atenções com aquela tristeza. Lucía pediu licença, La Tata pegou sua bengala e cambaleou para fora, enquanto Mami me observava con esos ojos tristes, perdidos, ela me observava beber o vômito rosa de goiaba.

Coloquei minhas mãos sobre as dela. Isso era tudo o que eu podia fazer.

Ela virou para mim e disse, Os pastores pagaram o aluguel esse mês.

Assenti.

Tem mais suco, Ma?

Milagros tem outro trabalho arranjado pra mim na Gap. Gloria é a gerente ahí, e Milagros a conhece.

Eu me servi de mais suco. Beberia todo o suco de goiaba nesta e na próxima vida se ela se calasse sobre aquilo.

Nós vamos ficar bem, ela disse. Você consegue imaginar, Francisca, sua mamá trabalhando na Gap?

Eu não conseguia. Para minha sorte, o telefone tocou. Mami atendeu.

Wilson!, ela disse. Sí, acá está Francisca. Fiz sinal para que ela continuasse conversando com ele.

Y cómo va la presentación de Jóvenes para Navidad? ¿Ah sí? Não me diga.

Ela se alegrou um pouco com o Wilson. Para Mami, Wilson era um bom garoto cristão com bons valores, um bom varón para se ter por perto. Quando ela finalmente me passou o telefone, eu disse ao meu namorado para vir passar a noite na nossa casa. Mami ergueu as sobrancelhas. Falei só mexendo a boca, sem som, Mami, ele vai dormir no sofá. Ela mexeu a boca de volta que não gostou da ideia do meu namorado dividir o teto comigo. Eu disse, ele está sempre aqui, dã. Dormir é diferente, ela disse.

Queijo quente mais juguito de goiaba é o que a Mami ofereceu a Wilson. Ele estava jogando futebol com os garotos da igreja, todos usavam camisas de futebol com a frase *Jesus es un golazo* escrita nas costas e falsos colares de ouro com uma bola de futebol com uma cruz cravada. Ele me procurou com os olhos porque, é claro, como qualquer um com papilas gustativas, Wilson odiava suco de goiaba. Você não tem que beber se não gosta, Mami disse. Solo dime. E ele disse. Mami estava de boa com aquilo, não se desintegrou ou se esfarelou no chão. Ela estava melhor do que eu pensava. Ela jogou o juguito pelo ralo e se sentou com a gente para assistir *The Real World: Las Vegas,* na MTV, onde loiras de shortinho jeans pulavam numa cama em forma de coração, bebaças, gritando, ESTAMOS EM VEGAS, VADIAS. Foi o Wilson que pediu para trocar de canal, ele não aguentava aquelas coisas. É, nem eu. Ele trocou de canal para uma reprise de *Caso cerrado.* Eu já não aguentava mais *Caso cerrado* — La Tata adorava aquele programa, mas La Doctora Polo nunca respondia as cartas dela. Agora: duas mulheres de vestidos justos, luzes no cabelo, brincos brilhosos pendentes, você sabe, todo o estereótipo da jeva de Miami.

E lá vamos nós de novo, duas mulheres brigando por um cara. Chato, eu disse.

Mami queria continuar assistindo porque uma dessas mulheres parecia uma paisita que ela conhecia de Bogotá. Tá bom. Depois de uns minutos, ficou evidente que as mulheres não estavam brigando por um cara. La Doctora Polo continuou gritando *¡Descarada! ¡Descarada! ¡Descarada!* Elas tinham um apartamento na Brickell que valia grana suficiente para aparecerem em rede nacional gritando uma com a outra, mostrando tatuagens uma com o nome da outra ao redor de uma rosa bem sobre as tetas. Eu me mexi desconfortável, presa entre Wilson e Mami. As mulheres também estavam *a fim* uma da outra, ou ao menos estiveram. Ambas pareciam estrelas pornôs baratas. Nem La Doctora Polo conseguia acreditar que aquelas duas dividiam um passado romântico, ela exigiu um intervalo comercial. Era demais para ela. Era demais para qualquer um. Nenhum de nós disse qualquer palavra durante o intervalo comercial. Um silêncio pesado e gosmento nos mantendo juntos. Anos depois alguém me contou que as pessoas nesses programas eram atores pagos, mas como as mulheres puderam falsificar as tatuagens? E os vídeos borrados, e as fotos se beijando? Tudo falso, disse. Mas bem aí mandei o Wilson trocar de canal. Ele não quis, Mami também não. Mas essa merda satânica? Às vezes, Francisca, você tem que olhar o mal no olho. Mas eu não queria olhar o mal no olho. Foda-se. Eu estava tentando ser cristã, seguir o Menino Jesus, o que significava ficar o mais longe possível do mal. Toda vez que eu meio que entendia o que era a cristandade, algum cristão mais sábio, tipo o meu namorado ou a minha mãe, introduzia novas ideias que fodiam toda a minha boa racionalidade. Não queria olhar o mal no olho e ponto. Levantei e saí. Estou cansada, preciso dormir, boa noite pra vocês dois. Nenhum deles protestou. Caras douradas iluminadas pela luz da TV.

O ventilador de teto me irritava. Até quando o calor era suportável Lucía tinha que dormir com o ventilador ligado. O som me acalma, ela disse. Que besteira. E, mesmo depois de todos aqueles meses, eu ainda acordava todos os dias com a garganta seca e era tudo culpa da minha irmã.

Deitei na cama ouvindo o vush-vush, esperando que ele se estilhaçasse. Minúsculas lâminas por todo lado, pequenos aviões mortais. Do meu quarto, eu conseguia ouvir a TV. La Doctora Polo perguntou às mulheres se elas se amavam, e só a de vestido roxo justo respondeu que sim, muito. A outra gritou, Tú no me amas, o que você ama é dinheiro concha'e-tu-madre. Uma tristeza iminente transpareceu da mulher de vestido roxo justo. Acreditei nela. Ela estava perdendo seu amorcito em rede nacional e aquilo era uma merda. Se eu algum dia fosse no *Caso cerrado*, seria a garota de vestido roxo justo, embora, em vez de um vestido, usaria uma calça jeans skinny preta e uma camiseta enorme. La Doctora Polo tiraria sarro de mim, *Por que está usando uma camiseta tão estúpida?* Eu tentaria explicar a mudança para Miami, detalhar a Iglesia Cristiana Jesucristo Redentor, explicar minha devoção por Jesus, mas ela só reviraria os olhos. Eu a veria fazer aquilo para as pessoas. A plateia sempre ri, e La Doctora Polo aponta com suas longas unhas enquanto seus olhos se esbugalham. *No puedo con esto, definitivamente esto es un chiste, señora.* Ela iria então apresentar a pessoa que estava me processando. Um vídeo de Carmen usando jeans apertado com strass passaria enquanto ela viria caminhando do fundo do estúdio, passando pelas fileiras da plateia, e ficaria em pé num pódio ao meu lado. Ela estaria lá para brigar comigo. Levaria documentos, fotos, não me olharia, mas, em seu sotaque de costeña, diria, *Ajá Doctora Polo muy buenos días.* Eu imploraria a Carmen para parar aquela coisa sem sentido. Eu a chamaria de amor: *Amor, por favor, pare com essa coisa sem sentido.*

Você sabe por que está aqui, señorita Francisca?, La Doctora Polo perguntaria.

Não.

Eu realmente não saberia. Mas teria um palpite de que seria porque Carmen queria que eu saísse da vida dela ou fosse para outra igreja ou devolvesse Wilson ao fã-clube dela. Mas não seria por isso que estaríamos ali. Estaríamos ali porque Carmen me amaria tanto. Fotos nossas nos beijando apareceriam na tela, e ela contaria para La Doctora Polo que é louca por mim, mas não pode ser, e La Doctora Polo não teria nem ideia do que fazer porque eu não queria brigar com Carmen, mas Carmen estaria ali para brigar comigo.

Lucía resmungava enquanto dormia. Às vezes gritava, e eu tinha que sacudi-la até acordar. Lucía, estás soñando. Essa noite, ela ria como se alguém lhe fizesse cócegas; com o que estaria sonhando? Eu queria um pouco dos sonhos de minha irmã.

A casa estava na escuridão, exceto pela luz azul da TV irradiando pela sala de estar. Quando saí do meu quarto, fechei os olhos, conhecia o lugar muito bem. Aqui, o que eu chamo de Hall da Fama, fotos felizes de Bogotá, fotos em preto e branco da juventude da Mami, sua crina longa e brilhante tomando metade da foto. O ronco de La Tata reverberava da porta de seu quarto, como uma bola de tênis que vai e vem. Ela era o seu próprio equipamento de som, sua própria orquestra, suas próprias maracas, tamborcito, acordeão. E aquele cheiro particular mesmo a metros do quarto dela: vickvaporú, rum, talco Johnson's. Imagens de Jesus pregado na cruz e uma foto com Roberto estavam coladas com fita na porta. Eu ri. A porta da Mami, entreaberta, a pequena televisão, presente de Milagros, que me dava raiva toda vez que eu via, o quarto dela parecia tão pobre. A cama ainda feita. Quando passei pelo quarto da Mami e entrei na cozinha, eu os vi ainda sentados no sofá, a cabeça da Mami descansando no ombro do Wilson. O braço dele ao redor dela, segurando seu ombro. O pavor fluiu pelas minhas veias. O que. Eles. Estão. Eu não queria que me vissem, mas, quando me aproximei, percebi que ambos estavam dormindo. Ele pôs a mão nela depois de dormir? Mami nunca pediria a Wilson para abraçá-la. Nã-ão, esa no es Mami. Mas, então, mais uma vez, a bonita estava toda desconectada, toda doida, toda de olhos caídos, toda não ela. Mas ela não pediu. Não poderia. Andei pé ante pé até que pude ouvir a respiração pesada de Mami, sua boca levemente aberta. Uma mecha do cabelo de Mami caiu no peito do Wilson, de modo que o cabelo castanho se misturou com a camisa de futebol, parte dele. Havia uma inegável harmonia no sono deles, uma horrível paz que eu queria tanto perturbar, mas não pude. Peguei um pouco de água e fui dormir.

— • —

Na semana seguinte, Wilson me aporrinhou constantemente, mas não quis vê-lo. Precisava de tempo, eu disse. Para quê?, ele disse. Acho que Jesus quer que eu tire uma semana de folga dos meus deveres da igreja, sabe, uma semana para mim. Só uma semana.

Jesus não tinha dito nada sobre uma semana de folga. Para ser honesta, o bendito bonito nunca falava claramente comigo, mas às vezes eu sentia uma repentina lucidez enquanto estava rezando no culto, como quando você se exercita muito e sua mente clareia e você jura que nunca mais vai beber. E fiz aquilo algumas vezes. Como na Colômbia, quando minhas amigas e eu ficávamos acabadas en la Charcutería de la 93, vomitando por todo o estacionamento, nos escondendo no mato com os garotos. Na manhã seguinte, tomando caldo, eu jurava ao mundo pelo MSN, Jamás me vuelvo a emborrachar. Até o fim de semana seguinte — e lá estávamos com Tequimón, calça boca de sino e delineador preto, vomitando em público. Aqui eu não tinha que jurar não beber, isso era passado. Eu rezava e elevava a minha voz no compasso das batidas. E Mami também.

Só uma semana?, ele perguntou. Ainda precisamos terminar a organização do Natal, além disso não consigo encontrar uma boa fantasia de José.

Você viu na Party City?

Dã, amor.

Pensei, *Por que ele não podia só usar sandálias, calça branca e uma camisa marrom? E, também, por que ele estava abraçado com Mami?*

Amor, Francisca. Isso é por causa, sabe, daquilo que aconteceu no lago outro dia?

O que você quer dizer?

Eu disse que precisávamos rezar depois, qué no. Mas posso rezar mais pra você.

Você quer dizer quando eu toquei no seu pinto?

Ele ficou em silêncio. Eu sabia que ele odiava palavras reais para genitais. Fiquei pensando se a Mami soubesse que peguei no pau dele, se ela soubesse sobre os dois dedos dele na minha buceta, ela teria dormido confortavelmente com seu cabelo esparramado sobre o peito dele?

Acho que uma semana de folga está bem. Eu falo para os pastores que vamos tirar uma semana de folga.

Wilson, por favor, não precisa contar pra eles.

Você está me pedindo para quebrar meu contrato com Jesucristo e a minha igreja?

Às vezes, cachaco, às vezes, esse garoto fofo e sua coroa de cachos me deixavam louca. A Estupidez com E maiúsculo.

Sim, é isso que estou pedindo. Por quê *qué*. Você também disse a Jesucristo e à sua igreja que eu peguei no seu pau? Quer que eu pare de pegar no seu pau? Ah, Wilson? Que se dane.

Também é a *sua* igreja, Francisca.

Imediatamente liguei para o Pablito. Eu precisava de interações que não fossem da igreja, precisava saber que pessoas que não eram da igreja existiam. Só para o caso de. E minha melhor aposta de gente de fora da igreja era o perdedor argentino com camiseta do *Star Trek*.

Buenos días, casa Marinelli, como posso lhe ajudar com essa ligação?

Era assim que ele atendia ao telefone. Toda. Vez. Ay Pablito.

¿Qué haces, huevón?

¿Y con quién tengo el gusto?

Pablo, deja la maricada. Vamos nos encontrar perto da piscina.

Estou ocupado agora, Francisca.

Não, não está. O que você tá fazendo? Matando dragões da vida real no seu quarto? Recebendo um boquete?

Não aprecio suas piadas.

Sim, você as aprecia. Vamos lá, me encontre na piscina.

Ele arrastou aquele corpo esquisito até as escadas em torno da piscina, depois se sentou em uma cadeira de plástico perto de mim, usando óculos escuros novos, estilo de tiozão.

E esses óculos?

Ele fez um gesto apontando o sol.

Cara. Mas *isso* aí?

Nem vem, ele disse. Eu já te vi no Publix com sua camiseta *I ♥ Jesucristo* e tudo mais. Helena viu você no Sedano's entregando panfletos no mês passado. Cada vez que eu te vejo é pior. Não achava que você levaria isso tão a sério.

Pablito me dando uma palestra sobre não levar merdas a sério. O mesmo cara que jogava maratonas de *World of Warcraft* e dava lances em miniaturas do Batman no eBay.

Você vai tentar me converter?, ele disse. Quero ver você tentar.

O idiota me provocou. Quem ele pensava que era? Eu não podia sofrer *bullying* do pior perdedor, no que aquilo me tornava?

Você está com ciúmes, Pablo. Cala a boca.

Ele me deu uma olhada com uma cara de *Por que estou aqui?*, mostrando as palmas das mãos num gesto de *Isso é inacreditável.* Eu não queria que ele fosse embora. Não tinha ideia do que exatamente esperava de Pablito, só que ele estivesse ali e não me interrogasse. Para que ele mudasse alguma coisa sobre essa escuridão em que eu nadava. Para que ele dissesse, *Tá tudo bem, vamos nos recuperar.* Olhei ao redor para as palmeiras que balançavam e as latas de lixo como um pequeno altar dos sem-teto. Ele notou. Para um cara, o garoto tinha uma intuição mágica.

Roubei alguns cigarros da minha mãe, quer?, ele disse com um sorriso idiota.

Mas você não fuma, lembra?

Eu sempre posso aprender, certo?

O fino Marlboro Light me chamava para fumá-lo. Meus pulmões se inflando, as mãos relaxando. Eu ainda não entendia o que tinha de tão satânico em fumar. Na sua cozinha, lá em Bogotá, tia Milagros tinha pendurada uma pequena plaquinha de madeira que dizia *No me diga que no fume porque es con mi plata y con mi pulmón.* Concordo. É o meu dinheiro e o meu pulmão.

Bem, não fumo mais, eu disse.

Senti a aprovação de Mami em algum lugar no fundo da minha cabeça.

Ele pareceu desapontado. O cigarro rolava em seus dedos, ele colocou entre os lábios. Como estou?

Como um perdedor que não sabe fumar. Tá virado.

Ele me perguntou como estava minha mãe. Papo real. Como *estava* Mami? Eu não queria que os pastores continuassem a pagar o nosso aluguel, é por isso que Mami estava com a cabeça no ombro do Wilson? O meu namorado se sentia mal por ela? Ele não precisava. Não é problema dele. Isso é golpe baixo, Mami, fazer com que um garoto de dezessete anos sinta pena de você porque não consegue pagar o aluguel. Nunca falamos sobre aquilo, Mami e eu. Quando acordei no outro dia, Wilson tinha ido embora, e ela estava lavando roupa, agindo como se nada.

Mas eu disse, Ela está bem, e como está a sua? ¿Sabes qué, Pablo? Me dá aquele cigarro.

Se Mami podia descansar a cabeça no Wilson, se os pastores podiam pagar nosso aluguel, eu podia fumar um cigarrillo, papá.

Uuuuuy Miss Rebelión, aqui vamos nós. Ele riu. Deixe-me acender para você, señorita. Eles vão te excomungar da igreja por causa disso? Satanás vai subir e fazer festa con a gente agora?

O grupo de venecos mais dois novos garotos porto-riquenhos entraram na piscina sem nos notar, tocando a reina Ivy Queen a lo que da, colonizando metade da área para sentar, abrindo latas de cerveja e enxugando todas imediatamente. Pablito odiava reggaeton, e reggaeton não cristão era proibido na igreja, mesmo que toda a juventude estivesse morrendo por um perreo. As duas jevitas que gritaram *¡Vaca!* para Pablito vinham atrás, usando biquínis que mal cobriam os mamilos, uma delas tinha um livro, e eu tentei ler o título, mas não consegui. Provavelmente era alguma coisa barata de autoajuda, tipo Paulo Coelho. Tão estúpido. Bronzeador escorrendo dos ombros das garotas, e os garotos pedindo que elas se esfregassem uma nas costas da outra, e elas o fizeram. ¡Así! ¡Qué rico!, eles gritavam. Corpos bronzeados brilhando no sol. A garota com o livro veio até nós e pediu um isqueiro. Dava pra ver que ela mal tinha vinte e um ou vinte e dois anos, mas parecia muito mais velha. Eu não conseguia tirar os olhos do pingente do *piercing* no umbigo dela, ela notou e para minha surpresa sorriu. ¿Te gusta mi pircin, pela'a? Não dói, ela disse. Você devia muito pôr um.

Não era venezuelana, mas costeña, mi amor. Acendi o cigarro da garota.

Ela ficou em pé na minha frente soprando fumaça fedida de cerveja na minha cara. Quando tossi, ela riu. Nombe, você tem que fechar os olhos, nunca sopraram fumaça na sua cara? Os lábios volumosos e rachados da Carmen não sopravam fumaça, mas dançavam enquanto ela pregava. O que Carmen diria se ela visse esta otra costeñita soprando fumaça em mim? Pero acá Carmen no tiene voz ni voto, ela foi embora, ela não está aqui, a la mierda con esa nena.

No, nunca, eu disse.

Pablito sentado, pasmo, os olhos castanhos sem os óculos de sol piscando repetidamente. Os amigos da garota jogaram água, ou gritaram, ou fizeram outra coisa da piscina. No sé. Eu só via lábios. Um desejo estranho de agarrá-la me percorreu, de morder seu umbigo e sua boca.

Por que você não faz em mim?, ela disse. Sopra na minha cara.

Mi reina, por favor, me diga por que meus braços se esticaram para segurar os ombros da garota com tanta força enquanto uma onda de fumaça branca voou dos meus pulmões para dentro dela.

Sexy, ela disse. Quer uma cerveja?

Antes que eu pudesse balbuciar uma resposta, Pablito Ao Resgate interrompeu, Perdone, señorita, mas a Francisca é menor de idade e não pode ingerir álcool.

Um garoto berrou da piscina, Andrea ya, métete a la piscina, mi amor.

Pablito cochichou para mim, Ela está muito bêbada.

Gracias, pela'a, ela disse e saiu para entrar na piscina, beijando o garoto com a tatuagem de Che Guevara no peito.

— • —

Tentei chorar naquela semana, mas não consegui. Considerei colocar um *piercing* no umbigo só para mostrar para Andrea, só para irritar a Mami, além disso, talvez a Andrea quisesse passar um tempo comigo na piscina de novo e me levar de carro por aí ou soprar fumaça fedida na minha cara de novo. Talvez eu pudesse ser sua pela'a. Andrea e eu falando merda até tarde, fumando um atrás do outro, deixando a Mami louca, e, quando a Carmen voltasse, ela teria que procurar outro braço direito, outra parceira para panfletar no Sedano's, outra garota para dar as mãos enquanto dormia.

A porta bateu.

Franciscaaaaaaa, Lucíaaaaa, bajen a comer.

Mami chegou em casa do seu primeiro dia de trabalho na Gap às quatro da tarde. Ela tinha saído de casa antes do sol nascer. Eu não queria olhar pra cara dela.

Eu *odeio* Pollo Tropical, podemos comer algo que no sea pollo? Vamos criar asas.

Lucía riu. Eu adoraria umas asas com penas.

Ela cacarejou só para me incomodar. Mami não respondeu. Mami abria e fechava gavetas, pegando os pratos de papel. Mami serviu suco Tropicana em quatro copos de isopor e pediu para Lucía ajudá-la. La Tata pediu primeiro pelos plátanos con bocadillo.

De novo, rezei:

Gracias, Señor, por esta comida que nos proporciona, por favor bendícela y bendice a todos los miembros de esta família. Dale de comer a los que no tienen alimento. Amém.

Amém.

Eu me levantei e procurei um Hot Pocket na geladeira. La Tata me interrompeu, Francisca, hija, sua mãe trouxe essa comida, e é isso que você vai comer. A ver mimi, siéntate.

Frango seco, fríjoles sem gosto, um mazacote de arroz branco. Lucía perguntou para Mami sobre seu dia, e Mami balançou a cabeça e disse que foi ótimo. Contou que viu um jacaré nadando no lago ao lado do shopping de manhã. Mentira! Lucía exigiu todos os detalhes. Eu sabia que ela estava inventando. Mami ficou dobrando camisetas da Gap por sete horas no depósito em Plantation depois de fazer com que todos nesta merda de cidade soubessem que ela tinha sido gerente-geral de uma companhia de seguros multinacional e blá-blá. Cachaco, por favor, a quem ela queria enganar com essa história de jacaré. Myriam por Dios, donde está la clase, donde está el tumbao, donde está la berraquera. Mami estava longe de ser encontrada. Encarei meu prato seguindo a voz de Mami detalhando as escamas verdes ásperas, os olhos negros e penetrantes do jacaré. Lucía era estúpida? Talvez Lucía também tivesse descoberto que Mami mentia, talvez nós tenhamos descoberto, mas olhamos para o outro lado, querendo que sua tristeza e essas mentiras desaparecessem por conta própria. Querendo que nosso bonito e bendito Jesus lidasse com isso, não nós.

Pollo Tropical na mesa do jantar a semana inteira, menos na quinta-feira, quando La Tata fazia carne desfiada e arroz con coco para salvar nossos palatos.

Uma casa cor-de-rosa de fantasmas de galinhas colombianas. Entrando e saindo como queríamos, às vezes nem um *Buenos días,* nem mesmo um *Você comeu, mimi?* La Tata bêbada rindo com Roberto, jogando o dominó que ela comprou na Dollar Tree até tarde da noite porque, *¿por qué no?* Mami desmaiava às sete da noite, então ninguém afastava La Tata das latas de Sprite, de Roberto, de ser amada. A bonita ia dormir borracha pero feliz, murmurando, Nunca se case, mimi. E, também, Si te contara las tristezas de mi vida.

Quando La Tata voltava, eu soltava o sutiã dela. Servia a ela água e dava dois ibuprofenos, beijava sua testa, desejando que estivéssemos de volta em Bogotá, desejando que isso fosse tudo um sonho, que estivéssemos dentro da cabeça de alguém e logo o sonho estouraria como bolha de sabão e estaríamos sentadas na casa de La Tata em Belmira, jogando Pictionary. *Jesus, por favor, estoure a bolha do sonho.* Mas Jesucristo disse que isso não importava. Mesmo se voltássemos, nenhum dos meus amigos em Bogotá me mandava mais e-mails. Eu não entrava no MSN porque, aló, mi reina, era inútil.

Capítulo quince

La mujer que quise me dejó y se fue,
Y ahora ella quisiera volver.
*Qué hiciste, abusadora.**

—WILFRIDO VARGAS

Quando eu tinha oito anos, Mami e eu dançávamos Wilfrido na frente do espelho do corredor de entrada. Dançávamos juntas porque ela era a minha mami, e eu, sua filha, e balançávamos os quadris ouvindo "Abusadora", mão direita no ar, mão esquerda no quadril, y vueltica vueltica vueltica.

Y uno y dos y un, dos, tres.

Y ahora, nena, seu pé esquerdo para fora, pé esquerdo para dentro, pé direito para fora, pé direito para dentro, y vueltica vueltica vueltica.

Marchando na frente do espelho, dançando o melhor merengue da moda *qué hiciste abusadora, qué hiciste,* às vezes Mami até pegava escovas de cabelo para usarmos como microfones: *Ahora sí, te mata la pena, mientras yo gozo con una mujer buena.* Pa'delante, pa'trás, y vueltica vueltica vueltica. Esaaaaa. Ela agarrava minha mão e me girava, depois palma palma palma e, Esaaaaaaaa es mi hija. Essa é minha filha, carajo. Mãos para o alto, mandando beijos para a plateia imaginária. Ay gracias, gracias, muitobrigada. Ela segurava minhas mãos e então girávamos juntas, rindo descontroladamente, girando e girando até que eu pedisse para parar, e ela dizia, Qué, não te ouço. Mami, vou

* "A mulher que eu amava me deixou e partiu/ e agora ela quer voltar./ Que fizeste, aproveitadora." "Abusadora", canção de Wilfrido Vargas, cantor de merengue e trompetista dominicano.

vomitar! Ela me mostrou a capa do CD do Wilfrido, Olhe essa jaqueta de couro, ela disse. E esses óculos de sol.

Eu lembro do cabelo crespo do Wilfrido *tupido tupido,* todo com gel naquele estilo papi, e me lembro de querer aqueles óculos só porque a Mami achava que eram legais. Ele não é uma churrera de homem?

Às vezes em Bogotá, nos fins de semana, ela me acordava, mão direita na barriga, mão esquerda para cima, olhos fechados, passinhos de merengue bem no chão de madeira — A levantarse, Francisca! Eu me escondia sob os lençóis com estampa de dinossauro e só rosnava, querendo que Mami me puxasse da cama para o chão de madeira, até que nós duas estivéssemos dançando bien pegao, sa sa sa, sacúdelo que tiene arena. Pa'un lado, pal otro. Durante os encontros de família e depois que o uísque e as garrafas de aguardente estavam vazias, Mami anunciava a todos, Pere pere pere vocês não viram o que é dança se não viram a Francisca. Éramos um duo dinâmico, dispostas até o anoitecer meneándolo al son del perrito. Lucía se juntava a nós desajeitadamente, mas todos sabiam que era um dueto de Mami e Francisca. Éramos Donato y Estéfano, Marc Anthony y La India. Nunca me sentia mais feliz do que quando via Mami piscando para mim do palco, me chamando com o dedo indicador.

Mami disse que Mariana, a garota que trabalhava na casa de La Tata quando elas se mudaram de Cartagena para Bogotá, ensinou a ela tudo sobre mexer as cadeiras. Ela fazia Mami ficar reta em pé contra uma parede e sacudir os ombros até que conseguissem estremecer sozinhos. Eu praticava em pé contra a parede, mas só conseguia sacudir os ombros por dez segundos, enquanto os de Mami eram um vibrador ambulante. É porque você é cachaca, nena. Cachacos não sabem nada de dança. Por um tempo, eu quis ser costeña. Queria ser como a Mami, sacudir os ombros pela rua até que eu os deslocasse só para mostrar a ela que podia. Então eu ficava na frente do espelho fazendo gestos com a mão dramaticamente, dizendo todas as palavras costeñas que conhecia: ajá, nombe, picao, bololó, animaleja, ajúa, totalmente bacano. Eu jogava as palavras diante da Mami a troco de nada, Ajá Mami o que faremos hoje? Ay sí Mami, totalmente bacano totalmente bacano. Ela agia como se aquilo fosse normal e só ia na minha, nombe pela'a. Eu me lembro de mujeres de bien nos encarando com desgosto no Unicentro enquanto estávamos na fila para comprar sorvete da Mimo, fazendo gestos como os dos homens dos vídeos de vallenato que assistia. Mas Mami não se importava. Ela me deixava fazer a persona costeña e me encorajava. Mesmo quando La Tata perguntou se ela me levaria a um psicólogo do desenvolvimento porque aquilo não era normal, De onde ela está pegando isso? Você ligou pra escola?

Não foi até uma garota da escola me provocar, me chamar de guisa, ñera, índia guajira maluca de classe baixa, e não foi até eu gritar para ela no meio do pátio da escola HIJA DE LA GRAN PUTA GONORREA TE VAS A MORIR, e as freiras me arrastarem pela orelha, que Mami finalmente disse que eu tinha que parar. Ela riu quando descobriu que eu tinha berrado tais xingamentos. Ela é uma criança, Mami disse às freiras. Não vai mais acontecer. Mas eu queria tanto ser como ela.

Sonhei que Mami se balançava ao som de Ace of Base na cozinha do sobrado e eu a acompanhava. Antes de Jesucristo gentrificar seu coração, ela amava tanto "I Saw the Sign" e "All That She Wants" que imprimiu as letras e escreveu a pronúncia fonética em espanhol embaixo de cada verso. Na cozinha, seus braços tentavam alcançar o teto depois caíam abruptamente, pra cima e pra baixo, pra cima e pra baixo, então as mãos esticadas sobre seu coração, *I saw the sign and it opened up my eyes, I saw the sign,* Mami estende a mão, eu pego. Ela me puxa para as lajotas brancas da cozinha, onde frango queima no fogão, até que o alarme de incêndio dispara, mas não nos importamos, em vez disso fazemos a egípcia, dançamos a macarena, depois Mami gira gira gira e puxa tufos de cabelo e grita, e grita, e não consigo ouvi-la porque *No one's gonna drag you up to get into the light where you belong, but where do you belong?* está retumbando, e estou curtindo, e Mami está frustrada, jogando coisas no fogão, contas se empilham na panela, CDs, as latas de La Tata, até que é como se estivéssemos em uma balada do lado de uma máquina de fumaça, danço de olhos fechados, murmurando, *I've wondered who you are, how could a person like you bring me joy?* Mas Mami não para de gritar, não para de jogar coisas e, quando acordei, ela estava no balcão da cozinha tomando duas pílulas brancas da felicidade da nova caixinha de remédio fúcsia que Milagros lhe deu.

Os olhos da Mami amarelados pela luz do sol batendo na janela.

Por que o Wilsoncito não tem te visitado?, ela lentamente ergueu os olhos e me encarou.

Ela tomou mais uma golada de água, depois sorriu timidamente. Nenhuma de nós soubera até aquela semana que Mami tomava aquelas pílulas da felicidade. Ela nos explicou no jantar que as pílulas ajudavam com a enxaqueca. Nenhuma de nós disse nada, mas eu sabia que Mami tomava Excedrin para enxaqueca. Aparentemente, de acordo com La Tata, Milagros sugeriu que Mami precisava de um estímulo de alegria e proveu-lhe com algumas pílulas da felicidade, do seu próprio estoque, prescritas por um médico cubano diretamente de uma garagem, porque ninguém tinha plano de saúde (isso vou aprender muitos anos depois). Pastillas de la felicidad.

Não sei, Ma.

Bueno pues, eu o convidei pro jantar.

Claro que ela convidou.

Tudo bem, eu disse, imaginando *essa* nova Mami moviéndolo al son de Wilfrido, mas não seria possível. Ela tinha jogado fora toda a sua coleção de merengue. O CD do Ace of Base, esse eu tinha escondido em uma das nossas malas.

Ele vai me ajudar a colar cruzes nos chapéus para a apresentação de Natal das mulheres. Además, ainda preciso pegar algumas coisas no Walmart.

Talvez se eu tocasse a música ela se lembraria dos passos, talvez se "I Saw the Sign" aleatoriamente tocasse e aleatoriamente Mami ouvisse, ela largaria tudo e jogaria as mãos pra cima e me chamaria com o dedo indicador.

Buenísimo, continuei. Mas não vou no Walmart.

— • —

Na casa do Pablito, havia um pôster do Che Guevara colado com fita adesiva na janela que dava para a rua. Pablito odiava aquele pôster e me dizia isso toda vez que eu o mencionava, mas seus pais tinham lá suas convicções, e é por isso que a vizinhança inteira os odiava. Não vai ficar mostrando essas merdas esquerdistas no meio dos venezuelanos e colombianos, mi reina. O sol não tirava férias. Laranja, abundando no céu, exagerando completamente, brilhando como se nenhuma noite fosse vir depois. Estávamos presos no Residencial Heather Glen com um eterno sol que nos surrava. Toquei a campainha e depois percebi que não tinha nem ideia do que estava fazendo lá. Pablito não me esperava.

Ele atendeu só de cueca, dava pra ver as queimaduras de cigarro em sua barriga peluda.

Buenas tardes, Francisca, tínhamos um encontro marcado?

Olhei para dentro do apartamento sombrio, a luz vinda da outra janela tingia tudo de amarelo.

Queria contar ao Pablito meus sonhos. Queria alguém para ouvir o que estava acontecendo com a Mami. Para que aquilo não fosse só meu. Queria que a náusea se externasse, que fosse responsabilidade de outra pessoa.

Você tem um cigarro?, a única coisa que consegui resmungar.

Ele grunhiu. Sou seu dispensário de cigarro agora?

Ay Pablito. Eu não sabia como dizer.

Ficamos ali no batente da porta por um segundo.

Mais alguma coisa, Señorita Francisca?, ele tentou fazer graça comigo, mas meu coração já estava longe.

Eu precisava de um lugar perfeito para fumar o cigarro em paz. Passei pela piscina, perseguindo os patos nojentos com bolas vermelhas nos bicos. Patos desgraçados, imundos, asquerosos. Que porra aconteceu aqui, Natureza? Depois de umas quadras, minhas costas estavam molhadas e grudentas. Procurei Andrea e os venecos, mas a piscina estava vazia, exceto por um guaxinim feliz se fartando de lixo. Wilson provavelmente curtiria um umbigo com *piercing*, lamberia a joia, ou talvez os dois, a Andrea e o Wilson, pudessem lamber minha joia. Na frente da Carmen. Ay cómo gozo yo, Mami *morreria*. Ela provavelmente convidou o Wilson depois do culto no domingo quando corri pro banheiro para escapar dele. Ele tinha me dado oi no estacionamento, e eu dei um beijo desmilinguido na bochecha dele, mais para que Paula não suspeitasse e fosse falar merda para as shekinas. Eu esperava que ele fosse ficar todo papi macho pra cima de mim, e eu pudesse revirar os olhos e me sentir machucada e fazer drama, mas ele só sussurrou que gostava muito de mim e sentia falta de dar voltas de carro comigo pelo lago, o que entendi como sentindo falta da mão dele dentro das minhas calças. Eu sentia falta da mão dele dentro das minhas calças também, mas e a Mami?

Nada. Nada de Mami. Isso tinha a ver com o cigarro que eu estava prestes a fumar, isso tinha a ver comigo andando perdida pela vizinhança com meus brinquedos da Fisher-Price quebrados e pessoas velhas nos pátios com máscaras de oxigênio como Darth Vader tomando sol. Buenas tardes. Buenas tardes, mimi, eles respondiam e acenavam. Y uno que outro gringo que também acenaram, que também carregavam seus tanques de oxigênio como uma imensa bolsa verde de lado. La Tata usava oxigênio em Bogotá, pela altura, claro, mas agora, ao nível do mar, seus pulmões tienen un volador por el culo.

Palmeira, palmeira, piscina suja, estrada. Andei e andei e andei, um pé depois do outro, sem ligar porra nenhuma para onde estava indo, sem ligar porra nenhuma para o velho me pedindo um pesito, mi niña, que no tengo nada, hombre, passando por ele e pela senhora das mangas, e por que alguém algum dia se mudaria para um lugar desses?

Porque sí. Porque les toca. Porque Mami fez duas malas. Porque Jesus morreu por você. Porque Bogotá está morta e tcha-nan você tem uma vida nova.

Y como todo en la vida. La hijueputada, na placa de pare, lá estava: a casa de Carmen.

Pendeja que soy, provavelmente só andei em círculos.

Fiquei atrás de uma árvore na rua e acendi o cigarro. Tão forte que olhei para ele. Marlboro Vermelho, é claro. A mãe do Pablito estava literalmente se matando com aquela coisa.

Na porta, estavam pendurados um enorme e dourado peixe cristão e uma pequena faixa que eu não conseguia ver, mas me lembrei exatamente do que dizia: *Nesta casa louvamos o Senhor.* Dentro: o quarto de Carmen. O sorriso falso da pastora quando me oferecia leite com achocolatado, para que Carmen não notasse que ela me queria fora da vida dela, enquanto o pastor, desligado da vida, estalava os dedos, Francisquita! Tão bom te ver de novo, Dios te bendiga, jovencita. Eu podia bater na porta e dizer a eles que deixei um moletom no quarto dela, podia subir as escadas e sentir o cheiro de desinfetante Fabuloso e implorar aos pastores que me deixassem dormir na cama dela. Vou deixar esse lado da cama quente para ela até que volte.

Na metade do cigarro e já sentindo a cabeça leve, flutuando em uma piscina de fumaça e relaxamento e um repentino *Costumávamos cortar panfletos dentro daquela casa.* De chinelos, sem sutiã, cabelo oleoso. Recebi Jesus naquela casa, porque eu queria tanto que ela me levasse por aí todos os dias, porque queria ser vista naquela van branca feia estacionada na frente do meu apartamento e ter arrepios e nadar dentro deles até ela virar pra mim, rindo, e murmurar: pela'a. Sussurrar: pela'a. Gritar: pela'a. Tchau, pela'a. Hasta mañana, Francisca.

— • —

Uma semana depois e Wilson ainda passava tempo na minha casa sem mim, afinal, por que não, se naquela casa ninguém me respeitava? Às vezes eu voltava da casa do Pablito e ele estava lá no sofá dobrando pedaços de tecidos verdes e vermelhos com Mami.

Deveríamos abrir um espaço pra você nos nossos armários?, eu disse a ele.

Francisca! Wilson é nosso convidado. Mami usava uma jaqueta de couro vermelha, saia vermelha, meia-calça vermelha, salto vermelho, batom vermelho, enquanto Wilson colava adesivos de cruzes douradas nos panfletos com a ajuda de La Tata.

Supostamente, qual é seu personagem, Mami?

Como líder, a Mami organizava a presentación das mulheres e tinha um papel principal na peça de Natal.

Wilson respondeu, Ela é a Tentação.

Não brinca, eu queria ter dito a ele.

Tentação?, perguntei a Wilson. ¿Tentación?, perguntei a Mami.

¡Que sí, Francisca, Tentación!, ela disse, se virando para que eu visse toda a fantasia pecadora. ¿Cómo te quedó el ojo, ah?

Na peça de Natal, Mami tentava os bons homens que seguiam Jesus, mas eram desencaminhados para o pecado por uma mulher luxuriosa, no caso, Mami. Esse era seu papel na peça. Ela correu pela sala apontando para coisas vermelhas, marinando frango, ligando para os pastores, Glorita, Zutanita, Fulanita, para que elas não se esquecessem de pegar o isopor para a cabana do nascimento de Jesus. Agora, às vezes, era impossível parar Mami — ela corria por aí como se tivesse um foguete de cocaína no cu e então caía triste no sofá. *Boom.* A semana inteira: Mami elétrica, Mami depressiva. Mami elétrica, Mami depressiva. Às vezes, Mami depressiva durava um pouco mais do que Mami elétrica, mas daí ela dobrava a dose das pílulas da felicidade y estuvo.

Faltavam duas semanas para o nosso Navidad en Jesucristo, e eu tinha decidido ajudar a arrumar a maquiagem e os vestidos das shekinas, porque assim eu não precisaria ensaiar, nem me vestir com roupas vermelhas, eu só apareceria para pintar a cara delas. Feito.

Una muchachita vino a buscarte, Mami disse por cima dos óculos, olhando para mim com desconfiança, ¿Andrea? Sí, Andrea, era o nome dela, creo. Ela deixou o número de telefone, acá mira.

Mami me entregou um pedaço de papel pautado amassado. Quem é essa Andrea? Ambos, Mami e Wilson, me olharam com julgamento como se fossem meus pais.

Una chica ahí, Mami. Conheci outro dia com Pablito na piscina. Ela vai em outra igreja lá perto dos cinemas. Guardei o papel amassado no bolso da calça.

Iglesia Sobre la Roca?

Sim, Mami, essa mesmo.

Ouvi coisas horríveis sobre essa igreja, ela disse.

Eles são todos filhos de Jesus, mimi, disse La Tata, tratando de amenizar a situação. Todos na Iglesia Cristiana Jesucristo Redentor se orgulhavam de si mesmos por pertencerem àquela congregação específica e faziam cara feia para qualquer outra igreja. Não importava se eram cristãos.

Somos cristãos melhores, as pessoas cochichavam durante o cafecito.

Todas as igrejas diferem em pequenas coisas. Por exemplo, na *nossa* igreja, as crianças não podiam ler *Harry Potter* ou brincar com Barbies, porque eram satânicos, enquanto outras igrejas não tinham salsa cristã. Por exemplo.

Mami tomou outro comprimido, e eu disse, Wilson vamos buscar um refrigerante para el almuerzo.

Uma vez dentro da camionete dele, botei sua mão quente e magra na minha coxa. Vamos no lago, eu disse.

Mas e o refrigerante? E a sua mãe?

Fiz carinho nos cachos dele, puxando-os.
Está bien, está bien. Vamos.

Quando eu era uma carajita chiquita chiquitica, Mami costumava me dizer que o meu tesorito era precioso e que ninguém nunca poderia vê-lo ou tocá-lo até que você se case nena, ¿entiendes? Isso fazia eu me sentir como se tivéssemos um segredo nosso, um tesouro enterrado entre as minhas pernas que eu estava destinada a proteger e que somente Mami e eu sabíamos que existia. Meninos podem pedir para tocar o seu tesorito, mas somente las cualquieras, fufurufas, desvergonzadas deixam os meninos tocarem seu tesorito, ela repetiu quando eu tinha onze e, nessa época, respondi, Mami você quer dizer mi cuca? Francisca! Onde foi que você aprendeu essa palavra? Nós não falamos essa palavra nesta casa.

Cuca cuca cuca.

Todos queriam proteger meu tesorito: Mami, as freiras na escola, a mulher do comercial de absorvente, o médico.

Quando eu tinha treze, queria que meu tesorito corresse solto, longe das freiras, longe da Mami, e perto do toque de alguém. Quem fosse. Um coração aberto e pulsante esperando ser amado, mas, em maior parte, acariciado. Em maior parte, fodido. Ou dedado. Como o Wilson fazia. Mas dessa vez as unhas dele estavam longas e, quando ele tirou, seus dedos estavam vermelhos de sangue.

Não se apavore, eu disse.

Ok, ele disse se apavorando.

Ninguém nunca me contou que era possível pôr os dedos dentro do seu tesorito, mesmo durante a aula de "sexo" na escola católica, nos mostravam dois desenhos anatômicos, o de um útero e o de um pênis, e então nos contavam que um ia dentro do outro. Meu tesorito ansiava por outra coisa, mas eu disse a Wilson que naquele dia definitivamente ele precisava cortar as unhas.

Acho que a gente não deveria estar fazendo isso. Ele limpou os dedos com um lenço de papel.

Aqui vamos nós.

Por que eu tenho que acabar com o maior covarde deste buraco de merda? Quantos garotos por aí querendo dedar meu tesorito? Muitos. Provavelmente. Se eles soubessem.

Tá bem, eu disse.

Você tá brava?

Eu fazia este teste mentalmente toda vez que íamos ao lago: se eu ainda sentisse algo quando ele me tocava, então significava que eu gostava mesmo de garotos, mesmo se pensasse em Carmen. E, se não pensasse em Carmen quando ele me tocava, então estaria tudo perfeito.

Olhei para ele de cima a baixo, depois deitei a cabeça no ombro dele. Peguei sua mão e coloquei no meu cabelo.

Consiénteme, Wilson, eu disse.

Ele, desajeitado, fez carinho na minha cabeça, passando os dedos pelo meu cabelo, murmurando preces, beijando minha testa. Fizemos isso por quinze minutos até que eu pensei, *Sim, ok, gosto do Wilson.* Vamos buscar o refrigerante, eu disse.

Quando ele ligou o carro, ele disse, Sua mãe me contou que a Carmen chega uma semana antes. Semana que vem, na real. É verdade?

Era verdade.

AQUÍ VA HABER CANDELA.

AQUÍ VA HABER CANDELA.

AQUÍ VA HABER CANDELA.

Carmen estava voltando, e eu parecia um mosquito com patas. Tipo um zumbi que foi atropelado por um ônibus. Minha pele cinza. Estava mais magra que nunca com olheiras escuras sob os olhos, visíveis mesmo quando aplicava a base da Mami. E mais, meus cachos estavam uma secura da porra, e eu só os prendia num coque. Uma alergia horrível tinha aparecido nos meus braços dias antes, porque a merda do calor nunca dava trégua. Mátame, Jesus. Como eu ia ficar bem em uma semana?

¿Por qué no me dijiste que Carmen estava chegando uma semana antes, Mami?

Se me debió haber olvidado, mas agora você sabe.

Olvidado. Uma pessoa se esquece de dar a descarga no vaso, de comprar papel higiênico. Uma pessoa não ESQUECE QUE A CARMEN ESTÁ VOLTANDO, MAMI.

O que mais Mami sabia? Carmen tinha pintado o cabelo? Estava mais cheinha? Ela disse que queria me ver?

Então Mami disse algo como, pensei que vocês duas estavam brigadas ou que não estavam se falando, mas tudo o que eu podia ouvir era: *Pela'a, pela'a, pela'a.*

Y después Lucía gritando.

Lucía brigando com Mami porque Lucía não é um nome bíblico e ela queria mudar para Safira.

Safira?, Mami gritou. SAFIRA?! Nem por cima do meu cadáver que você vai mudar seu nome para Safira. Eso es puro nombre de puta, Lucía. Não vou, óyeme bien, *não* estou trabalhando este culo todo el día para que você possa sair por aí mudando seu nome para Safira.

Mas aí Lucía começou a pedir a todo mundo que a chamasse de Safira, até La Tata, porque ela não respondia ao nome real, e Mami sofreu como só ela sabia sofrer, mas então se lembrou de que estava deprimida, engoliu uns comprimidos e deixou Lucía ser Safira, mesmo que Mami ainda não estivesse morta.

Peguei o dinheiro que estive roubando e fui à casa do Pablito pedir para ele me levar ao shopping. Como a Mami pôde ter contado ao Wilson, e não a mim? Lo que necessito é alguma coisa fofa, no joda. Uma roupa que não diga *fiquei esperando por você todo esse tempo e estou igual, talvez um pouco mais cinza*. Mas eu não tinha ficado, não.

Antes que eu tocasse a campainha do Pablito, Andrea passou de carro e me ofereceu uma carona. Estava ouvindo Strokes no carro. Eu não ouvia havia meses. Ela usava óculos aviador e uma gargantilha preta.

¿Segura?, eu falei. Meu amigo está me esperando.

Vem, nena, também vou praquele lado. Súbete que não mordo.

Diferente do de Carmen, o carro da Andrea era limpíssimo. Um minúsculo pinheiro ficava pendurado no espelho retrovisor, cheirava muito bem. Nem uma migalha ou absorvente ou Bíblia caindo aos pedaços no chão. Mas bancos de couro que gentilmente abraçaram minhas costas. Ela me ofereceu um cigarro que eu, é claro, aceitei, imaginando se ela iria soprar na minha cara, xingando Mami pelo cheiro de alho com mostarda na minha boca. *Se ela pedir pra eu soprar na cara dela, não vou.*

Você tem chiclete?, perguntei.

Tá na minha bolsa nos seus pés.

Andrea. Perfeitamente bronzeada, pele marrom perfeitamente lisa com pulseiras douradas em cada um dos pulsos tilintando quando ela virava o volante. Cílios pretos grossos e poderia dizer que ela usava lente de contato colorida por causa do repentino relevo esverdeado em seus olhos. Ela me pegou batucando na minha perna. Você gosta de Strokes?

Eu gostava, deixei escapar.

¿Y qué pasó?

Ela soprou a fumaça pela janela. Pensei, *Eu não posso falar sobre isso com você. Amo Strokes, mas você provavelmente riria se eu contasse que agora ouço soft rock cristão e alguém chamado Art.*

Só enjoei um pouco, eu disse. Mas ainda gosto.

Ela aumentou o volume, todo o volume. Uma vergonha pavorosa se empoleirou atrás da minha cabeça, porque eu tinha perdido Strokes, porque Carmen estava voltando e lá estava eu no carro de Andrea impressionada com sua pele lisa.

Yeah, it hurts to say, but I want you to stay
Sometimes, sometimes

Passamos pela ponte e entramos na autoestrada enquanto o sol laranja borrado fazia um degradê no Everglades à nossa direita. Sombras cortaram Andrea em duas. Seus lábios carnudos metade rosa, metade magenta, cantando "Someday" com um sotaque terrível, pior que o meu.

Promises, they break before they're made
Sometimes, sometimes

Eu podia ficar olhando para ela sem que me notasse, o que eu fiz. Não entendia por que ela estava me dando carona, tudo o que ela sabia era que eu era uma adolescente qualquer cristã burra de aleluia. Ela olhou para mim, sorrindo, mostrando os grandes dentes brancos. Os dentes da Carmen eram tortos, mas eu achava que aquilo fazia dela alguém único. Mas o jeito que Andrea ria e suas coxas, Dios mío, como as da Carmen, eu tentava não olhar seus peitos, mas era impossível, o contorno do sutiã mal se escondendo sob aquela regata surrada. Minha buceta começou a pulsar, e procurei o sol.

Eu já te vi por aí, ela disse conferindo minha reação. Numa van branca sempre com a mesma pessoa. ¿Ella es tu novia?

O céu se arroxeou nas bordas. Senti o holograma de Carmen sobre mim e fiquei imaginando se Andrea também o tinha visto. Era o jeito que eu segurava o cigarro? Era o jeans skinny? Por que ela pensaria que eu tinha uma namorada? E ainda mais Carmen, que, de todas as pessoas, nunca pareceria uma possível — eu me mexi desconfortavelmente no assento, soprando a fumaça com tanta força que me cuspi.

Nena, é só uma pergunta. Ela riu. Tranquila, ela não é sua namorada, entendi.

Um sentimento de vazio bateu no meu estômago, como alguém batendo de dentro para fora nas minhas costelas. Estava soterrada de vergonha. Não podia acreditar que era tão óbvio. Não que Carmen fosse minha namorada, porque, até onde eu sabia, ela nem se lembrava do meu nome.

Ela não é, eu disse, uma vontade da porra de chorar.

Andrea disse, Vamos mudar de assunto. Mas, cachaco, o assunto se recusava a mudar, a ir embora, o assunto era uma flor carnívora rosa crescendo da minha virilha para todas as extremidades do meu corpo e me inflando como um balão, e eu também sentia, sentia a flor comendo meus pés, as mãos, o umbigo em que eu tanto queria fazer um furo. Sentia a flor canibal rosa subir para a minha garganta e flutuei para longe, para fora do carro impecável sem garganta nenhuma, sem mãos, sem umbigo, sem pés, e flutuei como um balão fora do Toyota preto, subindo, subindo, até que tudo o que eu podia ver fossem estradas cinza com trechos de terra verde, água verde, um filme de dor permeando todas as coisas, y por allá a lo lejos nossa casa y al lado da casa La Tata e Roberto dividindo uma cerveja, jogando dominó, se beijando de língua, y detrás da casa, Lucía evangelizando uma pequena multidão de patos com um microfone e uma caixa de som y al lado de ella Mami deprimida colando cruzes, engolindo comprimidos, descansando a cabeça no ombro de Wilson, y más adentro la Iglesia Cristiana Jesucristo Redentor y diagonal a la iglesia a casa de Carmen com um placa de *Bem-vinda ao lar* y entre las palmeras Jesus me mostrando o dedo do meio.

Antes de me deixar, Andrea parou o carro na frente da piscina e disse que não teve a intenção de presumir nada sobre mim. Eu sei. Ela tinha me dado carona porque parecia que eu tinha cérebro.

EquantoaoseunamoradoidiotacomtatuagemdoChe-Guevara, eu quis dizer, mas não disse.

Esse lugar é uma merda, ela disse.

Balancei a cabeça concordando.

Depois ela ficou toda nervosa e admitiu que uma vez teve uma namorada em Santa Marta que parecia muito comigo, sabe, bem magrinha e perdida, mas ela sabia das coisas. Y tú me acuerdas tanto a ella. Olhei direto para a frente, os patos brigavam por um saco de Doritos. O pato vencedor não tinha um olho. Então Andrea tocou meu braço, deixou a mão ali por alguns segundos e disse, Pero no quiero que pienses que estou dando em cima de você. Não estou. Podemos ser amigas. E lá estava: minha buceta pulsando como a porra de um tambor de novo.

Os pastores já tinham voltado havia duas semanas quando anunciaram a chegada de Carmen a todos naquele domingo. *¡Gloria a Dios!* Vivas se avolumaram. As shekinas se levantaram erguendo os braços e um *¡Gloria a Dios! ¡El Señor es vida!* em uníssono. Art dedicou a alabanza à filha de Jesus voltando ao seu rebanho de ovelhas. *¡Gloria a Dios!* Enquanto isso, o líder da juventude Wilson elevava os Jóvenes en Cristo com preces, porque nossa líder estava de volta, sana y salva, para trazer mais santa sabedoria à congregação.

Ela é uma nova mulher, a pastora disse com orgulho. Uma mulher com um recém-encontrado amor por Deus e pela vida.

Amém, hermano. Amém, hermana. Y todo el mundo batendo palmas, y La Tata balançando com sua bengala, y Mami a ojo cerrado, com a mão no coração, outra mão para o céu, y Lucía explicando que agora atendia por Safira, entregando panfletos na entrada com todas as informações sobre nosso Navidad en Jesucristo, y Euzinha Aqui saindo e indo ao banheiro, se trancando numa cabine.

Paula estava lavando as mãos quando abri a porta. Ela me olhou pelo espelho, mas não disse nada, depois riu.

¿De qué te ríes?, eu disse.

Nada, nada.

Tinha uma energia que inflava e pulsava em mim. Um alívio aberto em não me importar com merda nenhuma. *Vamo lá, perrita*. A ver.

Eu quero saber. É o meu cabelo? Tô com meleca? A ver.

É que, você sabe, la dichita esa com Wilson já vai acabar.

¿Ah sí? E por que você acha isso?

Francisca, por favor, ela disse colocando as mãos no quadril de um jeito que dizia *dã*. Nós duas sabemos que Wilson se muere pela Carmen. Você é o segundo plato, por enquanto, até Carmen voltar.

Esta perra de mierda.

Ela não esperou que eu dizesse alguma coisa, só deu a volta e saiu. ¡Vamos a ver!, eu gritei depois que ela fechou a porta. *Laremilputaqueteparió.*

Wilson foi conosco na van para nossa casa. Eu nem me importava mais. Ele estava me dedando, com um braço ao redor do ombro da Mami, mas, de acordo com Paula, a Carmen mal podia esperar para pular no pau dele. Ou o que fosse. O putinho. Quem diria, um garoto tão desastrado. Um papi completo, na verdade. Parabéns.

Mami perguntou se ele estava animado com a volta de Carmen. Muito, ele disse sem me olhar. Ela é uma ótima líder da juventude, Mami continuou. Vocês devem estar com saudade dela.

EU SINTO SAUDADE DELA, MAMI, EU. Pero tú ni siquiera fuiste capaz de me contar primeiro que ela estava chegando uma semana antes. Mami sabia que eu sentia falta da Carmen pero se hizo la loca. Por quê, Mami? Antes que o Wilson pudesse elaborar, eu me surpreendi falando em voz alta, Eu sinto saudade dela.

Todos assentiram em silêncio.

La Tata e eu assistimos *El Show de Cristina,* enquanto Mami e Wilson preparavam as flores de papel para a dança das crianças. Havia poucos meses, Mami teria reclamado, se estatelado numa cadeira com um olhar de mártir estampado na cara e criado um espetáculo inteiro porque ninguém a ajudava. Que cómo era posible, que ella no había venido hasta Miami para esto, que aquí nadie ayuda.

Não agora, mamita, não agora. Ela sintonizou em algum ritmo monótono e estranho do seu corpo que a deixava tocando uma única nota repetidamente. Tipo como se alguém tocasse o mesmo acorde no piano, tan-tan, de novo e de novo. Esta é a Mami cozinhando frango na mostarda: TAN. Esta é a Mami procurando chiclete na bolsa do Walmart: TAN. Esta é a Mami cortando panfletos: TAN. Esta é a Mami depois de fazer xixi: TAN. Esta é a Mami colocando as compras na geladeira: TAN. A mesma Mami. Mami de uma nota só.

Depois de algumas horas, Wilson e Mami saíram para buscar alguma coisa na casa de Wilson. Xiomara está nos esperando, disse mamãe, e eu me tranquei no quarto. Da minha janela, eu os observei entrar na van. Wilson carregava uma caixa com os famosos crucifixos para o porta-malas, Mami apontou para o porta-malas e sorriu para ele. Antes que cada um fosse para suas respectivas portas, ela se aproximou dele e acariciou seus cabelos. Como se faz com uma criança? Como um animal de estimação? Como um amante? Wilson disse algo que não consegui decifrar, e o sorriso de Mami atingiu uma nota diferente.

Fechei as persianas. Liguei o ventilador de teto. Então La Tata berrou, mimi, que la televisión me está hablando en inglés. Ayúdame.

— • —

Meu pai não foi o primeiro homem a beijar Mami. Havia uns anos, enquanto Mami demonstrava como fazer as unhas apropriadamente, como ficar em pé apropriadamente, como, no geral, *comportar-me como uma dama,* ela me mostrou uma foto Polaroid de um homem bigodudo (que se parecia muito com Wilfrido, de um jeito bom) enfiando seu mostacho na boca dela.

Havia outras fotos também.

Umas poucas Polaroids e outras fotografias com as bordas curvadas e cores suaves. Mami de boca de sino. Mami de biquininho. Mami parecendo feliz. Mesmo que usasse aparelho nos dentes e estivesse tentando manter seu cabelo ondulado fora dos olhos. O cara bigodudo a abraçava, e o sorriso dela era tão puro, tão intocado pela tristeza. Você nunca diria que ela tinha uma caixa fúcsia de comprimidos e que desmaiou quando o pastor rezou por ela.

Ele quase foi seu pai, ela disse soprando as unhas.

La Tata sempre repetia que padre puede ser cualquier, pero madre solo una. O que significava que qualquer um poderia ter sido meu pai, mas somente Mami poderia ter sido a Mami.

Pensei sobre o homem bigodudo sendo meu pai e nós três (no meu sonho Lucía não era nascida ainda) dirigindo até Melgar, e o homem bigodudo mergulhando na piscina, molhando o bigode enquanto Mami e eu pintávamos apropriadamente nossas unhas de bege. Vermelho é para as fufurufas, nena.

Ela não tinha namorado ninguém desde o meu pai, e toda vez que alguém da família trazia isso à tona, ela dizia a eles para olhar ao redor, *Parece que eu tenho tempo para huevonadas?*

Mas Wilson não era uma huevonada.

Wilson era um homem sem bigode. Um homem que poderia aparecer em uma das Polaroids de Mami, mas agora ela não usava mais aparelho, e seu sorriso era fino, quase invisível, e, em vez de um abraço, Wilson colocaria seu braço em torno dela e eles assistiriam TV, e Mami sentiria aquele momento voltando, o momento quando qualquer cara poderia ser meu pai, mas somente Mami poderia ser a Mami, o momento em que Wilson, Mami e eu íamos de carro até Melgar, e, quando Wilson mergulhasse na piscina, Mami e eu trançaríamos nossos cabelos apropriadamente, em tranças firmes.

Capítulo dieciséis

Tem um cigarro a mais pra me dar?, eu disse um pouco desesperada.

Carmen pousava amanhã à noite via Avianca, via Caribe, via exílio, via corazón de sancochito, aguapanelita, arrocito'e fríjol negro, via Jesucristo.

Naquela noite, encontrei o número de Andrea enfiado no bolso da calça e, depois de muito considerar — que quer dizer andar em círculos, que quer dizer morder o lábio até sangrar, que quer dizer será que ela pensaria que estou a fim dela, que quer dizer o que mais vou fazer pelas próximas vinte e quatro horas —, decidi ligar.

Desculpe. Es Francisca.

Francisca! Tão bom te ouvir, pela'a. Pero claro. Vou descer pra piscina em uma hora. Me encontra lá?

Uma espreguiçadeira de plástico com uma feroz mamãe guaxinim que não saiu sem mostrar os dentinhos como uma criança raivosa no dentista. *¡Shu shu shu!* A mamãe guaxinim me odiou, eu a odiei de volta. Fodam-se esses bichos fedidos.

Quando tínhamos acabado de nos mudar para o Residencial Heather Glen, Mami ficou toda animada porque, nenas, essa é a nossa primeira casa (apartamento, eu a corrigi. Sobrado, Mami me corrigiu) nos E U da A. O cara de camisa havaiana no escritório da imobiliária prometeu comodidades espetaculares, singulares, com lagos cristalinos, belos patos e pores do sol inesquecíveis na piscina. Foi exatamente isso que ele disse e o que estava escrito no panfleto de *Bem-vindos à sua nova casa!*. Não dizia nada sobre guaxinins pistolas pouco dispostos a desocupar a espreguiçadeira de plástico queimada de cigarro.

Uns poucos venecos fumavam um baseado do outro lado da piscina, perto da Jacuzzi, e, quando Andrea entrou, acenou para eles.

Você conhece esses caras?, perguntei.

O de boné vermelho é meu primo. Es un burro completo.

Assenti. Esperava que eles não quisessem ficar com a gente. Não sei por quê, mas de verdade eu queria ver Andrea, ou talvez só quisesse mesmo filar um cigarro dela.

Ela ofereceu um cigarro.

Gracias, eu disse. No quiero que pienses que só estou te encontrando pelos cigarros.

Espero que não, ela disse com um sorriso lindo mostrando dentes brancos perfeitos. Dios mío, os dentes dela eram *brancos* mesmo.

Tentei inventar maneiras de explicar para Carmen quem era Andrea. Tentei inventar desculpas para explicar a Andrea sobre a van branca que viria à minha casa de novo na semana que vem, uma vez que Carmen estivesse aqui e voltássemos para nossa rotina. *Pendeja pendeja pendeja. Pedazo de estúpida. Pedazo'e mierda.* Que ideia mais idiota. ¿Qué crees tú? Carmen y yo não vamos voltar a panfletar no Sedano's. Vamos deixar claro. Ela está voltando para pular no pau do Wilson, ela está voltando para o seu trono cristão, onde Paula et al. a alimentam com uvas bentas, enquanto ela dança em torno do púlpito.

Carmen não está voltando pra mim.

Carmen não está voltando pra mim.

Carmen não está voltando pra mim.

Eu repetia aquilo sem parar na minha cabeça.

Aquela garota da van está voltando amanhã, eu disse, não querendo dizer. Então a van branca pode estar aqui na semana que vem.

A garota que não é sua namorada?, Andrea disse me provocando.

Certo.

Meu corpo estava muito tenso. Continuei com vontade de contar para Andrea sobre o Wilson, mas meio sem fazê-lo. Por quê. Continuei querendo dizer, *Tenho um namorado, sabe, Carmen não é minha namorada, mas tenho um namorado, então é impossível que eu tenha uma namorada quando tenho um namorado chamado Wilson que assiste* Caso cerrado *com a Mami todas as tardes, colando cruzes.*

Os venecos acenaram pra gente quando foram embora. Acenamos de volta. Mamãe guaxinim e nós sozinhas na piscina.

Solo janguiemos, ela disse, esticando a mão para pegar meus dedos.

Segui as pontas das unhas dela, confiando meus dedos. Era tão confortável brincar com os dedos dela, como se tivéssemos feito aquilo o dia todo. Unhas perfeitas, macias (vermelhas). Fumamos cigarros e ouvimos Strokes em seu iPod. Observamos os patos encurralando a mamãe guaxinim, Andrea torcendo para a guaxinim, e eu, tristemente, torcendo pelos patos. Os patos ganharam. Gentilmente puxei o braço dela. Fumamos mais cigarros. Ela brincava com meus dedos, fumamos mais cigarros. Por um segundo, fingi que acariciava a mão de Carmen, os braços peludos de Carmen. Estive pensando tanto nela e agora não conseguia nem lembrar dos detalhes de seu rosto, apenas pedaços, fragmentos de seu corpo.

Fumamos, e fumamos, e fumamos tantos cigarros que lá pelas oito da noite eu era toda fumaça, ossos de fumaça, pele de fumaça, cachos de fumaça, se alguém tivesse me soprado, eu teria desaparecido.

Pedi para Andrea um pouco de perfume ou creme, para que Mami não notasse que eu estivera fumando. Ela apertou um pouco de um creme frutado da Victoria's Secret nas minhas mãos, esfreguei no meu pescoço e no cabelo.

Aqui, ela disse, passando um spray de perfume, agora você está com o meu cheiro.

Então o namorado dela ligou.

Então eu me lembrei que o Wilson ia jantar com a gente.

Andrea me deu um cigarro extra. Só me avise cuando quieras volver a fumar, ela disse antes de sair andando.

— • —

Eu consigo vê-la entregando seu passaporte para la señorita no aeroporto que depois pergunta, ¿Usted tiene residencia de los Estados Unidos? E Carmen orgulhosamente entrega a Patricia ou Zoraida seu *green card*. E Patricia ou Zoraida então pergunta a Carmen se ela mesma fez as malas, se está levando algum encarguito, se ela mora em Miami, e o que ela faz em Miami? Alabar a Dios, Carmen responde. Quando sai e sobe as escadas para dentro do avião, Carmen acena para a congregação que, chorando de dentro do aeroporto, segura uma placa que diz *CARMEN ES UM ÁNGEL, DIOS TE BENDIGA HIJITA*, y *GLORIA A DIOS*. A congregação causa tal comoção que a polícia, com suas armas falsas e cassetetes, precisa acompanhá-los para fora, até que alguém entrega para a policía bachiller* um bolo de dinheiro e a congregação corre de volta para dentro, mandando beijos e se ajoelhando em preces. O cabelo de Carmen está uma bagunça, mas ainda assim o cara idiota com uma mochila idiota escrito *Colombia* sentado ao lado dela no se calla sobre sua beleza, qué churra, então ela pede ao comissário de bordo que a troque de lugar. *Sí buenas tardes, o voo para Miami é de três horas e meia exatamente, e a temperatura neste momento em Miami é de trinta graus Celsius,* diz a mulher no intercomunicador. Carmen come frango em vez de massa vegetariana. Ela bebe cafecito Juan Valdez papá, enquanto la señora da frente não cala a boca sobre lo horrible que está Bogotá, yo ni sé para

* Categoria da polícia colombiana ocupada por jovens de 18 a 25 anos, com ensino médio completo, solteiros e sem filhos.

que vuelvo, sí sí. Carmen tenta dormir, mas não consegue. Ela exibe, orgulhosa, um moletom de capuz com a estampa *Jesucristo es mi parcero* enquanto vai até o banheiro. Carmen faz xixi e pela primeira vez pensa em mim, lembra que não me trouxe nada. Tudo bem. Ela lembra que poderia me dar uma daquelas manillas coloridas que comprou em Usaquén, porque sou fácil de agradar. E então Miami. E então é hora. E os pastores enchem duzentos balões para compor um arco sobre a entrada, e há uma longa fila de pessoas esperando para abraçá-la. Eu fico na fila. Estou bem atrás de Wilson, antes de Paula, que não para de murmurar *Satanás Satanás* por todo o caminho até Wilson e Carmen se abraçarem, as mãos dele deslizando pelas costas de Carmen, ele dá a ela uma flor e não me olha. Então é minha vez. Então sinto a minha pele se movendo. Minha pele se move, ela se abre para recebê-la, estava guardando aquele espaço entre os meus ossos para ela, e estou pronta. Ela só aperta a minha mão e gentilmente dá uns tapinhas nas minhas costas. Hola, Francisca. Y ni un besito y ni un te extraño y ni un vamos nos falar depois quando todos esses filhos da puta saírem. E então estou gritando, cachaco. Estou gritando com ela que como es posible que você nem tenha me mandado um puto de um e-mail, que como es posible, Carmen, que você nem tenha dito adiós, carajo, e as mulheres todas cochichando ay qué vergüenza la hija de Myriam, e os homens me carregam para fora, mas o que quero de verdade é que ela passe a mão nos meus cabelos, o que eu realmente quero é que ela deite ao meu lado com a mão na minha barriga enquanto respiro no pescoço dela, e lhe digo isso antes que me joguem na rua, e Carmen se lembra — era só uma questão de tempo, uma questão de refrescar a memória — e corre em direção à porta, e os balões explodem, e sinto sua língua dentro de mim e o calor de seu corpo. Ela tem cheiro de morango, e traço a sobrancelha volumosa dela com meus dedos. Os pastores explodem. E Mami explode. E Carmen se inclina: eu também senti saudades, pela'a.

— • —

La Tata me chamou para entrarmos no carro porque estávamos atrasadas para o culto. Eu estava usando sobre a camiseta preta uma camisa xadrez meio azul-esverdeada que comprei no shopping e o jeans skinny preto com um furinho, mas ficava tão bem, sem sobra de tecido, e minha bunda parecia firme. Eu nunca tinha encontrado nada igual. Casual, sabe, tipo como se eu não me importasse que não nos víamos fazia meses.

É *isso* que você vai usar pra ir na igreja?, Lucía perguntou, e eu só passei por ela. Mami nem conferiu minha roupa. Ela quase saiu sem mim, mas La Tata segurou a porta aberta.

Dicho y hecho, mi reina. O que eu vejo quando chegamos à igreja? Balões. E de que cor eram os balões? Dourados (dourado é alegria, alegria em Jesucristo, é celebração, celebração no Espírito Santo) e prateados (por que não?). La Tata toda animada porque aquilo significava um culto especial e provavelmente no final teria comida da lanchonete Mi Pequeña Colombia, e La Tata ama as empanadas de carne deles.

Mami disse, Oh é hoje?, mas nem a ouvimos, nós três já fora da van, abraçando esse hermano, aquela hermana, y yo procurando por Carmen. Não queria que ela me visse primeiro, queria saber onde ela estava para que eu pudesse calibrar meus sentimentos. Wilson estava lá ajudando com as configurações do microfone. Ele piscou para mim do palco, e eu olhei ao redor para me certificar de que ninguém mais tinha visto. Carmen sabia de nós agora? Xiomara, de camisa de lantejoulas douradas, fez um gesto para eu me aproximar, Panchita mi niña vem me dar um beijo. A pastora também veio até mim, ¡Dios te bendiga, Francisca! Depois me abraçou de um jeito estranho. Ela nunca tinha vindo me abraçar, não desde que me converti. Perguntei da Carmen. Oh, ela está se aprontando com as shekinas nos bastidores. Xiomara interrompeu, Oh, Carmencita é um anjo! E como ela cresceu nos poucos meses que passaram. Então a pastora intercedeu e disse, Ela está animada para ver você!

Tá bem.

Cresceu? Eu não senti nada. Eu já tinha sentido tudo e agora estava amortecida para toda a animação.

O culto foi como de costume: todos se reúnem, uma hora de alabanza, a prédica sobre a volta de Jesucristo, os testemunhos, as absoluciones (Mami, como de costume, desmaiou), o dízimo. Dessa vez, os jovens não precisaram sair. Isso é uma celebração porque nossa filha voltou para casa!, a pastora anunciou.

Mami cochilava ao meu lado, seus olhos ficaram marejados depois da absolución, a Bíblia dela aberta no Evangelho errado. Toquei sua mão e estava gelada. A última coisa que eu queria era cuidar dela naquele momento. Porra, Mami. Olhei para sua expressão triste e quis culpá-la por alguma coisa. Por tudo. Então seus olhos estremeceram e fiquei com medo.

Mami, eu a cutuquei. Mami, despiértate.

Eu estou, ela disse. Mas ela já estava sonhando.

Pedi a La Tata um pouco de água, ela não tinha. Mas tenho um pouco de rum, ela sussurrou. Quieta, eu me esgueirei até o fundo da sala, passei o corredor onde estava o bebedouro, ao lado do vestiário das shekinas. Sombras escuras se moviam lá dentro, um daqueles corpos era o de Carmen. Um peixe escuro nadando para mim. Encontrei uns bombons, uma banana e peguei também o copo de água. Uma música começou a tocar, graças a Deus, e todos se levantaram para cantar.

Mami afundada na cadeira como uma boneca de trapo.

Eu precisava ser rápida antes que alguém notasse, antes que começassem a cochichar coisas horríveis sobre ela, inventando histórias, se alguém me perguntasse, eu diria que ela ficou acordada a noite toda rezando e colando cruzes, não contaria sobre os comprimidos, não contaria sobre ela chorando no sofá, não contaria sobre sua cabeça descansando no ombro do Wilson.

Mami, vem, tómate esto.

Gentilmente, dei a ela a água, o chocolate, mas ela não quis comer a banana. Eu sabia que seu coração estava chorando, mas me recusei a ver. Vem, eu disse, e deitei sua cabeça no meu ombro e passei meu braço a seu redor.

Fiz carinho na cabeça dela.

Ela tinha perdido tanto cabelo que podia sentir as falhas. Eu encontrava tufos de cabelo em lixeiras diferentes pela casa, mas não tinha noção de que estava tão ruim. Uma luz fraca vinha das janelas. Um amarelo nebuloso coloriu as cabeças balançantes, os corpos cantantes, nos cercando a ponto de eu não conseguir ouvir, cantos silenciosos para Jesus que eu não compreendia, gritar tanto era invisível. Apenas a respiração ritmada da Mami no meu ouvido era audível. Seu oceano escuro rugindo. Beijei as falhas na cabeça dela.

Carmen olhou para mim olhando para ela.

Ela estava em pé entre seus pais no palco, dando as mãos para ambos, enquanto o pastor elevou uma prece pedindo a Dios para abençoar a congregação, abençoar a filha dele que era uma serva de Papi Dios. Olhei para o outro lado, não sem que antes um sorriso fino surgisse no rosto da Carmen enquanto ela fechava os olhos e berrava Amém! Viva, alabanza, aleluia al Señor.

Eu mal a reconhecia.

Eu queria sair e fingir que aquilo nunca tinha acontecido.

O sentimento de vazio nos meus ossos não sabia como se ajustar. O cabelo dela estava comprido, liso, com luzes douradas. Ela estava usando pérolas? Sim, pérolas nas orelhas. Mesmo sob o vestido de shekina eu podia ver que seus peitos estavam bem maiores e fiquei pensando se ela tinha feito plástica em Medellín. Carmen não estava lá. Ela não estava dentro daquele corpo polido, daquela pele lisa e marrom com sobrancelhas feitas e aquele balanço de cabelo perfeito que não lhe pertencia. Minha pele tinha se aberto esperando por ela, e ela não apareceu. Quem é essa. Como é que a gente tira a Carmen dessa fantasia. Ela nunca tinha falado sobre cirurgia, e fiquei pensando se a pastora a forçou e se ela tinha virado uma rainha da beleza para se afastar de mim e ficar perto de Deus. E agora um boicote estava acontecendo, um alarme soando dentro de mim: *Cai fora. Cai fora.* O rosto dela era um rosto, e não Carmen. Eu queria sair. O culto estava quase no fim, e Mami ao menos já estava se sentando reta. Ela queria mais água. Eu dei a ela mais água, e ela tomou mais dois comprimidos.

Mami, eu disse, você tá bem?

Que sí, nena. Sua mamá está sempre bem.

Não tinha tempo para aquilo, queria ir embora. Mami, eu disse, podemos, por favor, ir embora agora? La Tata já a caminho da fila de empanadas, Lucía abraçando Carmen. Mami, repeti, eu posso dirigir. Eu não sabia dirigir. Ela riu, Por Dios nena. Ao menos ela sorriu. Eu sabia que não sairíamos dali por um tempo. Tentei uma conversinha com algumas pessoas o mais longe possível de Carmen, então notei que ainda tinha o cigarro que Andrea me dera. Fui ao estacionamento e andei até atrás da lixeira.

Parte de mim queria encarar Carmen, me certificar de que não havia um zíper no corpo dela, que eu pudesse abrir a fantasia e ter a minha costeña de volta. Fumei rezando para que o cigarro não acabasse, olhando para as palmeiras escurecidas meio mortas. Carros aceleravam para além daquela laje de cimento. O ar seco e fresco como ficaria naquele ano. Vi um rastro de formigas ao redor dos meus pés, carregando minúsculos pedaços de folhas nas costas, trabajando como hormigas, Mami costumava dizer. Trabalhar como formiga. Quando pisquei de novo, ela estava lá.

¿Y es que você não vai me dar oi o qué, pela'a?

Aí estava: pela'a. Pela'a. Mas não senti nada.

Hola Carmen, eu disse e lhe dei um abraço distante. Ela tinha cheiro de mulher velha, tipo de uma tia.

De perto também notei algo estranho com seu nariz. Ela falava com tanta propriedade, como garotas colombianas bonitas o fazem. Me entediou. *Aquí estás,* pensei, *toda una reina. Reinita de Dios.* Não queria estar ali, montando seus pedaços ou desmontando-os. Queria que ela nunca tivesse voltado, assim eu ainda poderia tê-la.

Conversamos um pouco. Conversinha estúpida. Ela falou sobre a congregação na Colômbia, me parabenizou pelo relacionamento com Wilson e depois mencionou uma coisa ou outra sobre ajudá-la com a panfletagem.

Acho que não quero mais fazer parte dos Jóvenes, eu disse sem pensar. Acho que vou dar um tempo da igreja.

Você não pode dar um tempo de Jesus, ela disse de um jeito *dã.* Ele já está *aqui,* e ela tocou o espaço entre os meus peitos.

Eu diria que ela estava esperando uma reação minha. Fiquei reta contra a parede, ainda fumando. Deixei a mão dela ficar na minha pele por alguns segundos, unhas vermelhas sobre a minha camisa xadrez verde. Soprei a fumaça para longe dela. Quando peguei na mão dela, ela disse, Tenho um novo namorado, un rolito más lindo que está se mudando pra cá semana que vem — mas até ali eu nem estava mais ouvindo. Eu sabia que Carmen não estava lá. Ainda assim. Gentilmente acariciei sua mão, beijei as costas da mão e disse a ela que eu estava contente. Você parece muito feliz, eu disse e saí.

— • —

Naquela noite, Wilson jantou com a gente. Frango na mostarda, habichuelas e por sorte platanitos, que foi o toque de La Tata, e eu a agradeci por aquilo. Mami e Wilson estavam terminando as roupas da cena do presépio enquanto assistiam Joel Osteen na TV.

Mami, você nem consegue entender o que ele tá dizendo, eu disse.

Esse é o objetivo, Mami respondeu com agulha e linha entre os lábios. Estou aprendendo inglês.

Wilson cortava pedaços de tecidos marrons, azuis e vermelhos e organizava as benditas vestimentas acabadas numa caixa do Walmart perto da porta. Eles fizeram isso a noite toda. Fui para o meu quarto. Um vasto alívio em não estar em pé pra fazer qualquer coisa — nada — me varreu. Sem Mami. Sem Wilson. Sem igreja. Sem Carmen. Sem Francisca.

Carmen deixou tanto espaço na minha pele.

Procurei o restante do dinheiro e enrolei dentro do meu moletom de capuz, Lucía parecia estar dormindo em sua cama murmurando o Eclesiastes inteiro. Liguei o ventilador de teto. Mami e Wilson dormiam no sofá, aconchegados, juntos, a boca de Mami levemente aberta, a mão direita no peito dele. Cruzes de isopor ao redor deles. Peguei um pacote de Pop-Tarts na cozinha. Lá fora, a noite estava fria, mas agradável o suficiente para andar. Na esquina, La Tata e Roberto trocavam murmúrios e latas de Sprite. Andei e andei até que vi a placa Residencial Heather Glen. *Bem-vindos à sua casa!*, o slogan abaixo. Que ideia estúpida. Eu nem sabia onde pegar um ônibus para sair da Flórida. Andei até a piscina e vi alguém acendendo um cigarro. Andrea, é claro.

O que você está fazendo aqui?, eu disse.

Ela me estendeu um cigarro. O que *você* está fazendo aqui?

Te procurando, eu menti.

Mentirosa, Francisca. Pude ver os dentes dela em meio a um sorriso na escuridão.

Ven acá, ela disse, e arrastou outra espreguiçadeira para perto da sua.

Ficamos deitadas lá, fumando e comendo Pop-Tarts lado a lado, enquanto dois guaxinins roubavam o lixo. Apertei a minha mão na dela. Ficamos assim pelo que pareceu uma hora, então ela rolou para perto de mim, me puxando pra ela, deixando que todo o seu calor me cobrisse como um cobertor. Ela beijou minha nuca, e fingi que não estava chorando.

Glossário

a joderte la vida: foda-se / tanto faz
achira: biscoito colombiano tradicional
ajiaco: prato típico colombiano; consiste em um ensopado com frango, batata, milho e temperos; é servido com arroz e abacate.
alabanza: louvor
anchetas: cestas
aquí va haber candela: vai ser bombástico; vai pegar fogo (no sentido metafórico).
arroz con pollo: arroz com frango, semelhante a uma galinhada
bachata: ritmo musical originário da República Dominicana
basuco: subproduto da pasta de coca, como o crack
berraco/a: maldito/a; merda; porcaria
berrinche: birra
billullo: dinheiro, grana
boricua: gíria para pessoa nascida em Porto Rico
buseta: ônibus
cachaco: pessoa natural de Bogotá
calentahuevas: safada, provocadora
calentando silla: literalmente, esquentando a cadeira , mas, no contexto, algo como "só ocupando espaço", "só perdendo tempo".
chiros: gírias para "roupas", como "panos"
chirri: forma desrespeitosa de se referir a alguém de classe

baixa; também é usado para se referir a alguém cafona, vestido de um jeito brega.
Chuchito: forma afetuosa de se referir a Jesus
chunchullo: churrasco de intestino bovino ou suíno
churrera: gostosura
colitas: bunda, quadril (literalmente, "rabo")
cómo se te ocurre: como pode imaginar
concha'e tu madre: vá chupar a mãe
consiénteme: me faz carinho
costeño/a: pessoa nascida na região caribenha da Colômbia, norte do país
criollo/a: pessoa natural da América de colonização espanhola
cuchillo: faca
culicagada: criança
deja la pendejada: deixe de bobagem
desplazado: refugiado
dizque: supostamente
el volador por el culo: literalmente, "foguete no cu"; dá a ideia de empolgação, incentivo, alguém frenético que faz as coisas acontecerem.
en cuera: sem roupas
estoy mamado/a: estou de saco cheio
fríjoles: prato preparado com feijões e bastante toucinho (é diferente dos fríjoles mexicanos)
galletica: bolachinha
gamine: criança de rua
garoso/a: guloso/a
gentuza: gentalha
guaricha: prostituta
guayabera: estilo de camisa masculina feita em linho, bastante fresca, usada de um jeito informal e caracterizada por duas fileiras verticais de pregas.
habichuelas: vagem preparada ao estilo colombiano
habla como lora: fala como uma matraca, pessoa tagarela
harapiento/a: esfarrapado/a
hijuemadre / hijueputa: filho/a da mãe / filho/a da puta

hueles terrible cojone: você cheira muito mal
huevón: trouxa (entre amigos)
jefa/jefita: literalmente, "chefa", mas usado como gíria para "garota" (quase como "mina" em português)
juepúchica: expressão colombiana que denota surpresa, admiração ou susto. Há variações de grafia.
las canas son la corona de la vejez: cabelos brancos são a coroa da velhice
lulo: fruta cítrica colombiana
machuque: peguete, *crush*, a pessoa com quem alguém tem uma relação casual
mamarrachos: garranchos
manillas: pulseiras
mazorca: espiga de milho assada coberta com queijo
me tenías los pelos de punta: me arrepiava
mi reina/reinita: minha rainha
mojando canoa: se derreter todo/a (no sentido romântico)
ñapa: ajuda, favor
ñera: rude, grosseiro/a, sem refinamento
ni por el chiras: de jeito nenhum
niño envuelto: charuto de repolho recheado com carne e arroz
no joda: não brinque
obleas: biscoito wafer
olliendo a tigrillo: fedendo; cheiro de tigrillo é um jeito bem típico de as avós dizerem que algo cheirava mal.
onces: refeição que se faz, na Colômbia, no fim da tarde, antes do jantar, que inclui pães variados e chocolate quente, como um "café da tarde".
pachanga: festa
paisito/a: pessoa nascida na região Noroeste da Colômbia (Antioquia, Caldas, Risaralda, Quíndio)
palenqueras: figura tradicional da sociedade colombiana; são as mulheres vestidas com roupas coloridas que carregam cestos de frutas para vender.
panadero: padeiro
pancito: pãozinho

panela: rapadura
pechito: peitinho
pelaos/pela'a: garoto/a
pendejo/a; pendejada: idiota, bobo; idiotice, bobagem
perico: gíria para cocaína
pero 'tate quieta: mas ainda assim
pero pa'trás ni pa'coger impulso: mas é voltar ou pegar impulso (algo como "pegar ou largar")
platanitos: chips de banana-da-terra
plátanos con bocadillo: banana-da-terra com goiabada e queijo
pollerines: anáguas
pollito: pintinho (também o tom de amarelo, amarelo-ovo)
pollo sudao: frango ensopado
que si es culebra te muerde: literalmente, "se fosse uma cobra, teria mordido"; no contexto, refere-se a algo que era óbvio.
ruana: poncho de lã
saladito/a(s): expressão colombiana que quer dizer alguém que chegou faz tão pouco tempo que ainda tem sal do mar no corpo.
sancochao: sufocado, abafado.
se armó la gorda: se armou a confusão
se hizo el loco/la loca: se fez de louco/a
seño: senhora; dependendo do contexto, pode ser "professora".
shekina: "shekinah" é uma palavra em hebraico que signifca "habitado por Deus"; no contexto do livro, são as jovens que dançam durante o louvor, que têm a missão de evangelizar.
silla: cadeira
sumercé: algo como "vosmecê", uma forma pronomimal do falar antigo na Colômbia, mas que prevalece em Bogotá na oralidade, com sentido afetivo, como "meu amigo", "meu camarada".
te huelo: sinto seu cheiro
tintico: cafezinho
tumbao: charme, estilo, ginga; alguém que tem borogodó

ujier; ujieres: pessoas encarregadas de receber os fiéis que vão pela primeira vez a uma igreja, além de ajudar os pastores durante o culto

vallenato: estilo musical colombiano natural da região caribenha; também diz respeito a quem nasce no vale.

veneco/a: gíria para pessoa nascida na Venezuela

Agradecimentos

Mil gracias à minha família — aquela em que nasci e a que escolhi — por todo o amor, incentivo e apoio. Obrigada, mãe, María Estella Lopera Juan, por responder a todas as perguntas sobre a Igreja com o coração incrivelmente gentil e aberto. À Michelle Tea, por defender este romance e ser uma fodona polivalente e generosa. A minha editora, Lauren Rosemary Hook, por acreditar na Francisca, no seu espanglês e no mundo que a engole. Para o restante da equipe da Feminist Press — Jamia Wilson, Jisu Kim, Drew Stevens, Nick Whitney, Lucia Brown e Dorsa Djalilzadeh — obrigada. Agradecimentos de coração a todas as pessoas que leram partes deste romance e fizeram comentários: Nona Caspers, Miah Jeffra, Carson Becker, Chad Koch, Ploy Pirapokin, Luke Dani Blue e Lauren O'Neal. Tia Truong Tran, obrigada pelo espaço para escrever e kiki. À minha avó, Alba Corina de Jesús Juan, por me criar a punta de telenovelas e histórias. Gracias, Brush Creek Foundation for Arts e a Comissão de Artes de San Francisco, por se arriscarem com esta história. Para Daniela Delgado Lopera, porque ajá. Rebeka Rodriguez, meu coração, obrigada.

REI
MAMI
MAMI
MAMI
La
Tata
Febre
Iglesia
Cristiana
Jesucristo
Redentor
MI
REI
NA
Febre

Conheça Juliana

Juliana Delgado Lopera (elx/delx) nasceu em Bogotá, na Colômbia, em 1988 e imigrou para os Estados Unidos com a família em 2003. Frequentou a Universidade da Califórnia, em Berkeley, onde obteve o título de bacharel em Estudos sobre Mulheres e Gênero em 2011. Continuou seus estudos na San Francisco State University, onde realizou um mestrado em Redação Criativa em 2015. Também recebeu bolsas de estudo e convites para residências artísticas em instituições como Hedgebrook e Lambda Literary Foundation.

Desde 2015, esteve à frente da diretoria executiva/artística da organização sem fins lucrativos Radar Productions, voltada a financiar e promover artistas *queer* de diversas origens e múltiplas atuações criativas. Uma de suas contribuições foi criar o movimento Queering the Castro, projeto com a missão de reavivar a produção *queer* no famoso bairro de San Francisco por meio de rodas de discussão, leituras abertas, performances *drag* e outras formas de intervenção artística.

Organizou a coletânea *¡Cuéntamelo! — Testimonios de Inmigrantes Latinos LGBT*, lançada em 2014, que ganhou o prêmio Lambda Literary Award em 2018 e o Independent Publisher Book em 2018, e publicou *Quiéreme*, em 2017, trabalho delicado com ensaios que documentam a experiência de desejar o amor. *Febre tropical*, seu primeiro romance, lançado originalmente em 2020, foi finalista do Kirkus Prize, na categoria ficção, e do Aspen Literary Prize, em 2021.

Atualmente, Juliana mora em San Francisco.

Sobre a concepção da capa

Flamingos são considerados um dos cartões-postais do sul da Flórida. O primeiro bando, trazido de Cuba em 1934 para habitar o lago interno do Hialeah Park Casino, se adaptou tão bem que hoje em dia esse é o único lugar onde a espécie se reproduz com sucesso fora de seu *habitat* selvagem.

Como uma homenagem a Miami, ilustramos um flamingo de plástico, um ícone do *kitsch* tropical. Ele aparece enfeitando a piscina suja de um residencial suburbano muito parecido com o Heather Glen, para onde se mudam Francisca e sua família disfuncional. A vida da garota está dividida por uma cerca intransponível. Do lado de lá, ela pode avistar o paraíso ensolarado. Do lado de cá, em primeiro plano, vive uma realidade abafada e suja, cercada de pobreza e descaso. Neste lugar, não se pretende esconder o lixo. E, se repararmos bem, veremos coisas úteis entre os sacos plásticos, como um boneco quase idêntico àquele que emularia Sebastián em um excêntrico batismo.

Imaginamos que esta ilustração deveria ser o verdadeiro rótulo do refrigerante de La Tata. Uma bebida para amenizar o calor sufocante, com sabor que mistura desilusão e The Strokes.